家族《ファミリー》

HiTomi YamagUchi

山口瞳

P+D BOOKS

小学館

目次

27 26 25 24 23 22 21 20 19 18 17 16 15 14

205 191 185 183 168 158 154 148 146 138 133 131 125 122

41 40 39 38 37 36 35 34 33 32 31 30 29 28

|	|	|	|	|	|	|	|	|	|	|	|	|	|
|	|	|	|	|	|	|	|	|	|	|	|	|	|
|	|	|	|	|	|	|	|	|	|	|	|	|	|
|	|	|	|	|	|	|	|	|	|	|	|	|	|
|	|	|	|	|	|	|	|	|	|	|	|	|	|
336	325	322	315	308	300	292	286	267	265	254	246	233	214

1

「お兄様いらしてるかしら」

と、女房が言った。

「さあ、どうかな……」

来るかもしれない。来ないかもしれない。来ているといいんだけれど、と、ぼんやり考えていた。なにしろ、二十三回忌だからな……。

兄は長男であるのだから、本来、私がそんなふうに考えるのはおかしいことだった。法事などは、兄が取り仕切らないといけないのだけれど、そうなっていない。長男の役目は私がやっていて、父の遺産は弟が管理していた。管理すると言えば体裁はいいけれど、弟はそれを自分のものにしていた。兄の立場は宙に浮いたものになっている。

母方の親類は誰も彼もが十二月に死んでいた。母の兄の丑太郎も、妹の君子もそうだった。

母のごときは昭和三十四年の十二月三十一日に死んだ。あれから二十二年になる。大晦日《おおみそか》に法事をするわけにいかないから、母の場合は、いつでも十二月の初めの日曜日を選んでいた。去年（昭和五十六年）は、私の仕事の都合で、それが暮も押しつまった十二月二十日になった。兄は来られないかもしれないと思ったのは、そのためでもあった。

私と女房とが息子の運転する自動車で寺に着いたのは、約束の午後一時ぎりぎりの時刻になっていた。

庫裏の内玄関をあけると、広間のほうに十人ばかりの顔が見えた。

「来ていないようだな、兄さんは、やっぱり……」

「そうね。いらっしゃらないわね」

女房は軽く頭をさげたり、目で挨拶《あいさつ》をしたりしていた。

「お墓のほうへ行ってみよう」

菩提寺《ぼだいじ》は浦賀の顕正寺である。京浜急行浦賀駅からタクシーに乗れば五分とかからないところにあった。私はこの寺が好きだった。寺のたたずまいが良いというのではない。環境が良いわけでもない。左側が観音崎に抜ける切通しになっていて、自動車やオートバイの音響がうるさく、埃《ほこり》っぽいところだった。ただ、右手の裏山の風情が悪くない。それと、山門から本堂にいたる平らな庭の変哲もないといったところが良い。見てくれよがしのところがない。それは、『ホトトギス』の俳人であり詩人である住職の人柄のためであるように思われた。

私が最初に墓へ行こうと言ったのは、その、やや横に広い羊羹《ようかん》を切ったような自分の家の墓も好きだからだった。墓が見たい。……それと、もし墓の周辺が汚れていたならば、手早く掃除をしておこうという考えもあった。そのへんの感覚が長男のものになっていると自分でも思った。

墓は綺麗《きれい》になっていて、花があがっていた。それは、母の弟の保次郎の細君、つまり叔母《おば》のやってくれたものに違いなかった。

私は、墓の脇《わき》に母の好きだった樹木、杏《あんず》でもいい、黄瑞香《みつまた》でもいい、あるいは少し派手になるが枝垂《しだ》れ桜でもいいが、何かを植えたいと思っていた。しかし、住職は賛成してくれなかった。私は、何か墓地での規則とか縁起のようなものがあるのかと思っていたが、そうではなかった。住職は、樹木を植えると、根を張って、墓地の土台を傷めるのだと言った。ここにも、見てくれではなくて実質を考える住職の人柄を見たように思った。

そのとき、墓にいたのは、私と女房と息子の三人だった。母は、よく、あんたたちと四人で静かに暮したいと言ったものである。私も、母を、私たちだけのものにしたいと思いたがるところがあった。

私たちは、いそいで庫裏に引き返した。

いないと思った兄がいた。兄は、広間の奥で保次郎の次男と将棋を指していた。その男の姿は、私の目にも入っていた。女房も見ていた。

兄は、すっかり面変りしていた。それは糖尿病のせいだった。糖尿病になりやすい体質は遺伝するそうで、兄も私も弟も糖尿病に罹《かか》っていた。父は若年からの重病の糖尿病だった。ただし、兄だけは母の子ではない。

私は人の顔を憶えるのが不得手で、誰か遠縁の老人が来ているのだと思っていた。兄は、青年時代は、眉毛《まゆげ》の太いタイロン・パワーふうの美男子で女子学生に騒がれるようなところがあった。それが、瘦《や》せてしまって面変りしている。

「やあ……」

私は兄のところへ近づいていって挨拶した。よく来てくれたなあと思った。血筋で言えば母と兄とは無関係である。

ひどい将棋だった。保次郎の次男は素人初段ぐらいには指すので、平手では勝負にならない。大差になっていた。そのへんが、兄の人の善いところだった。

「おい……」

兄は私の名を言った。

「教えてくれよ。……強《つえ》のなんのって、おじさんはとてもかなわない」

その部屋には、兄と嫂《あによめ》、弟と弟の嫁、弟の長男の嫁、上の妹とその娘、下の妹、叔父の保次郎の細君とその息子の合計十人がいて、住職と私たちを合わせると十四人になっていた。昼食用の幕の内弁当は十三人分しか頼んでいなかったが、それでなんとかなるはずだと思った。

将棋に負けた兄が立ちあがって、こんなことを言った。

「もし、これで、世界大戦が始ったら、おじさん、どこの国に味方していいかわからないよ」

下の妹の亭主はアメリカ人であり、その息子も娘もアメリカ国籍である。その息子の婚約者もアメリカ人であり、米国に留学中の娘の恋人は、スコットランドの生まれでありインディアンの血も混じっているという。弟の長男の嫁は妊娠中であるが、彼女はドイツ人の娘である。私の息子は、あるとき中国人の娘と交際していた。

兄がそう言ったので、誰もが顔を見合わせた。

「おじさん、困っちまう」

この兄は、ときどき気の利いたことを言った。あれは母の七回忌だったろうか、その法要は、寺の近くの料亭で開かれて、もっとずっと多く、三十人ばかりが集った。兄が挨拶することになった。

「いざとなると、これだけの人が集るということがわかりました」

兄は、のっけにそう言った。その一言で充分だった。それは、こういう際の常套《じょうとう》的な言葉なのかもしれないが、私は妙に感心した。私は、内心は、変なことを口走りはしないかと思い、ハラハラしていたのである。

あるとき、やはり、何かの法事のとき、弟が、

「俺たち、第二梯団《ていだん》だとばかり思っていたのに、いつのまにか第一梯団になっちゃった」

若い人にはわからないだろうけれど、戦争中に、そういう言い方があった。敵第一梯団は京浜地区上空に飛来中という言い方である。弟の言う第一梯団であるところの人たちは、父母をはじめとして、あらかた亡くなってしまっていた。残っているのは、母の妹の亭主と母の弟の保次郎だけになってしまっている。その保次郎も何度かの大病のあとで、いまも入院中である。もう、あまり意識が戻らないようで、こんどの法事には何としても出たいと言っていたそうだ。これが最後だと保次郎は思い定めていたようだ。

「こんどは、いよいよ、俺たちの番だ」

弟がそう言ったのは十年も前のことである。その日の弟は馬鹿に神妙にしていた。

「さあ、そろそろ、はじめましょうか」

兄が言ったので住職が立ちあがった。

私も勢いをつけて立ちあがり住職のあとに従った。私は、特に法事のときは、なるべく気楽に、気さくに振舞おうと心がけていた。

住職は私を頼りにしていた。それは、ひとつには、兄に子供がいないからだった。

「兄さんには子供さんがいないからね。あなたが中心になってください。そうでないと墓守りが、絶えてしまう」

住職は私にそう言うのであるが、それは、まあ、一種の方便だろう。

兄の立場は居心地の悪いものであるに違いない。私にしたってそうだ。余計な神経を使わなければならない。弟だってそうだろう。

事業の失敗を続けていた父に財産があるわけがない。しかし、東京の南麻布に百坪ばかりの土地が残っていた。父の借金は、その土地の値を遙《はる》かに上廻るものであった。借金取の攻勢を逃れて、その土地を守り通したのは、たしかに弟の手柄だった。私には、その種の揉《も》めごとには耐えられなかったし、文学賞を受賞した頃のことで、とても、揉めごとの相談に乗ってやれる状態ではなかった。兄は、ずっと家を出ていたし、出生のこともあって、父母や私たち兄弟に対して常に反抗的な態度を示していた。どうやって遺産相続が可能になったのか、相続税はどうなったのか、私にはわからないが、弟は、それをすべて自分のものにした。そのことについては、弟としても言いぶんがあるに違いない。

大通りに面した南麻布の土地は、道路の拡張によって東京都に買いあげられることになったが、おそろしいような土地の値の高騰により、一億円とまではいかなくても、それに近い金額を弟は得たはずである。その経過や決算報告を、弟は、どんなに追及しても明らかにしなかった。まことに頑強だった。

私は父の遺産をアテにするような考えはなかったが、ほかの同胞はそうはいかない。まして、弟の義父が、

「これで、やっと私も安心しました」

と言ったときには誰もが腹を立てた。弟は、

「俺《おれ》、一人で胴を取ってみたかったんだよ」

と、ヤクザっぽいことを言ったりした。弟の一家はハワイ移住を企てて失敗した。造園業を営む計画であったらしいが、永住権が取れなかったのだろう。弟は何も言わないから想像で言うよりほかはない。

帰ってきた弟は、

「何千万円かでパイナップル一箇買ったと思えばいいや」

と嘯《うそぶ》くようにして言った。

母の父の職業は、その当時（大正時代から昭和初期まで）の言い方で言えば貸座敷である。私は迂闊《うかつ》にも、貸座敷というのは、アヴェックの密会のために部屋を提供するもの、つまり当今のラヴホテルのようなものだと解釈していた。しかし、貸座敷というのは、はっきりと女郎屋のことである。母方の先祖には松阪屋仙造という俠客《きようかく》がいる。母の兄の丑太郎は、いかにも女郎屋の長男にふさわしいような人物だった。小心で計画性がなく、見栄っぱりの洒落《しやれ》者だった。この丑太郎が弟を可愛がった。近年、弟は、いよいよ丑太郎に似てきた。違うところは金銭面で抜け目がないという点だろうか。

私は住職のあとに続いて本堂に通ずる渡り廊下を歩いていった。私としては、そうやって、一番奥に坐り、焼香台の前に兄に坐ってもらうつもりだった。

本堂の天蓋《てんがい》は父が寄贈したものである。たぶん、昭和十六年ごろ、父の景気の絶頂期に寄贈されたもので、いまなら一千万円以下では出来ないだろう。それには父の名が刻まれている。顕正寺が改築されることになった。およそ百年前の建物で、早晩、建て直さなければならないことはわかっていた。住職と保次郎とからその相談を受けたとき、私たち同胞は、みんな反対した。

「あの頽《くず》れかけた本堂に味があるんじゃないか」

弟はそう言った。

「あたしたちは嫁に行った人間ですから」

平生は何かと口うるさい妹たちも、その件になるとそう言って引込んでしまう。それは当然であり仕方のないことだ。

私は、父母の世代がその百年の間にすっぽりとおさまってしまうのが何だか不都合であるような思いをしたが、寺から言われただけのものを提供した。また、そのことを儀礼的に兄と弟に知らせた。兄は、三分の一の金額を端数まできちんと計算して送ってきた。嫂は、そういう点で確《しっか》りしていた。私は、それを請求したのではなくて、報告だけのつもりだったが、弟のほうは知らん顔である。

あるとき、従妹《いとこ》の一人が、私に、

「あんたは、あの顕正寺のお墓には入れないのよ」

と言った。言われてみればそういうことになるのかもしれない。私は長男の役目を果してきたが、世間的な目で見れば分家である。叔父の保次郎は、すでに顕正寺に墓地をわけてもらっていて、

「お前、俺の隣に来いよ」

と言った。私もそのつもりになり、そのあたりの墓地を見たりもしたのであるが、どうも釈然としない。私は父母の子であるが、兄は父の子ではあっても母の子ではない。顕正寺は、母方の縁につながる寺である。母の祖母にヱイという傑物がいて、この女性が横須賀の柏木田遊廓の藤松楼を切り廻していたのであるが、ヱイの弟が顕正寺の養子になった。それが先代の住職である。こんなふうに、明治の頃は、女郎屋と寺とは密接な関係があったのである。ついでに言えば、先代の住職には子が無くて、母の弟の保次郎が養子に貰《もら》われてきた。世間にはよくある話だというが、保次郎が養子になった直後に、先代の住職に子供が生まれた。その人は大変に無口な男であったが大酒呑《の》みで早逝《そうせい》した。その人の弟が現在の住職である。

そういうことなので、顕正寺のその墓に兄が入って私と私の妻子が入れないというのが、どうも釈然としない。

そこで、私は、寺内の別の土地に大きな墓を建て、その脇にもうひとつの墓をこしらえることを思いついた。しかし、適当な墓地がない。そのうえ、この考えを実行するとなると、金銭的な負担が大きすぎる。

私は住職に相談した。

「あなたは、当然、この墓に入る人ですよ。しかし、もう一杯で中は狭くなっています。この際、墓地も広げ、中も広くしたらどうですか」

住職の提案は有難いものだった。寺からの見積書が届き、兄と弟に経過を報告した。そのときも、兄は、きっちりと三分の一の金額を私宛に送ってきた。弟からは音沙汰《おとさた》がない。だから、私は、弟に、

「おい、お前はこの墓に入れないよ」

と言ってからかうのである。すると、小心者の弟は、にわかに心細いような顔つきになるのであるが、費用を分担しようとは言いださない。まことにガードが固い。

本堂を改築するときに、天蓋の修理も行われることになった。私も女房も、その費用は私のところだけで支払うつもりにしていた。それは、ひとつには、母が終生秘密にしていた、女郎屋で生まれ育ったということを、私が小説の形で暴くようなことになったからである。罪ほろぼしの意味で、何かをしたいと思っていたからである。

それはいいけれど、そのために、私の名が天蓋に刻まれることになった。思ってもいないことだった。

私は住職の直後に従って、早足で、できるだけ陽気な感じで本堂に入っていこうとしたのは、そのためでもあった。最初に兄に天蓋の名を発見されてはまずいと思った。私は下を向いて歩

いていった。私たち同胞は、いくらか自慢する気味もあって、天蓋を見あげて父の名を見るのが習慣のようになっている。

さいわい、誰もが私の名に気がつかなかったようだ。

私は、立派になった本堂の一番奥のところに坐った。続いて兄夫婦が坐った。兄夫婦の前に焼香台があった。

「ちょっと……」

女房が私の膝《ひざ》を突いた。その意味はすぐにわかった。私は、三十センチばかり後退した。

思えば、こういう、焼香順に類することで、どれくらい思い悩まされたことだろうか。母のとき、父のときがそうだった。どのときでも私たち夫婦が取り仕切るのであるが、形としては、家を出ている兄を立てることになる。事情を知らない遠縁の者、近所の人たち、会社の同僚は、どう思っただろうか。

「夫外典《それげでん》三千余巻には忠孝の二字を骨とし内典《ないでん》五千余巻には孝養を眼とせり。不孝の者をば日月も光を惜しみ地神《ぢじん》も瞋《いかり》をなすと見えて候。父母の御恩は今始めて事あらたに申すべきには候はねども、母の御恩の事殊に心肝に染みて貴く覚え候。飛鳥の子を養ひ地を走る獣の子に責られ候事目もあてられず魂も消ぬべく覚え候。其《それ》に付ても母の御恩忘れ難し」

読経がはじまった。この経文は、日蓮上人の手紙だと聞いたことがある。母の一周忌のときのお経がこれだったと記憶している。そのときは、女房も妹たちも泣いた。子供にとっては、かなり辛いお経である。

私の兄ぐらい不幸な男はいない、と私は思っている。先に書いたように、私の母は、横須賀の柏木田遊廓の藤松楼という女郎屋で生まれ育った。どういうキッカケでそうなったのか知らないが、父はその母と駈落《かけお》ちすることになった。そのとき、母の胎内には私がいた。また、父には妻子がいたのである。そうして、父の妻も妊娠中であったのである。父は妻を実家に帰し、速達で離縁状を送った。大正の末のことで、当時は、そんなことで済んでしまったらしい。母は父とともに逃げ、私を産んだ。私が生まれたばかりのとき、乳幼児であるところの兄が届けられた。そのため、私の生年月日は約一年遅れで戸籍に記載されている。

その後、兄は、家を出たり入ったりしていた。父の景気の良いときは、祖母（父の母）とともに乗り込んでくる。この家の竈《かまど》の下の灰まで僕のものだ、といったようなことを言う。祖母や父方の親類の者に焚《た》きつけられたのだろう。おい、負けるんじゃないぞ、お前が一番偉いんだぞ、はじめに一発ガンとやってやれ……といったようなことだったのだろうけれど、およそ、こんなに居心地の悪い立場というものはなかったろう。

私の家では、私以外の者は、すべて、長唄や日本舞踊などの芸事に親しんでいた。母は、その出生からしても、もっぱら粋を旨としていて威勢がよかった。鉄火肌だった。北条藩の武家の娘であった固い一方の田舎者の祖母に育てられた兄は、良く言えば洗練された、普通に言えば自堕落で野放図な私のところの家風には終生馴染《なじ》むことがなかったようだ。兄が反抗的になったことを責める資格のある者は誰もいない。

「世界大戦になったら、おじさん、困っちゃう」

と言えるようになった兄を尊敬し、評価しないわけにはいかない。同時にそれは、確執の続いた五十年の歳月をも意味していた。だいぶ以前のことになるが、兄はこんなことも言った。

「アッチ（弟のこと）があんなふうになったのは、俺たちが悪いんだぜ」

弟は幼年時代は虚弱体質だった。体が小さい。私たちは運動神経には恵まれていて、小学校の運動会の徒競走では皆が一等賞を貰うということがあったが、弟だけはそうはいかなかった。また、弟は無精《ぶしょう》なところがあって、ろくすっぽ顔を洗わない。弟だけが虱《しらみ》をわかすということもあった。そのうえ、かなり強度の吃音《きつおん》者でもあった。見かねた母が、弟に上等な洋服を買ってきたことがあったが、どういうわけか似合わない。それも、かえって嘲笑《ちょうしょう》されるもとになった。子供は残酷なものであって、特に潔癖なところのある上の妹は、ことがあれば弟を叱《しか》った。ある時期、弟にはニンジンという渾名《あだな》がついた。ジュール・ルナールの『にんじん』の舞台や映画が評判になった頃だった。

「あいつはね、大人になったら俺たちに復讐《ふくしゅう》しようと思っていたんだぜ」

意識していなくても、そういうことがあったかもしれない。兄は、俺たちが苛《いじ》めたり嘲笑したりしたのがいけなかったと言うのである。

私は、兄がもっと腹黒い粘液質の人間であったなら、こうはならなかったと思う。財産は均等に配分され、確執は消えたはずだ。そのかわり、一種の、何と言ったらいいか、不安を含んだところの安気な感じは失われていただろうけれど。

私は兄を嫌ったこともないし憎んだこともない。父に似たのか、事業は失敗続きだけれど、この兄は、私のところへ金銭的な相談事を持ちこむことはなかった。むろん、迷惑を蒙《こうむ》るようなことは一度もなかった。それが兄の律義なところであり、善良な人間である証拠になっていると思う。それが長男としての誇りであり、生きる支えになっているとも思えるのであるが。

「胎内九月の間の苦み、腹は鼓《つづみ》をはれるが如く頸は鍼《はり》を下げたる如し。気は出るより入る事なく色は枯れたる草の如し。臥せば腹もさけぬべし、坐すれば五体やすからず。是の如くして産も既に近付きて腰は破れてきれぬべく眼は抜けて天に昇るかと覚え、かかる敵を産み落しなば大地にも踏付け腹をもさきて捨つべきぞかし。さは無くて我が苦しみ忍びて急ぎ懐《いだ》き上げて血をねぶり不浄をすすぎて胸にかきつけ懐きかかへて三箇年の間慇懃《ねんごろ》に養ふ。母の乳を呑む事一百八十斛《こく》三升五合也。此乳の価は一合なりとも三千大世界にかへぬべし。されば乳一升の価を検《しら》べて候へば米に当《あつ》れば一万一千八百五十斛五升、稲には二万一千七百束に余り、布には三千三百七十段也。況や一百八十斛三升五合の価をや。他人の物は銭一文米一合なれども盗みぬれば籠《ろう》のすもりとなり候ぞかし。而るを親は十人の子をば養へども子は一人の母を養ふ事なし。夫をば懐きて臥ども凍えたる母の足をあたたむる女房はなし。給孤独園《きふこどくをん》の金鳥《こんてう》は子の為に火に入り、憍尸迦夫人《けうしかふにん》は夫の為に父を殺す。仏の云く父母は常に子を念《おも》へども子は父母を念はず。

影現王の云く父は子を念ふと雖も子は父を念はず等とは是也。又今生には父母に孝養を致す様なれども後生の行末まで問ふ人なし」

私には、兄や弟について何も言う資格はないのである。私は、自分一人がその場で浮きあがっているように感じていた。何も言う資格はない、妹たちに対しても。

母は、終生、女郎屋で生まれ育ち、そこで娘になったことを秘していた。私は、それを小説の形で書いてしまった。

この読経には、私の体に直接に響く痛さがあった。

私は、そのころ、父の重大な秘密を中心にした小説を書こうと思い、取材を重ねていた。そのことを書かないと、母の秘密について書いた小説の首尾が整わない。それは母の秘密よりも、もっと怖しく、私の人生にとってもっと重大な意味をもつ事柄だった。私はその読経でもって笞《むち》打たれていた。もしかしたら、住職はすべてのことを知っているのではないかとさえ思われる。それで、この経文を選んだのではないか。

「信心疎《おろそ》かにして三途に堕して重苦を受けん時悔るとも益なかるべし。譬《たと》へば網にかかる鳥の高く飛ざる事を悔るが如くなるべし。さても罪人妻子の追善今や今やと待つ処に追善をこそ為さざらめ。還つて其子供跡の財宝を論じて種々の罪業を致せば罪人弥《いよいよ》苦を受く。哀れ娑婆《しゃば》にありし時は妻子の為にこそ罪業を造りて、今かかる憂きめを見るに少しの苦を軽うする程の善根をも送らざるこそ恨み限りなし。貯はへ置し財宝一だにも今の用には立ざりけりと。一方ならぬ悲さに泣き叫ぶこそ哀れなれ。大王是を御覧じて汝が子供不孝の者也。今は力及ばずとて地獄に堕《おと》さる。又追善をなし逆謗救助《ぎやくはうくじよ》の妙法を唱へ懸ければ成仏する也」

私の父は、私が小学校に入学する頃、約一年間、家にいなかった。母は、私を抱いて南武線の線路に飛びこもうとしたことがあったという。その頃、母と私とは、二人で川崎市南河原の小さな家で暮していた。ある夕暮、それは夜だったかもしれないが、母は急に化粧をしはじめて、着物を着換えた。私にも、慶応の幼稚舎の制服のような洋服を着せて家を出た。母は袍《ほう》でもって私を抱くようにした。母は良い匂《にお》いがした。私はそれを女の匂いだと思った。南武線の土堤は高くなっている。轟音《ごうおん》と光とが近づいてくる。電車をあんなに大きく早いものに感じたことはない。母と私とは、その土堤を駈けあがった。

私は、いま、そのことを書こうとしている。母は、ときに、うっかりして藤松楼の名を口に出してしまうことがあった。母と丑太郎とで、柏木田遊廓の話をすることがあった。ひそひそ話で内容はわからないが、淫靡《いんび》な感じがあった。

しかし、母には、それとは別に、金輪際、口が裂けても言えないことがあった。私は、それを探ろうとしていた。

「我父母の物を譲れながら死人ならば何事のあるべきと思ひて後生を訪ざれば悪霊と成り子々孫々に祟《たた》りをなすと涅槃経《ねはんぎよう》と申す経に見えたり。他人の訪はぬよりも親類財《たから》を与へられて彼苦を訪はざらん志の程浮薄《うたて》かるべし。悲しむべし悲しむべし哀れむべし、南無妙法蓮華経」

2

朦々《もうもう》の煙。

ここは室内ではない。しかし煙が靉靆《たなび》いていた。喫煙者はすべて煙草を吸っていた。焦《い》らだっていた。焦らだちながら考えを集中させようとしていた。閃《ひらめ》きがやってくるのを待っていた。痰《たん》。夥《おびただ》しい痰。吐き捨てたチューインガム。煙草の空箱。吸殻。箱入コーヒー牛乳の箱。踏み潰《つぶ》した空缶。割箸《わりばし》。ヤキトリの串。ハズレ馬券。新聞紙。階段にもスポーツ新聞が散乱していて、そこを歩くときは、かなり危険である。絶えずザワザワという潮騒《しおさい》のような音がしている。それは履物が床に擦《す》れる音と話し声が混ざりあった音だった。

川崎競馬場のスタンドには椅子《いす》席がない。あることはあるのだが、そこは馬主席と記者席になっている。椅子の数は二百あるかどうか。指定席券は売っていない。こういう競馬場は川崎だけではない。姫路がそうだ。紀三井寺がそうだ。かりに指定席券を一枚三千円で売ったとする。これを暴力団が買い占めてしまって一枚一万円で売る。五百席あったとすると、一日の利益が三百五十万円。これは資金源としては強力である。しかも、指定席の客はすべてが闇《やみ》の切符を買った客なのであり、ある程度の金を持っていることを証明しているようなものであるから、これにノミ屋がつきまとう。コーチ屋が集《たか》ってくる。客のほうにも闇で指定席券を買ったという弱味がある。

姫路競馬場には指定席があるのである。しかし発売されていない。かつて指定席であった二階席は廃墟《はいきよ》のようになっている。もっとも見易くできている二階席に客が一人もいないというのは不気味な感じがする。売りだせばヤクザ者の巣窟《そうくつ》になってしまいますから、と係員は語った。

船橋競馬場の四階席は、まさに筋者の巣になっている。ロビーの椅子は彼等に占拠されている。冬でも白の背広の上下、サングラス、ちりちりの頭髪。堅気を装って優しく話しかけてくるのはノミ屋だと思って間違いはない。

場内アナウンスは、ひっきりなしに、ノミ屋とコーチ屋に注意するようにと警告している。

「だけど、わかっているじゃありませんか。そこいらにいる奴等《やつら》は、みんなそうでしょう。顔だって知っているんでしょう。どうして取り締らないんですか」

私は警備員に言ったことがある。

「しかし、彼等は暴力団員ですから」

その警備員は平気な顔で答えた。事件が起れば逃げだすつもりなのではないか。

中央競馬会でも、地方自治体が主催する公営競馬でも、不思議なことに、職員の目は競馬フアンのほうを向いていないのである。彼等は公務員である。彼等の目は、競馬には無関係な一般市民に注がれている。一家そろって中央競馬なのである。女性客無料サービス、女性騎手招待レースなど。女、女、女だ。女というのは世論の代表者という意味である。だから、中央でも地方でも、やたらに場内に公園を造りたがる。それは、ほとんど競馬ファンとは関係のないことだ。そうして、八百長事件が起されたときに騒いでくれるのは暴力団員なのである。かくして競馬ファンと暴力団員との間の奇妙な癒着《ゆちゃく》と信頼関係が生じてくることになる。

川崎競馬場の二階席には椅子がない。椅子は取り払われている。だから、観客席は、幅の広い、ゆったりとしたコンクリートの階段のようになっている。新聞紙を敷いて腰をおろすという人もいない。客は立って見ている。坐っているのは、どこかでダンボールの箱を見つけてきた人だ。ダンボールの箱を押し潰して、そのうえに坐る。そのくらいに、吐き捨てられた痰が多いのである。新聞紙では染み透ってしまう。緊張するから煙草を吸う。喉《のど》をやられるから痰を吐く。

平日に開催される公営競馬の客は、真面《まとも》な人間はいないと思ったほうがいい。家にいても役に立たない老人。博奕《ばくち》好きな職人衆。暴力団員。その関係者。彼等の情婦。トルコ嬢。会社で疎外されているサラリーマン。

むかし、百貨店や理髪店は月曜日が休みと決まっていた時代があった。地方競馬や競輪は、彼等を当てこんで、月曜日を主体にして開催された。いまはそうではない。休日はバラバラになった。いや、だいたいにおいて日曜日が休日になった。魚河岸《がし》でもそうだ。それと週休二日制になって、土曜日も……。そうなってから公営競馬は衰退してきた。なぜならば、土日なら中央競馬が開催されるからである。こっちのほうは場外馬券売場がある。いま、公営競馬では土曜日の入場人員が極端に少い。土曜日に家族サービスをすませてしまうという傾向が強くなってきている。そうなってから、私は公営競馬に入れ揚げるようになった。衰退するものに惹《ひ》かれるという傾向は、競馬にかぎらず、かなり強いようだ。

川崎競馬場が好きだという友人が多い。シビヤーな感じがするという。

「あたりを見廻してね、こんな奴等に負けてたまるかという気がするんだ。そこがいい」

そんなことを言う男がいる。南関東には、競馬場が四箇所ある。大井、浦和、川崎、船橋であって、同じ厩舎《きゆうしや》でローテーションが組まれていて、これを南関四場という。

大井は場内が整備されていて中央競馬の延長、相撲で言えば準場所という感じがする。船橋、浦和は、いかにも暴力団員が目立ちすぎる。川崎が好きだと言う競馬ファンが意外に多いのである。それは、ひとつにはレース内容も関係している。小廻りの公営競馬では先行有利と相場がきまっているが、川崎ではそうはならない。そこに魅力がある。私なんかもそこに惹かれる。

ところが、どういうわけか、私は川崎では成績が悪い。正確に言えば馬券に触《さわ》ったことがない。競馬は負けることと見つけたり、というのが私の信条であるが、負けると言っても、その内容が問題だ。取ったり取られたりなら、遊んできたという思いが残るが、一度も触らないのでは、打ちのめされたという感情が家まで持ちこされるだけだ。

馬主席にその老人がいるのがわかった。やや小柄で、黒いけれど薄くなった頭髪を油で固め、ベッチャリと七三に分けている。身綺麗な老人で、遠目ではドイツ人のようにも見えた。こういう感じのドイツの映画俳優がいたような気がする。変に懐しい感じのする男だった。昔どこかで会っていて、かなり親しい間柄にあったような気がすることもあった。しかし、その懐しさは決して感じのいいものではなかった。腐れ縁というのに近い。金縁の眼鏡を掛けている。

彼の廻りには、いつでも四、五人の男がいた。隣に坐っているのではない。締切三分前というときに、誰かが寄ってくる。老人は、③⑦—40、⑤⑥—50というふうに書かれたメモ用紙を渡す。老人は社長と呼ばれていた。40というのが四十万円、50が五十万円ということがわかってきた。こういう買い方をする男がいる。昔は、だいたい三年で姿を消したものだ。いまはそうではない。多くは土地成金である。彼等は土地を売り、その金で遠隔地に土地を求める。東京のドーナツ状に広がった住宅地帯は、いよいよその輪を大きくする傾向にあって、地価は恐しい勢いで高騰する。かくして彼等の富は無限になるのである。坪遊びという言葉がある。土地成金が集って遊ぶとき、誰かが百万円とか百五十万円を提供する。一坪売ればそれくらいになるという意味である。

私は、その老人の正体を知りたいと思うようになっていた。土地成金にしては、身のこなしが洗練されすぎている。

私は府中の東京競馬場では指定席券を貰っていた。家が近いこと、しばしば競馬の原稿を書くことなどで、場長や職員と親しくなっていた。ただし、その指定席は一定していない。日によってボックス・シートになったり、最前列になったり、ゴールから遠い所になったりした。私は土曜日と日曜日は、よほどのことがないかぎり府中競馬場へ出かける。座業であるので運動不足を解消するためだ。家から遠い中山競馬場へは行かない。すると、何度か金縁眼鏡の老人の近くに坐ることがあった。あるとき、彼の斜め上の席に坐った。こんな大金を投ずる男は厩舎情報を摑《つか》んでいるに違いない。そんな興味もあって、彼のメモ用紙を覗《のぞ》きこんだ。格別に変ったことはないが、40が四十万円であるとわかったのはそのためである。

「社長、おめでとうございます」

稀《まれ》に、レース直後に、取り巻きの一人が近づいてくることがある。相当な穴狙《ねら》いであって、四十万円買って五十倍になれば二千万円の配当になるが、そんなことは滅多にはなかった。柴田社長とか柴田さんと言う男もいた。老人は、まことに物静かな男であり、いつでも、やや複雑に見える薄ら笑いを浮かべていた。ゆっくりと歩く。向うも私に気づいているはずであるが挨拶をかわすことはなかった。

「当らないなあ、あのじいさんも……」

私は、場内で彼と擦れ違うとき、頰笑《ほほえ》ましいような気分になった。土地成金は、キャバレーにでも勤めているような、けばけばしい服装の女を連れていて大騒ぎをする。私は老人に好感を抱いていた。彼の投資する金額を思いだすとギョッとなるのであるが。

その老人が川崎競馬場へも来ていることを知らなかった。もっとも、私が川崎まで行くのは、一年のうち二度か三度ぐらいでしかない。

「そうか。馬主さんなのか」

彼は馬主席の中央にいた。ときどき、ゆっくりと振りかえる。すると、スタンドの柱に靠《もた》れ掛って立っている若い男が、昔の兵隊のように、さっと緊張して一度不動の姿勢をとり次にバネ仕掛の人形さながらに彼の席まで駈け降りてゆく。彼はメモ用紙を渡す。金を、ときには財布ごと渡す。

私は、その日も取られっぱなしだった。覚悟はしていても良い気分にはなれない。気持が沈んでくる。南武線で川崎駅から国立市の谷保《やほ》駅まで……。その道中のことを思うとうんざりする。

二月の寒い日だった。ルーレットの赤のチップのような太陽が西の空に貼《は》りついていて動かない。

3

石渡広志に会ったのも府中の競馬場だった。彼はパドック（下見所）の最前列にいた。

「山口さんじゃないですか」

「そうですよ」

煩《わずら》わしいことになるのは御免だという気持が顔にあらわれていたかもしれない。サインしてくれ握手してくれという類のことが多くなってきている。競馬場では気持を乱されたくないと思っていた。

「石渡ですよ」

「えっ？」

「石渡広志ですよ」

「……」

「川崎の幸町小学校で一緒だった石渡広志ですよ。憶えていませんか」

「いや、憶えてる、憶えてる。いやあ驚いた。びっくりして声が出なかったんだ」

「なにしろ五十年ぶりですからね」

「実はね、この前、栗田に会ってね、栗田常光だよ、級長の……。きみの話が出たんだよ」

死んだと思っていたという言葉が出かかった。

「栗田に会ってね。いやあ、探していたんだ。よかったなあ、こんな所で会えて」

私は石渡のTシャツの袖《そで》を摑んだ。

「そうじゃないかと思って声をかけたんです。週刊誌であれを見ましてね。……いままで、何度もあんたの顔を見ているんですよ。でもね、悪いと思っていましてね、競馬場で声をかけたりしちゃ」

博奕場で肩を叩《たた》かれたり袖を引かれたり声をかけられたりすることを、ひどく嫌う人がいる。こいつ心得ているなと思った。

「いつも来てるんですか?」

「まあ、だいたいね、家が近いから」

「よく見かけたなあ。でもね、悪いと思って……。こっちは、あんたの顔を知っているんですよ。写真とか似顔絵とかで」

「あとで、ゆっくり話をしよう。いいんだろう? 今夜は」

「別に用事はないですけれど」

「競馬をやろう、昼間は。話は夜だ」

逃がしてはいけないという気持になって、石渡を西玄関の受付まで引っ張っていった。受付の女性に話をして、四階席の切符を二枚もらい、二人でならんで坐ることができた。

「いつもこんなところで見ているんですか」

「まあね。切符を貰えるから。あんまり良いことじゃないんだけれど、齢《とし》を取ると、人の好意に甘えるのが平気になってしまうんだ」

「いいじゃないですか、あんなに書いているんだから。あれは凄《すご》い宣伝ですよ」

「良いことばかりは書かないよ」

「ああ、船橋のことを書いていましたね。読みましたよ」

「あれは、まずかったかなあ。腹が立ってね。暴力団のことを書きすぎたかなあ。あれはヤバイか」

「かまわないですよ。どんどん書いてください」

「ちょっと聞きたいことがあるんだけれど」

石渡はボストンバッグを持っていた。

「それ、どういうわけ？　資料が入っているの？」

私はボストンバッグを指さした。

「まさか……。着換えですよ」

「家出スタイルだな」

「そうなんですよ」

石渡は、はにかみ笑いを浮かべた。

「着換えって？」

「ぼく、川崎から来たんです」

「……」

「川崎で競馬をやりましてね。五日開催ぜんぶやってね。今朝、南武線に乗って、それで府中に来たんです」

「ホテルかなんかに泊って？」

「御大師様の裏に旅館がありましてね。いつも泊るんです」

これは警戒をしなければいけない。要注意人物かもしれない。栗田に聞いた話を思いだした。

「競馬が好きなんです。競馬だけなんです。……でも、府中と川崎だけなんですよ」

石渡は私の危惧《きぐ》を察知したかのようで、あわてて打ち消すようにして言った。

「それじゃ俺と同じだ。俺も府中と川崎だけ。それも川崎はめったにやらない。だから中山も行かない。遠いということもあるけれど」

「嬉しいなあ。右廻り（府中と川崎は左廻り）の競馬なんかやれるかってんですよ。おんなじですよ。だから、大井へは行きません。もっとも、若いときは九州の荒尾や中津へも行きましたけれど」

やはりそうかと思った。

「今日は？　今日は家へ帰るの」

「帰りません。今夜は府中の旅館に泊ります」

「よかったら俺の家に泊らないか。近いんだ」

「ありがたいんですけれど、仲間がいますんでね」

「それは悪いことをしたな。あと一枚ぐらいなら都合がつくと思うけれど。立見になるかもしれないが」

「いいんですよ、放っといても。あとで旅館で会えれば。……会えればって、同じ部屋に泊るんですから」

「そんなことしていて、奥さん、怒らない？」

「怒らないんですねえ、これが。あまり良い顔はしませんけれどね」

「そりゃそうだろう」

石渡はレースが終ると、すぐに姿を消す。それはパドックへ行くためだった。彼は、いつでもパドックの東寄り最前列にいるという。そう言えば、朝会ったとき、石渡に話しかけようとする男がいた。石渡のほうでも挨拶している男がいた。そこに屯《たむろ》する常連がいるのだそうだ。

私も昔はそうだった。必ず近くで馬を見て、返し馬を見てから馬券を買ったものである。それが、だんだんに面倒になっていった。階段の昇り降りで息切れがする。それと、指定席からの出入りの手続きも厄介になってきている。

「偉いなあ。尊敬するよ」

「これだけが楽しみなんですから。そうでなけりゃ競馬をする意味がない」

「まったくだ」

「競馬場のそばに泊るのも、馬の匂いのするところでないと落ちつかないからなんです」

これは上質な競馬ファンである。データだけを相手にするのなら競馬場へ来る意味がない。

「お前に馬がわかるかって言われれば、わからないと答えざるをえませんね。実際、わからない。しかし、長年パドックで馬を見ていれば何か感ずるものがあるんですね。それで馬券を買うんでなくては面白くない。だいたいね、昔は、それしか方法がなかった。いまみたいな情報過多じゃなかったんです」

「その通りだ。……おい、きみ。あの爺《じい》さん、知っているかね。薄い紺の背広を着た」

「どれ？」

「いま、立ちあがって、こっちを振り向いたろう。ちょっと外人っぽい顔をしている……」

「ああ、あの人ですか。知りませんね」

私は、これまでの経緯を話した。一レースに百万円以上もの馬券を買うこと。四、五人の取り巻きがいること。社長と呼ばれること。

「着ているものの趣味がいいんだ。金目のもので下品じゃない」

「なるほどね。こういうところでは誰だって社長って呼ばれるんですよ。社長でなければ先生。競馬場では人間は社長と先生の二種類しかない」

「だけど、あの若い男たちはノミ屋じゃないよ。ちゃんと売り場へ行くんだ。柴田っていう人らしいんだけれどね」

「知りませんねえ。柴田社長なんて聞いたことがありませんよ」

「やあ……どうも」

私たちは東府中駅の近くの、私の行きつけの小料理屋にいた。私は盃を目の高さにあげた。

「しばらく……」

「しばらくとかごぶさたなんていうのは、三年とか四年とかのことでしょう。……五十年ですよ」

その五十年というところだけを感慨をこめてゆっくりと言った。石渡は血色のいい顔をしていた。小太りで頑丈そうな体つきをしている。身形《みなり》も小ざっぱりしていて元気そうだ。

「栗田に会ってね」

「さっき聞きましたよ」

「栗田常光、憶えているだろう。級長さんの」

「知ってますよ」

「ああ、そうか。中学も一緒だったんだね。川崎中学……」

「そう。いまの川崎高校ね」

「秀才学校だ」

「だかどうですかね。ぼくのような男もいる」

「きみの話が出たんだ。イシワタリでよかったんだね、イシワタではなく……」

「そう」

「石渡広志、か」

私は、しんみりした気分になって自分の盃に酒を注いだ。

小学校に入学したとき、お河童頭《かっぱ》というか、当時は坊ちゃん刈りと言われていたが、髪を伸ばしていたのは私と石渡の二人だけだった。

入学して一週間後ぐらいだったが、石渡の母親が教室に入ってきて、私の肩に手を置いて言った。

「ごめんなさいね。広志を苛《いじ》めないでくださいね」

私は、不思議にそのときのことをハッキリと記憶している。彼女は私の机のあげ蓋《ぶた》をあけて、なかに新聞紙を敷きつめた。どうも、私は石渡を殴ってしまったらしいのである。ほんの子供の喧嘩《けんか》であるにすぎないのであるが、私は泣虫のくせに、ときに凶暴性を発揮する生徒であったようだ。

石渡の母親は、息子とよく似ていて、色白の、ふっくらとした女性だった。それだけのことであるが、そのことを、ずっと忘れないでいた。石渡の家は何代にもわたる豪農で、広大な土地を持っているという噂《うわさ》があった。そのとき、すでに、私は金満家に対して敵意を抱くという傾向があったようだ。金満家にかぎらず、幸福な家庭、安穏な生活、親が学校の教師であるとか役人であるとかという堅実な家庭に対して、いわれなき反感を抱いていた。そのことは、ずっと長く続いた。

「いま、何をやってるの？」

「商売ですか」

「そう」

「ろくなことをやっていない」

石渡が、ボストンバッグのなかから名刺を取りだした。瑞穂《みずほ》幼稚園園長・石渡広志と印刷されている。

「立派なもんじゃないか……。へええ。栗田はね、塾をやっているんだ。進学塾じゃなくて、落ちこぼれ専門らしいんだ。いかにも栗田らしいね。へええ……。似たようなところに落ちつくもんだね」

「栗田さんのは立派ですけれど……」

「幼稚園の経営なんて、俺もやってみたいと思ったことがあるな」

「およしなさいよ。いま、ひどいんです」

「子供の数が少くなったんだって」

「そうです。それに、園長って言ったって、本当は女房がやっているんです。ぼくは園児の送り迎えだけ……」

「マイクロ・バスかなんかで」

「そうです」

「じゃ、困るじゃないか。こんなことしていていいのか」

「いいんですよ。女房の弟が近くに住んでいましてね、そいつが代りをやってくれるんです」

「川崎じゃないんだね」

私は、もう一度、名刺を見た。幼稚園の所在地は豊島区になっている。

「ですから、言ったでしょう。川崎競馬をやるときは泊りがけだって」

「聞いたけどさ」

「楽じゃないんですよ、これで」

「川崎のほうは？」

「……」

「家とか土地とか」

「ありません」

「どうして？　東急が買い占めにかかったことがあるだろう。多摩ニュータウンか。山林を持っているって聞いたことがあるんだよ。だからね、石渡はキャデラックを乗り廻しているとばかり思っていたんだ」

「持っていましたよ、たしかに。山林もキャデラックも。キャデラックじゃなくてロールスロイスでしたけれど。……いまじゃ、残っているのはマイクロ・バスだけ。それも借り物です」

「聞いちゃいけないようだな」

「かまいませんよ」

「いつか、ゆっくり話してくれよ」

「小説にするんですか」

「うん。書きたいと思っているんだ。あの時代の川崎を」

「どうぞ、どうぞ。いくらでも協力します」

「栗田に会ってね」

「そうだ。その話、聞きたいなあ」

「俺は昭和五年から十年の秋まで、川崎にいたんだ。その頃のことを書きたいと思って、まず頭に浮かんだのは栗田なんだ。それで、あんなこと週刊誌に出したんだけれど……。中学時代は文通があったんだ。それさえ、よくは思いだせないんだけれど」

「うんと小《ち》いさいときのことは憶えているってことはありますね」

「そうなんだ。土地勘がないと書けないからね。なにしろ、あんな秀才だろう、川崎中学だろう。俺のことや、両親のことや、あのへんの川とか原っぱとかね、いろいろ教えてもらえると思っていたんだけれど、会ってガッカリしたね」

「………」

「まるで憶えていないんだね」

「どうしてでしょうね」

「貧しかったんだね」

「………」

「貧しすぎたんだね。……小学校時代はね、学校から帰ると大家さんの家の子守をしていたんだって。遊ぶヒマがなかったんだよ。だから、近所のことは何も知らない」

「勉強ばっかりで」

「そうでもないんだろうけれど、普通の子供とは違うんだね。……石渡は朝鮮池って憶えているかね」

「知らないな」

「本当かね。ガッカリするなあ。あそこで石合戦やったじゃないか。池をはさんで。朝鮮池が、幸町小学校と御幸小学校の縄張り争いの接点だったんだ」

「知りませんね」

「貧しすぎるのもいけないけれど、きみのような金持も困るんだね。じゃあ、御幸学校良い学校、あがってみたらボロ学校って歌わなかったかい」

「それは憶えていますよ」

「とにかく空襲でやられたのがいけないんだよ。四月十五日の大空襲ね。跡形もないんだもの。栗田のお母さんは、それでやられたんだって……。地形が残っているとか、栗田のお母さんがもっと長く生きているとか、そうすれば、いろいろ思いだせるんだろうけれどね。川崎ってところ、いつでも発展途上なんでね、道路も川もめちゃめちゃに変っちまうんだから。これが、金沢とか松江とか津和野とか、ああいう町なら思い出がそのまま残るんだけれど」

「……」

「栗田の家ね、夜中に、お母さんが、常《つね》ッ！　飯炊《めした》けたよって小さな声で言うんだって」

「夜中に？　どうしてですか」

「想像だけれどね。近所中借金だらけだったんじゃないか。米の飯を食べるってことも憚《はばか》られるような……。カマドの煙を見られちゃまずいんじゃないか」

「ふうん、そんなだったんですか」

「石渡ね、クモに喧嘩させたこと憶えているか」

「ホンチね、バラホンチ」

石渡の目に生気がよみがえったように思われた。栗田もそうだった。私が取材のために会った同年輩の男たちは誰でもそうだった。クモの喧嘩の話になると目が輝く。

「栗田はババって言ったぜ。ホンチの雌はババだって。全体が茶色で一皮むけると頭が黒くなる」

「そうそう。マッチ箱にいれてね、大事に持っているんだ。それをガラスの箱にいれて喧嘩させる」

「俺なんか凝り性だからね、おふくろの三味線の駒をいれる桐《きり》の箱にいれてね、あれは宝物だった。おふくろは長唄《ながうた》をやっていたから」

「それは違いますよ。桐の箱を駄菓子屋で売っていたんですよ。高いんです。だから栗田はマッチ箱でしょう。ぼくは桐の箱ですよ。それを頭にのせて学帽をかぶる。それくらい大事にしていたんです。まさに肌身離さずってやつでしたね」

私の頭に閃くものがあった。

「ねえ、石渡。こんどの川崎競馬はいつからかね」

「……」

「六日開催ってのはないかね。どうせなら六日間のほうがいい」

石渡は、また、ボストンバッグのなかに手をいれて、南関東・公営競馬開催日割という手帳のようなものを取りだした。

「ああ、ありますあります。六月九日の水曜日から十四日の月曜日までです」

「それがいい。六日間、きみと一緒に競馬をやろう。泊りこみで」

「そんなヒマあるんですか」

「ヒマって、こっちは仕事だよ。それより、きみのほうはどうなんだ」

「こっちは、どうせ行くにきまっているんですから」

「きみの泊る旅館がいいや。川崎大師の裏の」

「それよりね、こんど新しいホテルが出来るんです、市役所の隣にね」

「サンルートだろう。広告が出ていた」

「市役所の隣のほうが取材には便利でしょう。競馬場へも歩いて行かれます。野球場も近い。夜はナイター見物ができますよ」

「いやいや。きみと一緒に川崎の町を歩きたいんだ」

「いいですよ。それは有難い。ぼくも住んでいたあたりを歩きたいと思っていたんです。これは齢のせいかな。いやあ、嬉しいな」

「その前に、もう一度会いたいな」

「パドックにいますよ、必ず。パドックの東寄りの最前列に」

「ああ、いいことがある。今日の席でもいいんだけれどね、ゴンドラ席にも入れるんだ。中央競馬会のPR雑誌に、ときどき原稿を書かされるんだ。それで、寄稿家のための部屋があるんだよ。作家先生の部屋なんて言われるんで厭《いや》だったんだけれど、そっちのほうがいい。土曜日なんか誰も来ないから、ゆっくりと話ができる」

「ぼく、いいのかな」

「だいじょうぶだよ。今日行ったのは西玄関だけれどね、隣に東玄関ってのがあるんだよ。そこの受付へ行って石渡って言えば入れるように頼んでおくよ。だいじょうぶだ」

夜が更けてきた。禁酒している私は、盃三杯の酒を時間をかけて飲んでいた。

「今日の爺さんね……」

話がまとまって、私はのんびりした気分になった。禁酒していると三杯の酒でもホロッと酔うのである。

「ああ、あの人」

「あれで何歳ぐらいだろうね」

「七十歳前後ってところでしょうか」

「俺もそう思うな」

「案外、筋者かもしれませんよ」

「まさか……。初めね、去年の暮なんだけど」

「暮は中山だから、十一月でしょう」

「そうそう、十一月だ。ビキューナーのオーバーを着ているんだ」

「ビキューナー?」

「高いのがあるんだよ。マフラーでも三十万円ぐらいする。オーバーだと二百万円から三百万円だね。三百万円のほうに近い。競馬場へビキューナーを着てくる男なんて、あの老人しかいないよ。間違いない、あれはビキューナーだ。そばへ寄って見たんだから。薄茶色っていうより黄色にちかい」

「小説家って変なことに興味があるんですね」

「そうなんだ。目が違ってきちまうんだね。気になってしょうがない。目って言えばね、あの老人、目つきが尋常じゃない。冷い目なんだ。外国の映画俳優にいたろう。ほら、なんて言ったけな。薄情そうな顔をした、細くて長い鼻の……」

4

私は「週刊新潮掲示板」という欄に、次のようなものを投稿した。それは『週刊新潮』四月十五日号に掲載された。発売は四月の初めということになる。

山口　瞳　昭和五年から十年の秋まで、川崎市南河原二八五（現在の幸区柳町七）で暮していました。当時のことを調べているのですが、私のこと、私の両親のことを記憶しておられる方がいらっしゃいましたらご一報願えないでしょうか。小学校は幸町小学校で、三年生の二学期まで在学しました。担任は、詰襟《つめえり》の洋服を着た、若くてもの静かな感じの小守先生です。同級に栗田常光さんという抜群に勉強のできる生徒がいました。川崎中学、水戸高校を経て東大を卒業したと聞いていますが、栗田さんをご存じの方がおられましたら教えて下さい。これが栗田さんの目にとまれば一層うれしいのですが。(作家)

私や栗田と幸町小学校で同学年であった斎藤静子という女性が、この記事を読んで、栗田に電話を掛けてきた。栗田もこれを読んだ。斎藤さんは、病気療養中の夫に、ほら、栗田さんという勉強の出来る子がいたっていうのは本当でしょうと語ったという。

放送作家の安倍徹郎から連絡があり、水戸高校出身の友人がいるので、それとなく訊《き》いてみたら、栗田常光を知っているという。前田和一という男であるが、と言って、栗田の住所と電話番号を知らせてきた。後に前田さんからもハガキを貰った。

私は栗田に会うことになった。その前に、栗田は、「週刊新潮掲示板係」宛に速達を出している。私がその手紙を受けとったのは栗田に会った後のことになるが、その全文を掲げておく。

4月15日号御誌の〝週刊新潮掲示板〟掲載、山口瞳さんへのおたよりです。よろしくお願いいたします。

山口瞳さん

懐旧の情ひとしおでした。

私自身、四月十五日の川崎大空襲で焼け出され母を失いました。それ以来幸町小学校の友とは誰にもお会いしてないように思います。

四月十五日に川崎と訣《わか》れた私が、週刊新潮の四月十五日号で山口さんからお名指しを受けたことも不思議です。

ただ残念なことは、あなたが麻布に移られた次の年の二月、二・二六の時の私あてに認《したた》められたおたよりを含めて写真や記録など灰燼《かいじん》に帰してしまったことです。そして、掲示板にお書きになられている、昭和十年までの山口さんのお家のこと、ご両親のことについてほとんど記憶がありません。申訳ない仕儀です。

ただ山口さん自身についてはは鮮烈なイメージが今でも残っており、級友としての山口さんと私との幼い時代の交流のようなものを、二、三書きしるしたものはあります。といいますのは、私も、私の〝生涯〟を、この二十年近くにポチポチ書いては小さな同人誌に寄せてきたからです。私としての人生の記録を残しておきたいのです。

東大卒業と前後して、私は教師の道をえらび、爾後《じご》満三十一年中学教師として過ごし、しばらく前に退職しました。

お話をしたいことは限りなくありますが、〝掲示板〟にご迷惑をかけてもすまないことです。これでやめます。私よりずっと忙しい山口さんのご都合のよい時、お目にかかれれば、と楽しみにしております。

気持ばかりが上ずって、うまく書けませんが、お察しください。

昭和五十七年四月十一日

栗田常光

追って

〃掲示板〃の〃抜群に勉強のできる生徒〃は、そのまま、山口さんにお返しいたします。アシカラズゴ笑納クダサイ。オカッパで目のクリクリしたひとみ君の顔がチラチラして離れません。

栗田とは、昭和十一年二月二十六日の、二・二六事件の直後までは文通があったことが確かになった。すると、いったい、栗田が水戸高校に進んだことを誰に聞いたのだろうか。戦前、新聞や週刊誌、あるいは受験雑誌に官立高等学校の合格者名が発表され、そこに栗田常光の名を発見したということなのだろうか。案外に、そんなことではなかったかという気がする。

私が「週刊新潮掲示板」に投稿したとき、実際のことを言えば、栗田は死んでいるのではないかという考えのほうが強かった。すくなくとも五分五分ぐらいに考えていて、私の投稿は無駄になるかもしれないと思っていた。

だから、栗田が生存していて、会えることになったときの喜びは非常に強かった。私も上ずってしまっていた。

なぜ栗田が死亡しているかもしれないと考えたかというと、栗田には二人の兄がいて、二人とも結核患者だという噂があったからである。(後に、これは根も葉もない噂であると判明した)

また、その二人の兄は共産党員であるという噂もあった。抜群の秀才＝孝行息子＝肺病＝共産党員という図式は、戦前では不自然ではない。これに極貧が加わるのである。

私は、栗田は必ず世の中に名前の出てくる男だと信じていた。ある日、突然、共産党の幹部として、栗田常光の名が出てくる。ずっと長い間、そう信じこんでいた。私が最初に味わった挫折感は栗田常光という存在によってのことであるが、必ず、もう一度、挫折感を味わわされるだろうと思っていた。私が、会社員時代、失業者時代、小説家になった現在を通じて、栗田常光という名は、たえず頭のなかにあった。探しだす方法はないことはない。それをやらずにいたのは、栗田に会うのが辛いからだった。会えば打ちのめされるだろう。栗田は、必ず、正しいという言い方はおかしいが、人間として真当な生き方をしているだろう、私のような自堕落な男とは違うはずである、そう思って怯《ひる》んでいた。

栗田の名が、何かのことで世に出てこないのは、あるいは亡くなっているためかもしれない。そう思うのはおかしいかもしれないが、私としては筋道が通っていた。あの誠実で刻苦勉励の男が、政治家、実業家として世に出ないはずがない。

だから、栗田との連絡がついて、会うことになったとき、私はかなり緊張していた。昂奮《こうふん》していた。

5

栗田に会ったのは四月二十日である。

銀座裏の我儘《わがまま》のきく小料理屋で会うというのが自然で便利であり、いつものやり方なのであるが、私はそれをしなかった。電話の感じでは相当に神経質な男であるようであり、こちらも気を使った。ありきたりの小料理屋であっても、流行作家の贅沢《ぜいたく》と受けとられかねない。私にはまったく会合場所についての見当がつかなかった。

栗田は厚木に住んでいるという。私は、町田駅で会おうと言った。小田急線では、それくらいの知識しかなかった。町田駅といったって、電車で通り過ぎたことがあるだけだった。栗田は駅ビルのなかの喫茶店を指定した。会えば顔はわかると思うと言った。

約束の時刻は午後二時である。私が到着したのは午前十一時半だった。初めに喫茶店の所在を確かめた。それから駅ビルのなかを歩いた。喫茶店では話がしにくい。小座敷があったほうがいい。二時とか三時でも営業していないといけない。贅沢な感じの店があるわけがないが、不味《まず》い店でも困る。静かで感じのいい店でないといけない。そう思って、三軒ばかり、店のなかに入って様子を見た。

私が駅ビルのなかの飲食店街を歩いていると、向うから歩いてくる男が、急に立ちどまった。まだ十二時にもなっていない。

「おう……」

というような声を発した。

「山口さんでしょう」

それが栗田常光だった。私は濃厚な親近感を感じた。まだ二時間も余裕があるのに、私と同じことをしていたのである。それが一目でわかった。

「そうですよ」

「なつっかしいなあ」

栗田は力をこめていった。そのとき彼はすでに、うっすらと涙をためているのがわかった。栗田が右手を差しだし、私たちは握手した。

私は、栗田はよれよれのレインコートを着て、鳥打帽をかぶってあらわれるだろうと想像していた。これは、戦前の共産党員、もしくは社内で疎外されている新聞記者のイメージである。しかし、栗田は、ごくごく平凡な紺色の背広で、赤の入った明るいネクタイを締めていた。停年を控えた小学校の校長という感じだった。私にいくらか気落ちする気配があり、同時に、平穏無事であるらしい栗田の生活を祝福したいような気持もあった。平凡な生い立ちではなかったはずであるのに——。私には、依然として、反権力のために戦っている好ましい青年、石川啄木流に言えば、そのかみの不幸な神童という、五十年間にわたって育てられた像が残っていたのである。

栗田も駄目だと言い、私もそう思ったので駅ビルを出て町を歩いた。私たちは、寿司屋の二階にあがった。静かではなくて有線放送の音楽が流れていたが、座敷は座敷だった。

もう孫が三人いるんだよ。結婚が早かったからね、学生結婚だから。学生のときに家内と二人で都落ちしてね。新島、伊豆の。貧しい島でね。

——駈落ちだろう、それは。

そう言うのかな。新島には小学校の教師がいないっていう話を聞いてね。人生意気に感ずってやつでね。それで先生になっちゃった。

——左翼運動をやっていたって聞いていたんだけれど。

それは違いますね。水戸高校へ行きましてね。終戦になる間際に全寮委員長になってね、自治寮の。そのときの学生監が佐賀県の警察からきた男でね、弾圧というか、完全に監視にきたんですね、これが。ですから籠城ストをやったんです。それが誤って伝えられたんでしょう。左翼でも共産党でもなんでもないんです。どっちかっていうとニヒリストなんです。当時流行《はや》ったヤスパースとかハイデッガーとかね、実存主義のほうだったんです。

さっきの続きだけれどね、叔父が石川台にいましてね、地主なんです。その叔父のところに厄介になっていたんです。家は丸焼けで大船のバラックへ移っちゃったもんですから。当時、飢えているのは活字だと思ったもんですから、田園調布で貸本屋をはじめたんです。家内は文化学院なんです。家内の家は世田谷の東多摩川で、やっぱり田園調布が近かったんです。それで、私は田園調布の駅前でガレージを借りましてね、車庫を改造して貸本屋をはじめたんです。家内は本を借りにくる客だったんです。南原繁の『国家と宗教』なんかが人気がありましたよ。

——それで奥さんと一緒に逃げたのかね。結婚に反対されたのか。学校はどうしたの。

学校はやめませんよ。ちゃんと卒業しましたよ。なにしろ、戦前ほどではないにしても貧乏のドン底でね、親爺《おやじ》は覇気《はき》がなくなっちゃってね、当時は、いまほどアルバイトなんてなかったんですよ。それこそ豆電球を売っていくらとかね。そのとき、新島の小学生が困っているっていう話を聞いたんです。新島に飛行場がありましたから強制疎開されましてね、島へ帰ったら教えてくれる先生がいないっていうんです。ぼく自身、小学校のときに先生に助けられましたからね。よしってんで……。

——ニヒリズムと理想主義が同居していたわけだね。

勝森先生って知ってる？　ずいぶん世話になったんだ。金銭的にね。ぼく、小学校を出るとき総代に選ばれたんです。で、うちへ帰って報告したら、駄目だって。お前、着てゆくものがないって、おふくろに言われたんです。翌日、学校へ行ったら物凄く叱られてね。その恰好《かっこう》でいいじゃないかって。……それから二、三日してからかな、夜、勝森先生と女の迫田先生がうちへ来たんです。着物を持ってね。これを着なさいって。上から下まで。小倉の着物と袴《はかま》なんです。迫田先生が徹夜で縫ってくれたんだそうです。それから、十銭くれてね、これで床屋へ行きなさいって。もちろん、それだけじゃないんですよ。ずいぶん、金銭的に世話になったんです。ぼく、それを『袴』っていう小説に書いたんですよ、同人誌にね。それを迫田先生に送った人がいるんですよ。いま、迫田先生、九州におられるんですって。

そんなことがあったから、ぼく、新島の話を聞いて、だまっていられなくなっちまったんですね。……でもね、えらそうなことは言えないんです。新島へ行って五、六年経《た》ったころ、オッチョコチョイだなあって思ってね。しまったって思ったんです。本土……本土って言うんですがね、こんなことしていないで、ずっと本土にいればよかったって……。そうなんですよ。だから、結婚に反対されて新島へ逃げたっていうんじゃないんです。その後、ずっと中学の教師ですよ。停年になって塾をはじめたんです。

左翼運動はね、ずいぶん傾倒した時期もあったんです。でも党員にはならなかった。実践的な人間じゃないんです。ぼくは、懶《なま》け者でね。それにセンチメンタルな人間なんです。論理よりも感情の男なんですね。そりゃ、糞《くそ》っ！　と思うことはありましたよ。でも、実行には移せないんですね。

いまでも住民運動はやっていますよ。誰が見てもそうだ、これはいけない、っていうことに対しては応援していますよ。だけど、それだけですね。

ぼくはね、山口さんのところ、金持だと思っていたんです。お坊ちゃんだと思ってね。これは終生の仇敵《ライバル》になるだろうって。……少年倶楽部を借りたことがあるんですよ。だけど、山口さんに借りるってのが厭でね、ずいぶん我慢していたんですよ。そのうちに、読みたくて読みたくて、切羽詰ったような気持になって、貸してくれるかって訊いたら、ああいいよって言うんだね。それで、お宅へ行ったんですよ。しかし、どうしてもお父さんお母さんのことは思いだせないね。週刊誌のあれ読んでから、ずっとそのことばかり考えていたんだけど、どうしても駄目だ。そのうちに、何かのことでワッと思いだすかもしれないけれど……。

山口さんは三年生まででいなくなっちゃった。気が抜けたようになっちゃったな。糞っ！負けるものかって、それが張り合いだったからね。だから山口さんがいなくなって張り合いがなくなって、なんとなくホッとしたような、それで四年、五年、六年と、懶け者になっちゃった。

――だけどね、栗田は全甲だった。実はね、小学校へ行って調べたんだ。幸町小学校は焼けちまってね、いま中学になっているけれど別の所に学籍簿は残っていたんだ。一年から六年まで乙がないっていうのは珍しいね。

そうらしいね。

——石渡っていうのを知らないか。

知らない。

——石渡広志。きみと同じように川崎中学へ行ったんだけど。

え？　石渡広志？

——死んだらしいんだ。その小学校の教頭が言ってたんだけれど。いま、同窓会名簿を作ろうっていう動きがあってね、だけど、石渡はわからないそうだ。ああ、栗田も連絡してやってくれよ。きみの住所も空欄になっていたぜ。……その石渡だけどね、栗田と石渡だけは憶えているんだ。石渡はね、私と石渡だけが坊ちゃん刈りだったんだ。それでよく憶えている。石渡は色の白い弱々しい子供でね。栗田は色が黒くて、栗みたいだった。

ああ、石渡くん、思い出したよ。

——おいおい、中学も一緒だったんだぜ。

しかし、川崎中学を出たのかなあ。途中でいなくなっちまったんだよ、たしか。おそろしく頭のいいやつでね。でもね、出席率が悪くて問題児だった。大変な金持の息子でね、大地主なんだ。それが、戦後、お父さんが事業に失敗して、ガス自殺したとかなんとか。このガス自殺ってのが、変にハイカラなんだね。石渡も、なんか大失敗して九州のほうへ行ったとかなんとか。これも風の便りっていうやつでね。正確なところは知らない。

——じゃ、アンポンは？

アンポン？

——渾名だけ知っていて名前は知らない。母がアンポンって呼んでいたから。

知らないな。

——朝鮮人だった。そのアンポンが泊りにきたことがあるんだ。小学生のころの一種の冒険旅行だね。ちいさい奴でね。あ、そうだ、こんなこと言っていいかどうかわからないが、小学校のとき、弁当持ってこないのが、栗田とアンポンだった。

ぼくはね、学校の正門の前に家があったんだ。お菓子屋の裏の二軒長屋。だから昼休みには家に帰っちまう。昼飯を喰いに行くって言ってね。ところが家に帰っても食べるものはない。部屋のなかで突っ立っているだけだ。あとは水を飲むだけでね。弁当も持っていかれない、後援会費も払えない。弁当よりもそっちのほうが辛い。なにしろ嘘《うそ》を吐《つ》かなけりゃならないからね。つまらない嘘を吐くんです。いま考えると、現在より賢《さか》しい人間だったんですね。弱味を見せまいと思って……。いまは駄目なら駄目、無いなら無いって言えますけど。先生も嘘だとわかっても何も言わない。忘れましたなんて……。それが子供だから、すぐバレるような嘘を吐くんですね。それが恥ずかしくって厭で厭で。知恵を働かせるんですね、いろいろと。……下手な嘘なんで、自分でも下手だってわかるから。あれ、父兄会費って言ったかね、やっぱり十銭だった。

——そのアンポンはね、小使いさんの部屋で弁当喰ってんだ。アルミの薄い弁当箱でね。麦飯だった。

麦飯なら上等ですよ。

――アンポンが泊りにきてね。そうしたら、油っ紙を持っているんだね。寝小便の癖があるんだって。私と一緒に寝るんだからね。そのとき小便したかどうか、たぶん、しなかったんだと思うね。可哀相になっちまってね。ちいさくてね、色の真黒い子だった。うちの母は、そういう子を可愛がるんだ。ちっとも厭な顔をしなかった。憶えていないかい、アンポン……。

憶えていないなあ。新島時代に盗みをする生徒がいましてね。そういう点だけは、ぼくは良い教師だったと思いますね。その生徒の気持はわかるんです。それで、あるとき、生徒の前で告白しましてね。貧乏な小学生時代の話をね。ぼくは泥棒はしませんでしたけれど、その一歩手前までいったって話をね。……それから教頭時代にね、月謝を納められない生徒のことを事務的に扱っている教師がいましてね。そのときは、ひどく叱ったんです。処置する前に、まずその生徒の家へ行ってこいって。自分で驚いちまった。自分の剣幕に。

それで、ぼく、山口さんの家が貧乏だって知らなかったの、ずっと。……あれ読んでびっくりした。

――あれって、私が文学賞を貰ったやつ？

そうですよ。考えてみたこともなかったな。山口さんの家は裕福で、ぼくの家は貧乏だって。山口さんは良くて、ぼくは惨めだって、ずっとそう思っていましたからね。

――あのとき、すぐに気がついた？

わかりましたよ。変った名前ですからね。それで、読んだら川崎が出てくるじゃないですか。糞っ！　と思いましたね。また先きを越されたって。

――貧乏だったんだ。なにしろ大八車一台で川崎まで逃げてきたんだからね。家には卓袱台《ちゃぶだい》もないんだ。お膳は蜜柑《みかん》箱でね。正月でも餅《もち》が四つか五つかならんでいるだけでね。あと蜜柑が一箇かな。

そうなんだってね。知らなかった。違う世界の人だと思っていた。ぼくはね、アンパン一箇喰ったことがなかった。兄が二人いましたからね。端っこを齧《かじ》るだけ。……山口さんのところは立派なお母さんですね。

――凄い女ではありましたね。

立派なお母さんですね。『血族』っていう小説を読んで驚いた。うちの母はね、小田原藩士の娘だなんて言ってましたけれど、小学校しか出ていませんし……。でも人情は厚かったですね。人に情をかければ必ず自分にかえってくるって。金はないけれど心の錦って言うんですか。修身の教科書みたいな母でした。それが五十二歳で死んじまって。

――空襲でしょう。

そうなんですが、孝行したいときには親はなく、ってあれですね。ぼくは母親だけは仕合せにしてやりたいって念じていましたからね。山口さんのところ、五十六歳で、昭和三十四年でしたか。

——そうです。

それも羨《うらや》ましいと思ったな。もうサントリーに勤めていたんでしょう。

——ええ。

お母さん、安心して亡くなったんです。

——その意味ではね。ちっとも仕合せではなかったろうけれど。

いろいろ読んでね、山口さんとうちとが似ているのに驚いた。別の世界の人だと思っていましたからね。でも、山口さんのところは東京へ移ってから、すぐに金持になったでしょう。戦争の影響で。……うちは反対です。終戦があと十日のびていれば大金が入るはずだったって父が言っていました。

——学籍簿の栗田の父の職業欄は建築請負業ってなっていたよ。

ブローカーなんです。母が言っていました。お前のお父さんの仕事はブローカーだって。

——似たようなもんだね。私の父は、どちらかというと技術者だけれど、千三つ屋みたいなところがあってね。一旗組なんだよ。

ですからね、終戦間際に、ぜんぶ注ぎこんじまったんです。そうしたら終戦でしょう。とたんにダラシなくなって、覇気がなくなって、駄目な男になったんです。ぼく、それ見ていて腹が立ってね……。ウイスキイ……ウイスキイなんかあったんです。ウイスキイ飲んで、もう、めろめろなんです。……でも、いまならわかりますね、父の気持が。……理解できます。母は典型的な天皇様主義でね。でも父も根は同じだったんじゃないでしょうか。良いときもあったんですよ。山口さんのお父さんと同じでアイディアマンでね、コークスのほうの仕事で当てたんですよ。それで浅野の支店長になって大岡山に家を建てたんです。大岡山御殿って言われたそうです。ぼくの生まれる前でね、震災のあとです。どうして失敗したか知らないんですが、何かあったんでしょう。

山口さんのお父さんとの違いは学歴の差でしょう。父は出世するにつれて、これじゃいけないと思ったんでしょう、神田の簿記学校へ通いましてね。学歴はそれだけです。

そうですか。うちもやっぱり一年間ぐらい父がいなかった時期があるんです。おんなじですね。

私は、正直に言うならば、ちょっと失望した。栗田には、依然として反権力のために悪戦苦闘している男というイメージが消えていなかったのである。私に出来なかったことをやってくれていると思っていた。その意味で、かつて、小学校のとき、学力でもって私を叩きのめしたのと同じように、戦前戦後の生き方でもって打ちのめしてもらうことを期待していたのである。こういう考えは、あまりにも私の身勝手にすぎるのであるが……。

もうひとつ。川崎時代のことを、栗田はよく記憶していなかった。私は、川崎時代のことはつとめて忘れようとしていた。それは、あまりにも悲しく辛い思い出だった。栗田にも同じ思いがあるのだろうか。

6

こわい夢を見る。

父が縛られている。荒縄で縛られている。その縄は麻で、直径が三センチはあろうか。父は裸である。どういうわけか、父は坐っている。いつでも坐ったままでいる。そこは柔道場のような広い畳敷の部屋だ。父は拷問《ごうもん》を受けている。竹刀《しない》で打たれる。しかし、父は屈しない。私はそういう父が好きだ。頼もしいと思っている。自分には無いものだ。私なら泣きだしてしまうか助けを乞《こ》うかのどちらかになるだろうと思っている。

父の姿は達磨《だるま》落しの達磨に似ている。もともと小柄で小太りで、そういう体型でもあったのだ。柔道と野球で鍛えられた体であるが、肌色は白い。ぶりぶりと体を揺するようにして、絶対に屈することはない。拷問する男（誰だかわからない）を舐《な》めきっているような態度だと思われる。

どうしてこういう夢を見るのだろうか。金貸しの雇った暴力団員が畳に短刀を突き立てる。

しかし、父はビクともしない。父は弁舌に長《た》けている男である。しまいには暴力団員のほうが根負けしてしまって父に心服するようになる。これは実際に聞いたことのある話である。こういうことが何度もあったそうだ。

しかし、なぜ、父は拷問を受けるのだろうか。どうして、こういう夢を見るのか。いまでも、一年に一度か二度は、この夢を見る。もしかしたら性的な夢ではないかとも思うのであるが、そう言いきる自信はないし、根拠もない。

次の夢は、実際にあったことである。

川崎時代のことで、私は学齢以前であったと思われる。昭和六、七年ということになろうか。私が池で釣をしている。それは、家の裏手にある小さな池だった。川崎市の郊外には、やたらに池や掘割や蓮池や水溜りがあった。南河原という地名でわかるように、そのへんは多摩川の下流の湿地帯だったのではなかろうか。

砂利を採取すると水溜りができる。それは子供にとっての絶好の遊び場になるが、同時に危険な場所でもあった。いまでも通称プール道路と呼ばれる道路名があるが、このプールというのは東海道本線の架橋の下にできた水溜りのことである。

家の裏に群馬電力の変電所（いまの東電川崎変電所）があった。家と変電所の間に小さな池があった。これも、おそらくは砂利を採取したあとの水溜りであったのだろう。

私は、その家の裏手にある小さな池の岸に腰をおろして釣をしている。性来無器用であるので何かが釣れるということはない。釣れたとしても朝鮮鮒《ふな》かオイカワという程度であるにすぎない。

静かな午後で、あたりに人がいない。物音がしない。現在の川崎に住む若い人には信じられないことだと思うが、自動車というものが通らなかったのである。そのあたりの道路は、ほとんどが農道だった。子供は畦道《あぜみち》を歩いた。広い通りの遙か彼方に自動車が見えると、私たちは、それが目の前を通りすぎるのを待ったものである。そうして、追いかけた。ガソリンの臭いを嗅《か》いだ。それはシンナー遊びと似ていて、ガソリンは都会の匂いがした。

突然、池の中央に蛇があらわれた。蛇は、まっすぐにこちらに向ってくる。縄のように波打っている。その蛇が蛙を呑《の》みこんだ。蛇は、しばらくはグッタリとしているが、私が目をそらした次の瞬間には姿を消している。

私は、いまでも蛇が怖い。いや、子供の頃は、蛇を摑んだり、皮を剝《む》いたり、抜け殻を家に持ち帰ったりすることができたのである。いまは駄目だ。山道や川のそばの道を歩いていて、蛇を見ると、一目散に逃げだす。

池の夢は、もうひとつある。やはり私は釣をしている。背後に人の気配がする。

「何を釣っているんだね」

と、その男が言う。鳥打帽をかぶった屈強な男である。私は答えない。

「釣れるかね」

やはり私は無言でいる。人攫《ひとさら》いという言葉が現実にあった。すくなくとも、私は人攫いがいると信じていた。

「山口だね……」

依然として私は答えない。私は無口で陰気な子供だった。いや、めったなことには口を開かない子供だった。

「お母さんはいるかね」

そのときになって、私は、やっと、首を横に振る。そうしたほうが安全だと思っていた。また、その頃の私の家は、玄関も勝手口も錠がおりていた。雨戸も閉じたままになっていた。家に帰るときは、勝手口の戸を叩き母の名を呼ぶのである。母は、なかなか出てこなかった。

やはり、川崎時代の夢。

川が流れている。川の幅は六、七メートルだろうか。これが深くて流れの速い川である。こんなに流れの速い川を他に知らない。しかも、その川は、ある地点で直角にちかく折れ曲っている。川の底に藻《も》がある。その緑色の藻は非常に長い。私は子供だったが、女の髪の毛のようだと思った。藻は川下に向って幾千もの直線になって、絶えず動いている。そこは子供たちにとって絶好の遊び場になっていて、飽きずに見ていられる美しい眺めであるが、怖しい感じもした。流れが速いためか、魚影を見ることはなかった。

川の折れ曲った地点に、ニコニコ食堂という食堂があった。そこで何を売っていたかという記憶はない。ただ、店先に箱が置いてあって、そこにラムネが冷やしてあったような気がする。私の家では子供が買い喰いをすることを厳に禁じていたので、ラムネを飲んだという覚えはない。

この川で蜻蛉《とんぼ》釣りをするのである。竿《さお》の先きに何をつけていたのか、鮎《あゆ》の友釣りのようなものであったのか、思いだせない。その川に何度も腹を触れながら飛んでくる銀蜻蜓《やんま》は力強く美しい感じがした。それ以上に、私にとって魅惑的な生きものだった。見るだけで胸が躍る。天才的な蜻蛉釣りの少年がいた。小学五、六年生だったろうか。色の黒い少年だった。彼は、その速い流れに身を乗りだすようにして蜻蛉を釣る。それも、見ていて怖くなる光景だった。私には銀蜻蜓を捕えることはできなかった。私に捕えることのできたのは、せいぜいがオハグロ蜻蛉というところだった。そのオハグロ蜻蛉の漆黒の翅《はね》も、新鮮な感じで充分に美しかったのだけれど、よわよわしい蜻蛉であるので、イキのいいものを捕えるという喜びからは遠かった。

この川の夢はしばしば見た。実に屢々《しばしば》見た。ニコニコ食堂や天才的な少年があらわれることは少くて、ただ川だけがあらわれる。川底が見える。藻が美しいなあ、早いなあ、怖いなあと思う。ただ、ニコニコ食堂の周辺がどうなっていたか、川の上流がどうなっているのか、ということはわからない。さらに、家との関係、家がどの方向にあるのか、歩いてどれくらいの時間を要するのか、といったことはまるでわからない。

小学校の校庭だったと思うのだけれど、あるいは神社の境内だったのか、ときどき、野外の活動写真会が開かれた。スクリーンは風にはためくし、映写機も粗末なものだったろうから、画面は把《とら》えにくい。音声はガーガーいうだけで、科白《せりふ》は、ほとんど聞こえない。

少年少女が主人公になる活動写真というのは、継子苛めなどの怖い話が多かった。私が記憶しているのは、少年が、夜、使いにだされる話である。どうしてそういうことになるのか、というストーリーのほうは忘れている。何か母が急病になって祖父の家へ薬を取りに行くといった話だったという気もするのであるが……。

山奥にある祖父の家に辿《たど》りつく。ゆっくりしていけという祖父を振りきって帰路につく。それからが怖い。深夜になっている。山道や農道に、さまざまな亡霊があらわれる。それは垂れさがった大きな樹木であったりするのであるが……。

少年は川の縁を歩く。その川が、前記の速い流れの川になってしまう。そのあたり、夢のなかで自分で創作しているのだろう。それだけのことである。少年は無事に家に帰りつく。

夢は、幼年時代に実際に経験したことがよみがえってくるものと、そうではない架空のものとの二種類があるのではなかろうか。

あの川は本当にあった川なのだろうか。私としては、それが確かな記憶であったような気がしている。誰が何と言ったって、そうであったと信じたい。

しかし、いかに川崎の南河原というところが湿地帯であって川や池や沼地や水溜りが多かったとしても、そこは平地であって、あんなに速い流れの川があったということが疑わしくもなってくるのである。あの水はどこへ流れてゆくのか。
私は、現在、国立市（中央線の立川駅と西国分寺駅の中間が国立駅である）に住んでいるが、中央線と南武線に囲まれたあたりが文京地区になっている。そのあたりは谷保村であった。湘南地方に出かけて横須賀線で帰ってくるとき、東京駅まで行って中央線に乗って帰るか、川崎駅で乗り換えて南武線に乗り谷保駅で降りるか、どちらにするか迷うことがある。南武線も国電だから料金は同じであり所要時間にも変りがない。

南武線に乗って尻手《しって》とか矢向《やこう》という駅名を見るとき、ちょっと人には語れないような感慨にふけることになる。一度、どちらかの駅で降りてみたい。そうして、あの川があるのかどうか確かめてみたい。あれは夢なのか現実なのかを知りたい。あの川の折れ曲ったところ、ニコニコ食堂のあったあたりに立ってみたい。いつでもそう思うのだけれど、私はそれをしたことがない。いつでも、あたりは暗くなっていて、そのうえ、私はひどく疲れていた。ふらりと尻手駅や矢向駅に降り立つという時間の余裕が、なかなか取れなかった。あの川についての正確なことを知りたいという止みがたい欲求を抱きながら、ずっと、それをしないでいた。川崎競馬場からの帰りも同じことだった。

こわい夢を見る。

しかし、本当にこわい夢は以上のものには含まれていない。

こわいのは次の夢だ。

母と私とが家を出る。そんなに遅い時刻ではない。深夜ではない。午後の八時とか九時という時刻であったと思われる。母は着物を着ている。上等な着物だ。いつもの母と違って化粧をしている。私の体は母の羽織で包まれている。私は五歳か六歳であったと思われる。母の体が女の匂いを発している。それは化粧料の匂いだろうか。それとも母の体臭であろうか。普通に甘酸っぱいと表現される女の匂いを発していた。私は、さあ、なんと言うか、女の体の厚みといったようなものを感じていた。母が私を連れだした。否応なしという感じがあった。つまり、母には、母親としての威厳があった。

母と私とは、そういう恰好で夜道を歩いていった。その道が登り坂になった。私たちは南武線の土堤に出た。そうやって短い坂の途中に立っていた。

かすかにかすかに、電車が近づいてくる音がする。その音が大きくなる。電車が姿をあらわす。私には、それが、とてつもなく大きいものに見えた。轟然という形容そのままに電車が迫ってくる。眩《まぶ》しい光を放っていた。とても目をあけていられないくらいに白い光を放っていた。電車は岩のように見えた。それが最大限になったとき、激しい風を捲《ま》き起して通り過ぎていった。当時は二輛編成だったような気がする。(いまは六輛か七輛、いや、もっと長いか。)そこは踏切ではなかった。小型自動車が通り抜けることができるかどうかという細い道だった。電車が通り過ぎて、たちまち真暗闇になった。

「あのとき、お母さん、あんたと一緒に死ぬつもりだったんだよ」

母がそう言った。繰り返して言ったのではない。いつ、どんなときにそう言ったのかも忘れてしまっている。こういうことを言うのは、教育上、好ましいことではない。母は軽率なところのある女である。何かのことで、母の心が弱っているとき、つい、ふらっと洩《も》らしてしまったのではなかろうか。言葉そのものも、こうだったと言いきる自信がない。

「お母さん死ぬつもりだった。瞳さんと二人で……」

であったかもしれない。

言葉も忘れた。いつ、いかなるときに、母のその言葉が発せられたのかも忘れてしまった。どうやって家に戻ったかということも記憶にはない。

「わたし、死のうと思ったことがあるの。……瞳を連れて……」

兄の丑太郎か従弟《いとこ》の勇太郎に打明け話をしているのを私が盗み聞きをしてしまうことになったのかもしれない。

しかし、私は、そのときの、母の女の匂いや体の厚みだけは確実に記憶している。その夜が寒かったのか暑かったのか、風が吹いていたのかそうでなかったのか、そんなことは覚えていない。母の態度に尋常でないものを感じていた。そのときの私に恐怖感はなかった。むしろ、それは幸福感にちかいものだったと思う。そのとき、私は初めて脂粉の香というものを知ったような気がする。南武線に乗って尻手駅とか矢向駅を通り過ぎるとき、ちょっと人には語れない感慨にふけることがあると書いたのはそのことだ。他人に言ったって理解されるはずはない。

それは私一人だけのことだ。

そのときの私に恐怖感はなかったのであるが、そのときのことを夢に見るのは怖い。母の心情を思いやるのが怖いのである。

いったい、なぜ、あの気丈で陽性であった母が死のうとしたのであろうか。しかも子供を道づれにして……。

これがわからない。

川崎時代の母は体が弱かった。父が倒産して、金貸しの雇った暴力団に追いかけられていた。頼る親戚《しんせき》はいない。母には、親戚の誰かを頼ることのできない事情があった。母は、周囲の反対を押しきって、妻子のあった父と駈落ちをしてしまったのである。そうやって生まれたのが私である。最悪の状態にあった。

しかし、それにしても、死ぬことはないじゃないか。母子心中をするくらいなら、まだまだ打つ手があったような気がする。

なぜ母は私と二人で電車に飛びこもうとしたのだろうか。

いったい、なぜ……。

7

三年前に『血族』という小説を書いた。いま、これを、その小説の続篇という心持でもって書いている。

だから、まず『血族』のほうを読んでくださいとは言わない。それを言うのは作者の我儘というものだ。

『血族』では、私の出生の秘密について書いた。私は大正十五年一月十九日に生まれたが、戸籍面では同年十一月三日生まれになっている。約十カ月の差がある。学校で言えば入学も卒業も一年ずつ遅れたわけで、兵隊検査も一年ずれたわけだから、本当は私は外地で戦死していたかもしれないのである。このことについて、私は少年時代からずっと悩み続けていた。あるときは身の幸運を喜んだりもした。

私には約三カ月年長の兄がいた。私の父には妻と娘がいたのであるが、母と駈落ちしてしまって私が生まれた。母は、父の妻が妊娠中であったことを知らなかったのである。母のところへ兄が届けられた。臨月であった母は、たいそう驚いた。そういうことで私の出生届は約十カ月遅れて提出されたのである。

もうひとつ。母のことを書いた。母は親類づきあいを好まなかった。父方の郷里は佐賀県藤津郡にあるが、父も母も一度もその地を訪れていない。母は自分の実の妹とも疎遠になっていた。そのかわりに遠縁の老夫婦を引取って面倒を見るようなことがあった。それはなぜなのか。だんだんに、母が横須賀市の柏木田という遊廓の藤松楼で生まれ育った女であることがわかってくる。母はそのことを秘していた。親類と疎遠になる、というよりは子供たちを近づけまいとしたのはそのためだった。母の妹（叔母）も同じく柏木田の朝日楼に養女にやられて、そこで育ったのである。遠縁だと言っていた老夫婦も昔の中田楼の経営者だった。親類とは疎遠にしている癖に、遊廓で育った者同士には不思議な結合があったのであり、そこに血よりも濃い血のつながりを見るような気がした。『血族』という小説の概略はそういうことになっている。

「そのうちに、何もかも教えてやるよ。お前は小説家なんだから、お前だけは知っていたほうがいい」

母の従弟の勇太郎が言った。勇太郎は、府立第一中学（いまの日比谷高校）から早稲田大学英文科に進学した秀才である。私の親族のなかでは唯一人のインテリであり、読書家であり、話のわかる通人でもあった。その勇太郎でさえ本当のことを教えてくれずに死んでしまった。

母が急死したとき、伯父《おじ》の丑太郎は遺体にとりすがって泣いた。

「おい、静子、苦しかったろう。……さぞ辛かったろうなあ、ねえ、静子、お前……辛かったろうなあ」

平生から何事につけても芝居がかったところのある丑太郎の狼狽《ろうばい》と号泣を見て私は腹を立てた。そのとき、私は母が遊廓で生まれ育ったことを知らなかった。後になって、丑太郎に済まないことをしたと思った。

父もまた、母の死に際して、

「あれは私には過ぎた女でした」

と言って泣いた。チャランポランなところがあり、特に母が死んだ昭和三十四年頃には気が狂ったとしか思えない生活をしていた父が、にわかに真率な面貌《めんぼう》となって泣いた。その涙は嘘ではない。私は父の子として、そのことを実感する。いかにオーバーな表現を好む私たち一族の者の言葉であっても、これは異様なことではあるまいか。どうも、母方の家が女郎屋であったということ以外にも秘されていることがあるような気がする。もっと奥がある。これは臭い。だんだんに、私は、そう思うようになっていった。

私もまたチャランポランなところのある人間である。母が遊廓で生まれ育った女であることに、うすうすは気がついていた。それを自分の手で確認しようとする作業は怖しいことであり、そのことを小説にするとき、常に背後に先祖の亡霊が立っているような錯覚に捉えられていたけれど、一方に、明治・大正頃の港町の政府公認の遊廓は必要悪にちかいものであったという考えもあった。昭和になっても、地方都市の大きな旅館では、数十人の芸妓《げいぎ》（女郎と同じ）を抱えていた。小さな旅館には飯盛女がいた。また、藤松楼は決して阿漕《あこぎ》な商売をしていたのではなく、これを糾弾すべき立場の、やや左がかった新聞記者が藤松楼の経営者であった祖母のヱイについて「此娼売にして此仁者顕はる」と称揚する記事を書いているのを知ったときは、バンザイを叫んだりした。

しかし、母方の先祖が人買いであったことに変りはない。この人買いよりももっと怖しいことがあるのだろうか。そうして、そうだとすれば、母方の人買いの血と、おそらくは父方に属するであろうところの、もっと怖しい血が私のなかに流れていることになる。

そんなことを調べて何になる。身内の恥を晒《さら》してどうなるというのか。そういう疑いが私を責め続けた。馬鹿なことをするもんじゃない……。

実際、私にはわけがわからないのである。狂っているのは自分ではないかと思った。ただし、こういうことはある。

私は母方のことを明治初年にまで遡《さかのぼ》って書いた。丑太郎や勇太郎のことを書いた。そうして、もし、丑太郎や勇太郎の言葉の真意が、もっと別のところにあったとすると、これは読者を裏切ることになりはしないか。その考えが強くなっていったというのも事実である。

どうやら、裏があるらしい。それは川崎時代のことであるようだ。私は栗田常光に会い、偶然、石渡広志にも会った。彼等からは何も摑めなかった。彼等は私の両親について何も知らなかった。

私は、ともかく、ヤミクモに突き進むことにした。同時に、ゆっくりやってやれ、急ぐことはないとも思っていた。旧友に会えただけでもいいじゃないかと思ったりもしていた。

8

栗田常光に会った翌々日、中学時代の同級生だった多嶋清太郎に会った。多嶋は弁護士であり、多嶋も私も中学のクラス会の幹事をしているので、一年に一度は、クラス会の準備会で顔をあわせることになる。

去年の準備会で会ったとき、私は、こんなことを言った。

「俺のオヤジはね、昭和の初め、五年だか六年だったかにね、一年間、家にいなかったんだよ。おかしいと思うんだ。母はね、そのときオヤジは外国旅行に行っていたって言うんだ。これは変だよ。もし、アメリカでもヨーロッパでも、行っていたとしたら土産《みやげ》話をしそうなもんだよね。そのときに買ってきたものなんかが残っているはずだよね。それに、第一、オヤジが外国へ行くという根拠がない。臭いと思うんだ。どうも、おかしい。俺のひとつの推測はね、そのときオヤジは刑務所にいたんじゃないかということなんだ」

多嶋は呆気《あっけ》にとられたような顔をしていた。

「それでね、調べてもらいたいんだ。いや、かまわないんだよ。……俺はね、オヤジは破廉恥罪じゃないと思っているんだ。そのころ、第一回目の派手な倒産をしていてね。かなり大きな工場が潰《つぶ》れちまったんだ。ガソリンスタンドを造る工場だった。だからね、工員の給料を払うためにね、無理をしたんだと思うんだ。会社が倒産するときって、よくそういうことがあるじゃないか。経営者が責任をとらされるとか、なんとか……。違うかい？　俺は、それを知りたいんだ」

「よしなさいよ、そんなこと。わかったって、どうなるってもんじゃない」

「それはそうだ。どうなるってもんじゃない。だけどね、知りたいんだよ」

その頃は、まだ酒を飲んでいて、その日も大酒になっていた。執拗《しつよう》にからむような恰好になった。

「それはね、お父さんの生年月日と本籍地がわかれば調べることは不可能じゃないとは思うけれど」

「思うけれど……？　なんだか曖昧《あいまい》だな」

「だって、ぼくは弁護士だよ。そっちのほうは法務省の管轄なんだ」

「ああ、そうか。敵と味方か」

「そんなこともないけれど」

そういうことがあった。私は多嶋を銀座の小料理屋へ呼びだした。多嶋は半年前のことを、よく覚えていてくれた。

「いつかの件なんだけれどね」

多嶋は、うんざりするような顔つきになった。

「これが、オヤジの生年月日と本籍地だ。住民票で調べたから間違いはない」

私は、委細かまわず、多嶋にメモ紙をつきつけた。

「そんなこと、ぼく、言ったかね」

「言ったよ。たしかに言ったぜ。生年月日と本籍地がわかれば調べられるって」

「ぼくは弁護士だよ」

「それも同じことを言ったよ。だけど、弁護士なら、法務省にも知りあいがいるだろう。東大法学部の仲間みたいなのがさ」

「そりゃいますよ」

「頼む。なんとかしてくれ」

「困ったなあ」

「本人、つまり息子でなければいけないのなら、いつでも出掛けてゆくよ。どこへでも」

「………」

「おい、国民に知る権利はないのかね」

「そういうことじゃないんだ。検察庁は、ご承知のように、空襲で焼けてしまっているしね。

裁判記録が残っているとすれば検察庁なんだよ」

「おい、いわゆるブラック・リストってものは保存されていないのかね、我が国には」

「そりゃありますよ。ありますけれどね」

多嶋は当惑していた。すくなくとも気乗りのしない仕事であるようだった。

「じゃあ、頼む」

「しかしねえ……」

多嶋は私の次の言葉をさえぎるようにして強い語調で言った。

「こういうことっていうのはねえ。頼まれて、はい、承知しました、調べました、でもわかりませんでした、検察庁の建物が焼けてしまって、書類は何も残っていませんでしたっていうのが一番いいんでねえ」

多嶋のその心根を優しいと思った。ヤサシイことを言ってくれると思った。

「いや、ごめん。そうじゃない。調べたけれど、お父さんは潔白です。何もありませんでしたっていうのがベストだ」

「そりゃ俺だって、それが一番うれしいよ」

9

五月十六日の日曜日。府中競馬場で石渡広志に会った。約束した通り、彼はゴンドラ席の十五号室にいた。第四レースが終り、昼休みになっていた。

「昨日、来なかったですね」

「急ぎの仕事が入ってね。ごめん、ごめん。昨日も来たの？」

「当り前ですよ」

「熱心だな」

「これしか楽しみがないですからね。会えなくて、ちょっとがっかりしました」

「わるい、わるい。……今日は、どう？　成績は」

「ぜんぜん駄目です。昨日は少し良かったんですけれど」

石渡は蒼《あお》い顔をしていて、気のせいかもしれないが頬のあたりが引攣《つ》っているように見えた。

ゴンドラ席の西の端を右に曲ると通路の両側が便所になっている。大きなレースがある日以外は客は疎《まば》らであるのが有難い。用を足すつもりでそこへ行って前方を見ると、通路の外れに石渡が一人だけで立っていて、地団太を踏むように体を動かしていた。私は時計を見た。十二時十五分を指していて、第五レースの馬がパドックに出てくる時刻だとわかった。石渡が立っているのはエレベーターの前である。

「熱心なもんだな」

私は本当に心からそう思った。必ず下見所で馬を見てから馬券を買うという競馬ファンは案外に少いのである。特に指定席やゴンドラ席の客は馬を見ない。本馬場で馬を見るかラジオの解説で済ませてしまう。私もそうなってしまっている。

「偉いなあ」

「なに？」

「感心するよ、必ずパドックへ行くっていうのは。それでなくちゃいけない」

「それが楽しみだから……。それに、これが運動になるんですよ」

「かえって迷惑だったんじゃないか」

「どうして」

「ここからだとパドックが遠いから」

「いやいや。何を言っているんです。馬券が楽に買えるだけでも、とっても有難い」

「何を見るの？」

「………」

「主にね、馬のどこを見るの？　教えてくれよ」

「わからないんですよ。癖みたいなもんでね。……さあねえ、わからないんですけれど、何か感ずるものがあるんですね。それだけですよ。今日はヤルゾって囁《ささや》きかけてくるような気がするんですね」

「馬が？」

「そう」

私たちは笑った。

「そうだね。それだけだね」

「それにね、ぼくは公営が中心でしょう。だから、どうしたってパドックを見ないと」

公営競馬は中央と較《くら》べると情報量が少い。従って、自分の目で馬の状態を摑まないといけない。それが競馬の本筋でもあるのだけれど。

「ぼくは公営あがりなんです」

「ハイセイコーだ」

私は、このときでも、やや疑いを抱いていた。石渡は馬を見るのではなく、そこに集ってくる仲間の誰かから厩舎情報を貰っているのではないか。そんな気がしていたのである。もし、それが仕事上の仲間とか信頼できる友人であるのなら、この席に連れてくるはずである。そう言ってあったのである。しかし、私は、そのことを探索しないでおこうと思った。これから長い交際になる。チャンスはいくらでもある。

第五レース、第六レース。石渡の馬券は適中していないようだった。私も同様だった。

「駄目だ。やられた」

馬が眼下を通り過ぎるときに石渡は大声で言った。私たちの席は、ゴール前二百メートルの坂の上にあった。府中競馬場では、ここが勝負所であり騎手の腕の見せどころでもあった。この位置で的確に勝負を判断できるのは、なまじっかの競馬通ではないということになる。私は、そのことに安心したり、喜んだりもした。

「第七レースね、サスケウタで勝てると思うんだ」

余計なことかもしれないが、そう言わないではいられなかった。石渡の顔は、いっそう蒼白になっていた。何かそわそわしていて落着きがない。

「勝てるって言うより、これが俺の狙いなんだ。見栄えのしない馬なんだけれどね」

「そうそう」

その第七レース。先行したサスケウタは、インを突いて差し返し、ぎりぎりの二着に残ったかに見えた。

「おめでとうございます。だいじょうぶです。残っています」

石渡が双眼鏡を置いて笑った。サスケウタの同枠に小島太騎乗の人気馬のサクラススムがいて、⑧⑧の配当は千七百九十円になった。

「⑧⑧は押さえでね、千円しか買っていない。どうしても配当の良いほうを余計に買ってしまうから」

「いや、上等ですよ。流石《さすが》ですね。おめでとうございます」

そう言ったかと思うと、石渡は、もう姿を消していた。パドックに向って走っていった。彼は⑧⑧の馬券を買っていなかったようだ。

私は、石渡が馬券を買う姿を見ていない。彼は締切間際まで返し馬を見ている。ぎりぎりの時刻まで待って、穴場へ駈けてゆくのである。私は〝あと約五分で発売を締切ります〟という場内アナウンスがあるときは、すでに馬券を買ってしまっていることが多い。石渡が返し馬を見る目つきは恐しいまでに真剣だった。

中央競馬でも公営競馬でも、ファンの馬券購入金額の一日一人平均は、三万五千円から四万五千円であるそうだ。私は、それにあわせる気持はなかったが、自然に、そんな金額に落ちついてしまっている。

石渡は、どうも、私の十倍かそれ以上の額を買っているらしい。ちらっと見た彼の馬券は、私のものより零がひとつ多いようだった。

そうかといって彼は馬券師ではない。馬券で生活する男は、一年のうち、六回か七回しか馬券を買わない。それも複勝式に限られている。かりに一ト月に一回だけ勝負するとして、複勝式を百万円買い、それが百三十万円の配当になると、その差額の三十万円で暮すのである。かなり苛酷《かこく》な商売である。なぜならば、その一回に失敗すると取り戻すのに大変に骨を折ることになるからである。

石渡はそれとは違う。狙い目そのものは私によく似ている。とても百万円を投資できるような馬券ではない。

第九レースの四歳中距離ステークスは、競馬ファンにとって見逃すことのできないレースである。ここで勝って翌々週のダービーの出走権を得ようとする。最後のチャンスである。

そのレースは大きく荒れた。最低人気のアカデミックボーイが逃げきってしまった。単勝式の配当は一万三千二百六十円であり、これは単勝式の配当としては本年度最高であったはずである。二着はファリングボーイで、それぞれの枠に人気馬が同居していたので、連勝式の配当は中穴程度になっていたが……。

石渡が初めて自分の馬券を私に見せた。アカデミックボーイの同枠に、加賀武見騎乗の一番人気のホリスキー（後に今年の秋の菊花賞馬になった）がいて、ゾロ目だとこれも⑧⑧になるのだけれど、⑧⑧の締切直前のオッズは二百倍見当を示していた。石渡は、その⑧⑧の馬券に五万円投入していた。適中すれば約一千万円の配当になる。私には怖しくて、とてもそんな買い方はできない。しかも、ダービーでも惑星視されているホリスキーは僅差《きんさ》の五着だった。タイムは二分二秒一で、勝ったアカデミックボーイとの差は、〇・二秒である。

「惜しかったなあ。この位置では差し切れそうに見えたけれど」

「加賀武見は無理をしなかったんじゃないだろうか。ホリスキーは負けてもダービーの出走権があるしね」

「そういうことか。畜生ッ！　だけど、一千万円だと小切手になるのかな」

「まさか。中央競馬会は儲《もう》かっているから、それくらいの現金は持っていますよ」

第十レースの武蔵野ステークス。私の前の晩の研究ではモーストチーフだったのだが、考えが変っていった。

「余計なことを言うようだけれど、ここはナンキンリュウエンが面白いね」

「そうですかね」

「前走の勝ちっぷりがいい」

「距離が芝の千四百メートルっていうのがどうもね。ひっかかる」

「そうなんだ。千六の馬だと思うよ。それに芝よりもダートのほうが走る」

「負担重量が五十八キロでしょう。屋根が三浦繁ですしね」

そのレースには、柴田、岡部、小島、的場等の有名ジョッキーが出場していた。

「そうなんだ。消す材料が多いんだ。追込み一手の馬だしね。俺も実は小島のモーストチーフが勝つと思っているんだ。だけどね、そこが競馬じゃないのかな。レッドサン、マルゴギフト、ライジングレディと行きたい馬がそろっているし、ひょっとすると……。何か匂うんだな」

「………」

「こういうのが玄人《くろうと》っぽい買い方なんじゃないかな。五十八キロは辛いけれど、調子さえよければ克服してしまうよ。……まあ、参考意見として」

「馬はたしかに良かったですよ」

石渡は、やはりぎりぎりまで考えて、思いつめたような顔で部屋を出て行った。

そのレース。

三コーナーを過ぎてもナンキンリュウエンは離れたドン尻にいる。悪いことを言ってしまったと思った。とても届きそうにはない。柴田のレッドサンが気持よさそうに逃げている。直線坂上から、小島のモーストチーフが早目に抜けだした。

「しまった。やっぱり小島だったか」

「いや、わかりませんよ」

二人とも双眼鏡をゴールのほうへ向けた。大外からナンキンリュウエンが信じられないような末脚を使って迫る。

「勝ったかな」

「ありがとう。助かった。連勝だから勝っていなくてもいい。二着でもいいんです」

「レッドサンが残っていないかな、二着に」

「いや、間違いないですよ。だいじょうぶです」

石渡が握手をもとめてきた。私は栗田常光とは会うなりいきなり握手したことを思いだした。

石渡の掌《てのひら》はあたたかくて湿っていた。

「川崎へ行ったら、またお教えしますよ」

私は冗談を言った。そのときは、まだ、石渡の競馬がどんなものであるかということに気づかないでいた。

「しかし、惜しかったなあ」

石渡と私とは府中商店街のなかの喫茶店にいた。石渡も本当は酒をやめているのだと言った。肝臓が悪いのだそうだ。

「あんな馬券取ったら、俺なんか気が狂っちゃうな」

「ホリスキーですか」

「そうだよ。あそこは勝って当然なんだから……。アカデミックボーイが逃げて、ホリスキーが差して、⑧⑧という目は大いにあったわけだ。アカデミックボーイのような新馬で騒がれた素質馬から目を離しちゃ駄目だね」

「着外ばかりでね」

「皐月賞《さつき》で十七着でしょう。今年になって一勝もしていない。どうしたって無印になる」

「だけどね、ああいう馬券、取っちゃいけないんですよ」

「どうして」

「あんた、さっき気が狂っちゃうって言ったけれど、本当に人生狂っちゃう」

石渡は暗い目つきになった。

「そうかな」

「取らないほうがいいんです。それは確実にそう言えますね」

「いまでも？」

「いまから狂ったってしょうがない。若いうちの話ですよ」

「お金が紙片《かみきれ》に見えてくる？」

「ギャンブルにはそういう一面がありますがね。そうでなければやれないけれど、生活の面でね、お金が紙片に見えてきたら大変です」

「そりゃそうだ」

「……いよいよですね。いよいよだなあ」

「何が？　ああ、ダービーか。石渡は何を買うの？」

「ぼくはワカテンザン。……ワカテンザンとアズマハンターでしょうがないと思ってますけどね。まあ、枠順ということもありますが」

「俺はトウショウペガサスだ」

「いよいよですねって言ったのは、ダービーのことじゃないんですよ」

「……………」

「川崎競馬」

「ああ」

「とっても楽しみにしているんですよ。六月九日から六日間……胸が躍るなあ」

石渡は左手で心臓のあたりを押さえた。

「胸が躍るかね。実は俺もそうなんだ。どうしてなんだろう」

「わからない。わからないけれど、わくわくする」

「そうなんだ」

「あ、今日は有難う。とても助かった」

「なんだい」

「ナンキンリュウエン。今日は取られっぱなしでね。こんなことはめったにはないんだけれど、特に午前中がひどかった。ひどくやられていてね」

「資金はどのくらい持っているの?」

「今日は五十万円」

持ってくる金も私の十倍であることがわかった。

「それでどのくらい儲かれば儲かったって思うの?」

「四、五百万円かな」

「俺はね、洋服が一着つくれれば儲かったって思うね。どの時代でもそうだった。いま背広は仕立代が高くなったから、そうだね、二、三十万円っていうところかな」

「それくらいが健全なんですよ」

「意気地がないんだろうね」

「そんなことありませんよ。今日は、あのナンキンリュウエンの②⑤を二万円買いましてね」

「そうすると千六百円だから三十二万円か」

「ええ。あれで半分以上を取り返しましてね」

「そうすると、すってんてんだったわけか」

「そうです。最後の二万円だったんです。それも、あんたに言われて買い足しにいったぶんです」

そのときの石渡の思いつめたような顔を思い出した。

「それはよかった。持つべきものは友人だろう」

「その通りです。助かりました」

「よくあの位置から届いたなあ」

「本当にねえ、駄目かと思った。ナンキンリュウエンは、最初《はな》っから消していましたから」

「消す材料ばかりだもの。はじめは俺も消していたんだ」

「どうして思い直したんですか」

「ヒラメキだよ。それと実力ありと思ったんだ。それにね、なんとなく玄人っぽいと思ったんだよ。いつかねえ、ホウヨウボーイとモンテプリンスの一、二着で二千六百円ついたことがあったろう」

カツラノハイセイコが引退してからは、ホウヨウボーイとモンテプリンスは、昨年度を代表する二頭の馬になっている。

「ありました。去年の秋の天皇賞です。不思議なレースでしたね」

「競馬新聞とかね、競馬評論家っていうのはね、調子だとか休養明けだとかでね、マイナス材料ばかり探してしまってね、その馬本来の実力のことを忘れてしまう」

「玄《くろ》いなあ」

「……」

「いやあ、玄人っぽいなあ。流石ですよ。そういう考え方は鉄火場で鍛えた人でないとわからない。裏を読んでいるようでいて、実際は正統派なんですよ」

私はギクッとなった。自分自身のことではなく、石渡がすばやく正確な反応を示したことに驚いたのである。

「それとね、ナンキンリュウエンで、もう一丁いけると思っているんだけれどね」

「もう一丁？」

「何かあったかね？」

「安田記念ですか？」

石渡が首をひねった。

「ああ、それそれ。登録してあればの話だけれどね」

「格がね、ちょっと」

「格下だよ、それは。しかしね、むかし、ラファールなんて馬が勝ったろう。泥んこ馬場で。そういうレースなんじゃないかな。しかも千六百メートルのハンデ戦だ」

「案外背負わされるんじゃないですか」

「そうかもしれない。……しかし、とにかく今日の追込みはただごとじゃない」

「凄《すご》い焦《い》れこみようですね。……あ、安田記念は十三日の日曜日ですよ」

「ああ、そうか。しまったな」

石渡と二人で川崎へ行く日程のなかに入ってしまっている。

「いいですよ。誰かに頼みますから」

「ノミ屋は駄目だよ」

「厭だなあ。そんなふうに見ているんですか」

「ごめんごめん。怒らないでくれよ。つい、うっかり変なことを言ってしまった」

「必ず馬場へ行く奴がいるんです。場外でもいいでしょう？　信用してください。お金のほうも大丈夫です」

「いや、石渡なら安心だ。絶対に信用する。それに、たくさん買うわけじゃない」

そのことがわかったような気がしていた。石渡はギャンブラーである。博奕の金の意味を知っている男だ。

「川崎、楽しみだなあ」

「本当に、どういうんだろうか。中央より公営のほうが楽しいんだなあ」

「インテイメイトなんじゃないだろうか。蹄《ひづめ》の音が聞こえるしね。近くで見るからダートの不良馬場なんか凄い音がする」

「それですよ」

「あのねえ、子供の頃、無花果《いちじく》を食べなかった?」

「食べましたよ。甘かったなあ。食べ過ぎると唇の端が荒れるんです」

「そうそう。そうだった。川崎には無花果が多かったのかなあ」

「だいたいね、地味の悪いところに生えるんですよ。川崎は赤土でね、埃っぽくて。……無花果ってのは日当りが悪くても実《み》が生《な》るから」

「それと、梨《なし》ね」

「長十郎です。赤ん坊の頭ぐらいの、でかいやつ」

「そうなんだ。まるごと剝くと、口をいっぱいに開いても嚙《か》めない」

「御大師様の葛餅ね」

「そうそう。ぼくのうちは小倉屋で買っていました」

「うちも小倉屋だった」

「無花果には髪切虫がいなかったか」

「いましたよ。よく摑まえちゃ紙を切らしたな。切れないんだけれど」

「そうだったな。薄気味のわるい虫だったな。綺麗だけれど」

「バラ……。バラホンチ」

「栗田はババだって言ってたよ」

「聞きましたよ。だけど、ぼくはバラホンチなんだなあ」

石渡が笑った。笑うと童顔になるが、同時に目尻や鼻の脇の皺《しわ》も深くなった。

「ヤマカガシ」

「蛇、いやなんだなあ。やまかがしに青大将」

「俺もそうだ」

「ザリガニ……」

「あれ食べられるって知らなかったんだ。戦後になってわかった。搔《か》い掘りをよくやったなあ」

「そうです。川を堰《せ》きとめて叱られた」

「泥んこになって……」

「食用ガエル」

「いたなあ。あれも食べたことがない。母が、ああいうもの、駄目だった。赤ガエルも食べていない」

笑いすぎて涙が出てきた。

「イモリ」

「腹赤って言ったっけ」

「そうそう。腹赤、腹赤。おなかが赤い」

「蟹《かに》もいた」

「オラガビールの工場の脇のところにね」

湿地帯の多かった川崎が彷彿《ほうふつ》としてくる。水が匂う。子供の垢《あか》と汗が匂ってくる。

「栗拾いやらなかった？」

「三つ池のところだね」

「古いバケツを掻っ払ってきましてね」

「けっこう川崎も面白いじゃないか」

「子供の遊び場はいっぱいありましたよ」

「蓮《はす》の実を食べなかった？」

「食べた食べた。うまかったなあ」

「あんなにうまいものはないね。南京豆に似ていて、もう少しシナシナしている」

「おいしかったなあ！」

「子供の頃にうまいと思って、その後にめぐりあえないでいるもののひとつだな。菱の実は京都で食べた」

「固くてね、あれは胡桃《くるみ》の感じですね」

「そうそう。だけどあまくない。むしろ渋い」

「二枚羽の黄色い飛行機が飛んできてビラをまいた」

「そうです。そのビラを十枚ためるとサイダー一本くれる」

「ゴム飛び、やらなかった?」

「……」

「輪ゴムをつないでね。高飛びをしたり、縄飛びみたいなこともした」

「女跳びってのがあったね。どうやるんだっけ」

「そうそう、女跳び。女は跳び方が違うんです。それと長馬……」

「ナガウマ?」

「ほら、前の子供の股《また》ぐらに頭を突っこんで、長くつないで」

「単に馬跳びって言ってたな」

「わざと高く飛んで、どしん、と……」

「おっ潰れっ、か」

「おっつぶれ」

廻りの客がこっちを見た。私たちは声を小さくした。

「ハンカチ取りってのもあったね」

「うん。ありましたありました。オヤ指とヒトサシ指の間にハンカチをはさんで、敵がそれを取るんでしょう。あんまり上手じゃなかったなあ、ぼくは」

「急に、なんか変な話になってきたね」

「だけど、貧しかったなあ。万事につけて」

「でも楽しかったよ。竹トンボでも、それからタンクってのがあったろう。糸巻と輪ゴムを使って……。なんでも自分で造ったね」

「ゴム鉄砲」

「そうそう。もうやめようよ。キリがない」

そう言いながら石渡は、もっと限りなく幼年時代の話を続けていたいような目つきをしていた。


今年の東京優駿競走（日本ダービー）が行われたのは五月の最終日曜日、三十日である。十五号室は招待された作家や芸能人で賑《にぎ》わっていた。石渡も来ていたが、混雑していて、ろくに話もできなかった。どうだったと訊くと、

「身分不相応に突っ込んじゃいました」

と言い、見るからに元気がなかった。

ワカテンザン（二着）、アズマハンター（三着）で勝負すると言っていたから、適中していないことはわかっている。それにしても、石渡が身分不相応と言うときは、どのくらいの額になるのか見当がつかないが、百万単位であることは確かだと思われた。私もトウショウペガサス（八着）から入ったので惨敗を喫した。

10

私の父は麻雀は下手だったけれど、競馬は下手ではなかった。下の妹の名は栄であるけれど、これはハンエイという名の馬で二百円の大穴馬券を取ったためだと聞いている。繁栄の栄だろう。しかし、川崎の町を歩いていて、当時私たちが住んでいた家の近くに栄町通りという道路があるのを知った。単純にその道路の標識を見てつけられた名前であるのかもしれない。

昭和五年から十年までの川崎時代に、父は義兄の丑太郎とともに、さかんに競馬をやっていたようだ。当時、公営の川崎競馬場はなかったから、根岸や府中や中山へ出かけていったのだろう。

父方には、

「株と競馬に手をだしてはいけない」

という家訓があった。どうしてそんなことになったのか知らないが、周囲に株や競馬で失敗した人間が多かったのだろう。また、父方の人間は、本来、固い一方の人たちが多かったのだろう。

父は暗いうちに起きて、馬の調教訓練を見に行った。戦前は、関係者ではない一般ファンでも調教を見に行くことができたのである。それだけ、つまり情報が少なかったのであるが、自分の目で馬の走るところを見て馬券を買う根拠にするというのは、競馬ファンとしては非常に上質である。暗いうちに馬場へ行って、自分で調教タイムを計るのである。

父は、どちらかというと穴狙いだった。専門家の予想を覆すという意味において、それが競馬の醍醐味なのであるが、丑太郎はそうではなかった。丑太郎は本命党だった。

「ウッちゃん（丑太郎）は、競馬会から金を貰って喜んでいるんだから」

そんなことを言って、丑太郎を軽蔑《けいべつ》していた。圧倒的に強くて一本かぶりの馬が勝つと、二十円の馬券がモトガエシになる。そんな馬券を買うと言って父は笑っていた。

そのころ、一枚が二十円というのは大金だった。ただし、二枚以上買ってはいけなかった。二十円という金がないときは、たとえば見知らぬ同士で五円ずつ出しあって四人で馬券を買う。これを片足を買うと言っていた。

主に馬券が高いということで、競馬は博奕としては高級なもの、上流階級の趣味になっていた。菊池寛が、馬主であり競馬ファンであり、馬券戦術や競馬哲学の開拓者であることはよく知られている。六代目菊五郎も福島あたりまで遊びに行っていた。

二百円が配当の限度であるということは、十倍の配当であり、これはむろん大穴である。二十円の馬券が七十円か八十円になれば中穴である。昔の競馬ファンは、そういう買い方をした。

昭和二十五、六年のことだと思われるが、あるとき、競馬場で父に会ってしまった。戦前に毎日新聞の記者であり後に競馬評論家になった蔵田正明さんを頼って、記者席で競馬を見ていた。

蔵田さんは私の博奕の師匠だった。蔵田さんの友人で新潟鉄工所に勤めている人がいた。その友人が、

「おい、いいカモがいるよ」

と教えてくれたのだそうだ。カモというのは私の父のことで、一時新潟鉄工所に籍があった。

蔵田さんはセミ・プロ級のギャンブラーだった。特に麻雀が上手だった。彼は、学生時代から、懸賞金の出る麻雀大会を探して参加していた。三円とか五円とかという参加料が必要なのだけれど、優勝すれば五十円、二位三十円、三位二十円といった程度の賞金が出ていたのである。蔵田さんはそれで小遣いを稼いでいた。インテリヤクザであろうか。

ヤクザ者というときに、人は何を連想するだろうか。義理人情とか、斬《き》ったはったの稼業だと思うのではなかろうか。

そう思ったとすれば、それは間違いである。

ヤクザ者というのは、鴨《かも》を見つける商売である。鴨を旦那《だんな》と言いかえてもいい。旦那を見つけてしゃぶりつくすのがヤクザ稼業である。この場合のヤクザ者というのは組織暴力団の幹部のことではない。また、蔵田さんは決してヤクザ者ではなかった。「いいカモがいる」という言葉から、そのことを思いだした。カモというのは、金があって好人物で博奕好きという意味である。

たとえば、麻雀クラブの経営者で小金があって、客が麻雀を打っているのを見ていられないという博奕好きの男がいたとする。この場合、麻雀の上手下手は問題ではない。ヤクザ者は巧妙にその麻雀クラブに入りこんでくる。そうして、経営者の全財産を捲きあげてしまうばかりか、経営者を叩きだして細君までモノにしてしまう。

こうやって、ヤクザ者は町の資産家なり有力者なりに伸しあがってゆくかというと、そうはならない。彼は遊んで暮して財産を蕩尽《とうじん》しつくしてしまう。そうして、また次の鴨を探すということになる。

それは中山競馬場だった。私が記者席で競馬を見ていると、父がやってきた。父も蔵田さんを呼びだして記者席に入ってきたのである。

「おい、この馬、どうだ」

父は自分の予想紙に赤丸を打ってある馬の名を言った。私は、前走の走りっぷりが悪いので、たぶん駄目だろうと言い、人気になっている別の一頭を推薦した。

ところが、父が買いたいと言った馬が、鮮やかに逃げきってしまった。父にどういう根拠があったのか知らないが、父の狙いは鋭かったと思った。

その馬の単勝式の配当は、ちょうど十倍だった。たしか連勝式のなかったころで、あったとしても、父は連勝複式などという中途半端なものには見向きもしなかったと思う。良質な競馬ファンだった。

私が余計なことを言わなかったら、父は少くともその馬の単勝式を千円は買っただろう。千円が一万円になる。一万円というのは、家計の足しになる大金であった。父は終日不機嫌だった。この頃はお前のほうが精《くわ》しいと思ったから、と愚痴《ぐち》を言った。ただし、こんなふうに人を頼る（私の意見をもとめる）のは父の良くないところだった。戦前の父にはそんなことはなかった。父は気が弱くなっていた。

私は、競馬については父を尊敬していた。なかなかのものだったと思っている。しかし、その他のギャンブルについては、父はまるきり駄目だった。つまり鴨だった。競馬というのは旦那むきのギャンブルだと思う。あまり考えないで、ヒラメキに頼ってドンと買えばいい。……それで儲かるというものではないが。

父に連れられて、家中の者で御殿場の草競馬場へ行ったことがある。父は、子供たちに、お前たちの好きな馬の馬券を買ってやると言った。私が小学五年生のときだった。みんなオーバーを着ていたので、初冬の頃だったのではないか。

葦毛《あしげ》の馬が馬道からあらわれてきた。私も妹も弟も、

「シロミ、シロミ……」

と叫んだ。卵の黄身に対して、白い部分を白身と呼んでいた。私たちは白い馬を買ってくれと頼んだのである。

そのシロミが、ダートコースの内埒《うちらち》一杯に夕陽を浴びて躍りでるように抜けだして一着でゴールインした。ガソリンスタンドのマークのペガサスのように見えた。葦毛の馬は美しく見えるものである。

私たちは大喜びをした。二百円の大穴だった。ところが父はその馬券を買っていなかったのである。私たちも落胆し、母も父を攻撃した。

「子供たちが、あんなに買ってちょうだいと言っていたのに……」

そのとき、父は、きっぱりとした口調で言った。私は父の言葉を忘れないでいる。

「どんなことがあったって、根拠のない馬券を買うわけにはいかない」

私は父のこの言葉が好きだ。もしかしたら、これは、父の遺した唯一最大の教訓であるかもしれない。ギャンブルは、しばしば、人生哲学に通ずるような格言を生むのである。

シロミは、血統面でも持時計でも最近の成績でも、見るべきところのない駄馬だったのだろう。父は、たとえ競馬のようなギャンブルでも、いい加減なことをやってはいけないと教えてくれているかのようであった。結果がどうであっても……。

別のとき、父は、こうも言った。

「競馬では、どんな馬にも勝つ条件と要素がある」

まったく矛盾しているようであるが、決してそうではない。およそ、ギャンブルというものは何でもそうなのだ。

後者において、父は、どんなときでもあきらめてはいけない、勇気を失ってはいけない、はじめからレースを捨てるようなことをしてはいけないと教えているように思われた。どんな人間でも、はじめから無視したり軽蔑したりしてはいけないと言っているようにも思われた。

私は、このふたつの矛盾するかに見える父の言葉が好きだ。

11

私は父を熱愛していた。小学生から中学の低学年のときまでが特にそうだった。いつかは父と死別しなければならない。そのときはどんなに歎き悲しむことか、自分でも想像がつかない。……戦後になって父は急激に衰えた。まだ五十代の初めであったが、持病の糖尿病のせいか、肉体的に衰え、精神的にも弱い男になってしまった。私はそのことを有難いと思うようなこともあった。これで死別のときの悲しみが減ると考えたのである。

戦前の父は素敵な男性だった。色白で筋肉質のスポーツマンであるうえに金儲けが上手だった。小学生時代、尊敬する人物を問われると、誰かに教えられたのではなくて自然に父と答えたものである。

父はユーモアを解する男であった。挙措動作にどことなく愛嬌《あいきょう》があった。元日になると一席の演説を打《ぶ》つのには辟易《へきえき》したが、終れば「元日や餅で押し出す去年糞」などと言って子供たちを笑わせた。自分でも笑いだして、その笑いがなかなかとまらなかった。

家中で遊ぶのが好きだった。多くは花柳界で仕入れてきたゲームなのだろうけれど、「大きい提灯、小さい提灯」とか、一円銅貨を廻して誰が持っているかを当てるゲームだとか、いろいろな遊びを知っていて、子供たちと一緒になって遊んだ。「ベロベロの神様は、正直な神様で、お酒《ささ》のほうへとおもむきゃるおもむきゃる」と歌いながら、折った割箸を掌で廻すゲームもあった。コックリさんに似ているが、待合では割箸が向いたほうの客が酒を飲むのだろう。煎餅《せんべい》の両端を二人で持って割り、小さく割れたほうが負けという遊びもあった。後年、芸者にそれをやられて、ひどく懐しい思いをしたことがあった。私は中学生になると、家でのゲームには飽きてしまうのであるが、父は、いつまでたってもそういうことが好きで、一所懸命になって遊んだ。私が仲間からはずれようとすると不機嫌になった。

父は「みんなで仲よく助けあって」という状況が好きであったようだ。元日の訓辞のテーマはいつでもそれだった。「うちも今年は大変なんだから、無駄遣いをしないで、みんな仲よく、お母さんを助けて、よくお手伝いをして……」というようなことを言った。景気のいい話はしなかった。

私が小学校の五年生になった夏、家中で甲子園の中等野球大会を見に行った。開会式から優勝決定戦まで、通しの指定席券を買って全試合を見るのである。泊った旅館は大阪の大野屋だった。野球の好きな私でも準決勝あたりで飽きてしまったのだから、他の子供たちには迷惑な話であったろう。その年は、後に明治大学に進んだが戦死してしまった嶋清一を擁する海草中学が優勝した。三塁手は、後年松竹ロビンスで名投手になった真田重男であり、四年生で四番を打っていた。準優勝の下関商業は見劣りがした。

父は、野球人で言えば長島茂雄に似ていた。色白で唇が赤く、目は茶がかっていてよく動く眉目《びもく》秀麗の美青年である。長島が巨人軍の監督になってから、TVカメラは選手よりも長島の表情を紹介することが多くなった。私は、そのたびに妙に懐しいものを感じた。長島は明治生まれの正義感の強い日本の父像そのものなのではあるまいか。

上顎《うわあご》と下顎を嚙みあわせ、下顎を左右に動かす。そのために頰が引攣《ひきつ》るようにピクピクと動く。山羊に似ているので、私は、それを山羊ると言っていた。父もまた、機嫌の悪いときは、それを隠すことができないで、さかんに山羊っていた。

選手が三振したり凡退したりすると、あんなにあからさまに正直に悲しそうな顔をする監督は珍しい。また、記者団にむかって、自軍の選手を罵る監督も稀である。失敗があれば、ベンチの壁や椅子を蹴《け》とばす。まことに単純であり、そのへんも父によく似ている。

長島は間違ったことを言ったことがない。「みんなで力をあわせて」「一所懸命に頑張って」「全員のハートでもって、明るく暖かい気持で戦いたい」「一戦一戦を大事にして」等々。それでいて何を言いたいのかよくわからないのである。政治力は零であり、フロントとの交渉はことごとく失敗した。私の父も、そっくり同じであって、叱られても迫力がなく説得力もなかった。父は正しいことを言っているのであるが、どういうわけか、だんだんにそれが理不尽なものに思われてきてしまう。

長島は案外にも腺病質であって、よく扁桃腺《へんとうせん》を腫《は》らした。神経の細い男である。そういうところも似ている。晩年の父は不眠症に罹っていて、夜になるのが怖いと言っていた。長島は長身でスマートであるが、それを除けば、非常によく似ていた。

向田邦子さんに『家族熱』というタイトルのTVドラマがあるが、結婚して子供を生むということのなかった女性だから、父子の愛情とか夫婦愛とかいったことを薄気味わるく思うことがあったのだろうと思われる。

私の弱いところは、そこだ。

たとえば、ホテルに泊っていて、ダイニングルームへ行くと、イタリー系らしい髭を生やした大男が入ってくる。幼児が三人、ちょこちょこと従《つ》いてくる。利かぬ気らしい娘は赤いリボンを髪につけている。あとから、ゆったりと、腰の張った色の黒い、若いときはかなりの美人であったらしい細君がやってくる。長い時間をかけて食事の品を選ぶ。子供たちにはオレンジジュースとホットケーキが運ばれてくる。

私は、こういう光景に接すると、胸が詰って、食欲がなくなってしまう。理由はわからない。ただただ物悲しくなってしまうのである。

また、たとえば、こういうことがある。

映画の西部劇である。逞《たくま》しく美しいが、ちょっと泥臭い感じの青年がロデオ大会で優勝する。やや蓮《はす》っ葉《ぱ》なところのある、ドラッグストアに勤めている美少女が青年に惚れてしまう。二人は愛しあうようになり、その町で結婚式をあげる。

若い男女が馬に乗って、砂漠地帯のようなところを走っている。

「まだなの?」

と、女が男に訊く。

「もうすぐだ」

と、男が答える。二人は野宿する。長い旅が続く。

山の中に男の家が見えてくる。石と木で造ったボロボロの家である。

「これが、あんたの言った牧場なの」

「そうだよ。ここで牛を飼うんだ。はじめは二十頭ぐらいかな。そのうちに何百頭も飼えるようになるよ」

二人は家の中に入る。クモの巣と埃だらけの家である。女は、しばらくして、あきらめたような顔で台所で働きだす。

こういう冒頭のシーンだけで涙が流れてくる。映画館から出てゆきたくなってしまう。家族というものに弱い。父や母を熱愛していた。乳離れは遅いほうだった。母は早く死んだ。私は、そうであるのに、だんだんに父を憎むようになっていった。母を不幸にした男という目で見るようになった。これは熱愛の反動ではあるまいか。また、父は、実際に、困った男になってゆくのである。私は、父に甘い言葉をかけるのは危険だと思うようになっていった。私が会社員になって、社内対抗の野球の試合に出場することになると、家中で応援にくる。守備位置についていると、右翼方面の入口から大型自動車が入ってくる。フォードとかムスタングとかの旧式の大型車である。そこに家族全員が乗りこんでいる。

「困った奴等だな」

私は舌打ちしたいような思いでいるが、試合中なので守備位置を離れるわけにはいかない。自動車は一塁後方に止まる。

私の正面に打球が飛んでくる。バウンドをあわせそこなって後逸する。自動車のなかの連中はシーンとしている。走者一塁。

次に二塁塁上を抜けるかと思われる打球が飛んできた。遊撃手である私は、横っ飛びに走って、そのグラウンダーを捕球し、自分で二塁を踏んで一塁に転送し、ダブルプレーが完成する。これは決して難しい打球の処理ではない。

「見たか、見たか！」

自動車のなかから、鋭い、よく響く声が飛ぶ。叫んでいるのは母である。

私は、いたたまれないような思いをする。顔が赤くなるのがわかる。そうして、また、こうも思う。

「山口ファミリーなんだから、しょうがねえや」

12

私は泣虫だった。

すぐに涙ぐむ。物悲しくなってしまう。これは前篇にも書いたことだけれど、戸越の幼稚園に通っていた頃、保姆《ほぼ》に、今日一日泣かなかったら御褒美をあげると言われたが、ついに褒美を貰えなかった。毎日、必ず一度は泣いてしまっていたのである。

小学生になってからもそうだった。名前を呼ばれただけで悲しくなる。顔が赤くなり涙ぐんでしまう。この、すぐに物悲しくなるという傾向は、大人になっても変らなかった。ひとつには、自分の名前が女名前であるので、それが厭でたまらず、名前を呼ばれただけで何か侮辱されているように感じてしまうからだった。

私は陰気な子供だった。無口であるが、無口というよりも、ほとんど口を開くことのない子供だった。父も母も、私のそういう性向をひどく嫌っていた。

「呼ばれたら返辞ぐらいしなさいよ。陰気な子だね」

よくそう言われた。世の中の不幸を一身に背負っているように感じていた。私は、大人になって、一人前に普通に生活してゆけるだろうという自信を持ったことがなかった。結婚しても妻子を仕合せにすることはできないだろうと思っていた。私に出来ることは、平易な作業の工場労働者、日雇労務者ぐらいしかないだろうと思いつめていた。それは、父や母の派手な性格からの反動であったのかもしれない。

陰気な性格であるのに、時に凶暴性を発揮することがあった。川崎の幸町小学校に入学してすぐのときに隣に坐っている石渡を殴ってしまったのもそのためだった。自分でもわけがわからずにカッとなることがある。

小学校時代、野球をやっていて、内野ゴロを打って一塁に走ってゆくとき、よく一塁手の足を引っかけたものである。これは卑劣で危険なプレイだった。プロ野球の王貞治が、捕球と同時に左足をパッと一塁から離してしまうのをご存じだろうか。あれは、ひっかけられるのを警戒しているのである。野球をするときは、あらゆる狡猾《こうかつ》なプレイを考えたものである。私は、カンニングプレイに長けていたと言える。

中学時代、相撲では得意業《わざ》があった。右四つに組む。このとき、左手は相手の肘《ひじ》に当てがう。相手が寄ってきたときに、右から引き技をかける。同時に左手を上に跳ねあげる。私は、これは捲き落としだと思っていたが、引退した力士に訊いたところ、そんな決まり手はないそうだ。

これは、運動場で試みるのは危険な技だった。相手が勢いよく寄ってきたときにこの技をかけると、相手は蛙を押し潰したように、這いつくばることになる。私は危険を承知で、よくこの捲き落としを試みた。相手の男は、顔面から落ちて鼻をすりむく。私は小柄で非力であったので、相手が油断するということもあった。むろん、腕力に大きな差があるときは、この技は通じない。私の得意業を知っている相手は、私と相撲を取るときに組まないで突っ張ってくるようになった。

こういうゲームがあるのをご存じだろうか。

若い男女十数人が集ったときに遊ぶゲームである。全員が一室に集って明りを消す。暗闇のなかで、一人が誰かを殴る。殴るといっても、背後から肩を叩くという程度のことである。殴られた人はヤラレタと大声を発する。すぐに点燈する。殴った人が犯人である。あらかじめ裁判官と検事と弁護士をきめておく。若い男女の集りであるから、恋愛関係に陥っているカップルもあり、仲の良い男同士もいる。殴られた人から類推して、検事が面白おかしく話を作って犯人を割りだしてゆく。弁護士は、いや、こいつは左利きだから、被害者がこんな殴られ方をするわけがないと言って弁護したりする。知的な連中が集ると、なかなかに楽しいゲームになる。

終戦直後、神奈川県葉山町の高級別荘地に疎開したまま、しばらくはそこに住みついて、通勤したり通学したりする人たちがいて、青年たちで文化会をつくっていた。そこに何人かの友人がいて、私も仲間に加わることがあった。

そこで、この遊びが行われた。このとき、私は、背後からではあったけれど、ある女性を力一杯に殴ってしまった。暗闇ではあっても、目が馴れてくると、うっすらと識別がつくのである。私は承知していて、女を殴ってしまった。

「ひどいわ」

と叫んで、怪我はなかったけれど、女は泣きだしてしまった。その女は友人の恋人である美人だった。そもそも、私は、御用邸のある葉山町に別荘を持っている連中に反感を抱いていたのである。その文化会のメムバーは、誰もが資産家の子女で、男たちは官立大学に通っていた。私は友人に嫉妬していたのである。殴ってから、そのことに気づいた。

犯人はわからずにゲームは終った。私は名告りでなかった。まことに卑劣だった。もっとも、被害者の女性は泣き伏していて、とても名告りでられるような状況ではなかった。

私は卑劣で凶暴性のある男だった。

これは小学生のとき。

私は手塚という名の同級生に殴られて、泣きだしてしまった。そのまま、学校の近くにあった家に帰ったが、気持がおさまらず、鞄《かばん》を置いて学校へ戻った。手塚が校門の前に出てきた。膂力《りょりょく》のある大きな子供だった。私は下手投の形で手塚を投げとばした。手塚も泣きだした。後になって手塚は、

「山口のお母さんが見ていたから……」

と言って弁解した。私が血相を変えて家を出てゆくのを見て、母が心配して追いかけてきたのである。それにしても、あんなに乱暴に手塚を叩きつけることはなかったのである。私は自分の凶暴性を怖しく思うことがあった。

13

川崎市というときに、人は何を思い浮かべるだろうか。

京浜工業地帯の中心。従って工場街。公害。川崎ゼンソク（これは川崎市だけにある病名ではないが）。

競輪・競馬などギャンブルの町。暴力団の多い血なまぐさい町。凶悪犯人の隠れ住む町。

堀之内を中心とするトルコ風呂の町。

そういったところではあるまいか。堀之内や南町などは、男でも夜は一人歩きが危険な感じがする。トルコ風呂やピンクキャバレーの客引が町なかをうろうろしていて、一触即発という感じがある。

それでいて、しかし、川崎市に住む人は、川崎の悪口を聞くと激しく反撥《はんぱつ》する。また、一方で、ロッテ・オリオンズが本拠地とする川崎球場は極端に入場人員が少いのである。

夜になると、工場の煙突の火が空を焼く。これが公害病の原因かと見ていると、川崎の人は、あれがあるので冬でも暖いんですと言ったりする。

誰もが逃げだしたいと思っている。人々の目は横浜か東京に向いている。しかし逃げられない。そういったところではあるまいか。

川崎から立川に向う南武線に乗ると、二つ目の駅が矢向である。私は、ずっと、川崎時代は矢向町に住んでいたと思っていた。最寄りの駅は矢向だと思っていた。

それで、何度か「私は、むかし、川崎市郊外の矢向町に住んでいた」と書いた。すると、必ず抗議文がくるのである。「矢向町は川崎市ではありません。横浜市です」。これは有難いことであり、何度も間違える私が悪いのであるが、地形からいっても感覚的にも、私からすると、どうしても、矢向町は川崎市の郊外になってしまう。

私の五歳の頃を知っているという老婦人を栃木の山の中に訪ねたとき、彼女は、しきりに、「こんな田舎は厭です。早く横浜に帰りたい」

と言った。

「え？　横浜ですか。川崎じゃないんですか」

「ええ、横浜です」

どうやら、彼女は、矢向町のように、わずかに横浜にひっかかっているという町に住んでいて、栃木の工場に転勤になった息子についてきたらしい。横浜を強調するのが奇異に感ぜられた。私からすると、そこを横浜とする感覚が摑めない。

では、私は川崎をどう思っているだろうか。

私の思っていることを一言で言うならば、

「東京で事業に失敗した人や事情があって会社を退職した人が、一時的に身を潜める町。失意の人の住む町」

ということになる。これは、長く幼年時代から培われたところの固定観念である。しかし、逃亡している殺人犯人が川崎市で捕えられるという事件も多いのである。犯人が逃げこむのに都合の良い町なのではなかろうか。いま、川崎の河原町団地は東京の高島平とならんで「投身自殺の新名所」になっている。ここで自殺するのは余所者《よそ》である。

川崎は物価が安い。また、昔は、借家や貸間の多い町でもあった。いまでもそうなのだろうと思う。これはどこでもそうだと言えないこともないが、川崎の町を歩いていて建売住宅の多いことに驚く。それも一千万円台から、せいぜい二千万円という小さな建売住宅が多い。東京で失敗して家を売り、小さな家を買うというときに、川崎の建売住宅は好適なのではあるまいか。交通に不便ということはない。東京に出るにも湘南方面に行くのにも具合の良いところに位置している。多摩川の近くなら環境も良い。イメージが悪いだけである。

私は中学生のときに、佐藤春夫の『田園の憂鬱《ゆううつ》』を読んだ。その後に読み返すことはないのであるが、私は、そこに描かれた場所は川崎市の郊外だと思っていた。いまにいたるまで、そう思いこんでいる。赤土の多い埃っぽい町。赤いスレート葺《ぶ》きの屋根の文化住宅。竹で編んだ、もしくは白いペンキ塗りの粗末な塀にからむ薔薇《ばら》。そこは癇《かん》の強い失意の詩人が住むのにふさわしい町なのではなかろうか。

川崎市は地形からしても、まことに奇妙な町になっている。東海道本線の通る川崎駅の東側から海岸に向う一帯に川崎大師、川崎球場、川崎競馬場、競輪場があり、そこは市役所もある中心街になっているが、その先が埋立地になっていてこれが京浜工場地帯である。ざっと言っても、日本鋼管、日本石油、三菱石油、東芝、日立造船、味の素、川崎コロムビア、川崎トキコなど、大小無数の工場名を見ることになる。むろん、中心街にも、東芝堀川町工場、明治製菓、池貝鉄工所などの大工場があり、私たちが住んでいたころは「職工さんの町」とか「菜っ葉服の町」と呼ばれていた。

そうして、川崎駅の西側は、多摩川と横浜市に挟まれていて、そこが極端に括《くび》れることになる。瓢箪《ひようたん》型と言いたいが、そんなものではなくて、砂時計のように括れている。東京と横浜に挟まれた最も狭いところは、千五百メートルもないのではあるまいか、川崎駅を出発する南武線の最初の駅は尻手であり、ふたつめが矢向であるが、尻手駅も矢向駅も横浜市に属するのである。そうして、矢向駅を過ぎて、川崎市は、東西南北に広がってゆく。いや、多摩川の流れに沿って、太い縄のように西北に伸びてゆくのである。矢向、鹿島田、平間、向河原、武蔵小杉、武蔵中原と進むに従って、イメージとしての川崎市であることを失ってゆく。この川崎市を横断するところの東京急行東横線で川崎市に属する駅は、新丸子、武蔵小杉、元住吉の三駅であるにすぎない。それは京浜急行電鉄でも同じことで、京浜急行で川崎市に属するのは京浜川崎、八丁畷《なわて》の二駅だけである。

川崎市の中原区、高津区、小田急電鉄沿線の多摩区に住む人たちは川崎市に住むという実感に乏しいのではあるまいか。そこは、あくまでも東京都の郊外、もしくは東京のやや高級なべッドタウンである。こんなふうに、場所によって様相がガラッと一変してしまう市も珍しいのではあるまいか。

七年前に浦安市に行った。四泊五日した。それは新潮社版の日本文学全集『山本周五郎』の巻の装画のためであり、江戸川下流の境川の水門附近を描いたのであるが、町を歩いていて言いようのない懐しさを感じた。この町の臭いは知っていると思った。それは川崎の臭いだった。江戸川を挟んで東京都に接していること、発展途上の町ということもあったが、なによりも溝《どぶ》の臭いに懐しさを感じた。小便臭い。アンモニア臭い。川崎には、流れの早い川、池、沼地が多かったが、溝川も多かったのである。川の色は黒く、悪臭を放っていた。蚊が発生する。川崎ではなく「蚊は先」だと当時から言われていた。私は、だんだんに、川崎へ行ってみたい、川崎の町を歩いてみたいという思いが強くなっていった。

14

私が川崎を訪れたのは、一月末の寒い日だった。不意に何かに衝《つ》き動かされるようにして家を出て南武線に乗った。矢向駅で下車した。私は矢向町に住んでいたとばかり思いこんでいたのである。

川崎へ行くということの目的のひとつは、あの速い流れの川を見てみたいということだった。あの怖しい夢は、夢なのか現実なのか。

矢向駅の近辺は、東京の郊外のどこにでもある、何の変哲もない商店街である。あちらこちら歩き廻ったが、川らしいものはなかった。私は操車場へ行ってみることにした。子供の頃、よく一人で歩いて鉄橋の上にあがったものである。地図を見ると新鶴見操車場となっていて、それは存在している。

子供の足で歩いていかれたのだから、そんなに遠くであるはずはないと思ったが、かなりの道程になった。

子供のとき、そこから見渡すと、大きな工場や学校や病院が見えた。建設中の、とてつもなく大きな工場も眺められた。私は、いつでも、日本という国は発展途上なのだと思いこむようになってしまっている。そのうちに、まったく新しい世の中になり、地図は一変するはずだと思うようになっている。それは現在になっても少しも変らない。特に川崎がそうだった。工場街でも多摩ニュータウンでもそうだ。どこでも、まだ建設中なのだ。

江ヶ崎跨線橋《こせんきょう》と書かれた橋の上にあがったが、何の感慨も得られない。

もうひとつ、横浜寄りに岡があって、そこへも登ったものであるが、その日はあきらめることにした。私は矢向駅に戻り、川崎駅方面に向って歩いていった。

小学校は残っているだろう。私は古い構えの酒屋へ寄った。

「幸町小学校はどこでしょうか」

「さあ、知らないね」

中年の主人が言った。

「昭和十年まで、そこにいたのですが」

奥から細君が出てきた。

「ああ、幸町小学校なら、そこの公園を突っきってゆくと商店街がありますから、交叉点《こうさ》を右に曲ってね、ちょっと歩いて右側にあります。いまは中学校になっていますよ。南河原中学ね。空襲で焼けっちまって……」

私は教えられた通りに歩いて南河原中学の前に出た。校門に見覚えがある。コンクリートの低い柱が二本立っているだけで、両側に植えこみがあった。校門から校舎までの距離は短い。昔は突き当りが職員室になっていた。木造で少しも変っていないように思われた。突き当りから右側が渡り廊下になっている。

私がいくらか記憶しているのは、空襲で焼けてしまったアルバムに、入学式のときに撮った写真があったからである。私は校門を少し入ったところに一人で立っていた。

どういうわけか、私は、黒い学生服を着ていなかった。私は、灰色の慶応の幼稚舎の制服を着ていた。見栄っぱりで突飛なことを好む母のやりそうなことだった。

しかし、私は、ずっと、そのことが不思議でならなかった。私の家には金が無かったはずである。極貧の生活だった。どうして、そんな高価な服を着せたのだろうか。そのことも長年にわたる疑問のひとつだった。また、私は、そういうことを少しも喜ばない子供でもあったのである。

教員室に資料は残っていなかった。幸町小学校は別のところに新築されているという。それは河原町団地の前にあった。四時を過ぎていたが、思いきって現在の幸町小学校の教員室の扉を叩いた。校長室に案内され、そこで学籍簿を見せてもらった。あの大空襲のなかを、よく持ちだすことができたと驚いた。栗田常光や石渡広志の成績表を見た。二人とも川崎中学に進学していることがわかった。

いま、同窓会の名簿を作成中であるという。十人ほど住所のわかっている人の名がならんでいた。そのなかに栗田の名も石渡の名もなかった。石渡は死亡しているらしいという話を聞いた。私は、栗田も生きてはいないのではないかと疑った。私の成績表は無かった。転校した東京の小学校に移されているのではないかということだった。

私に得られたのは、それだけのことだった。徒労感だけが残った。

15

ふたたび川崎を訪れたのは二月の初めの、やはり寒い日だった。何か釈然としない思いが残っていて、あの速い流れの川だけでもつきとめたいと思っていた。あれは夢だけの世界だったのか。いや、そんなはずはない。現実に経験しなかったことを、あんなに明確な形でもって夢に見るということは考えられない。

こんどは正攻法でいこうと思った。谷保駅から南武線に乗って、終点の川崎駅で下車した。東側は、商店街、歓楽街になっていて、町の中心に官庁街もある。市役所もそのあたりにあるはずだった。

川崎の町、とくに東側には独特の臭気がある。住んでいる人たちは気づいていないかもしれない。空気が悪い。濁っているということもあるが、いたるところでアンモニアの臭いがする。酔っ払いが立小便をするのだろう。たとえば、東側と西側をつなぐガード下、その周辺などは、私は息を詰めて歩くことになる。昔は、どの町でも飲食店街の外れには必ずその臭いがしたものである。川崎には、その昔が残っていた。考えようによっては、ひどく懐しい感じのする臭いでもある。臭いだけではない。夜になると酔い潰れて道に倒れている人がいる。駅の構内がすでに酒臭い。吐瀉物《としゃぶつ》の麺類《めんるい》。終戦直後の新宿あたりでよく見られた光景が残っていた。

市役所に入り、なかを歩いてみた。二階に広報課となっている部屋がある。それが正しかったかどうかわからないが、親しみがあるような感じがあって、広報課を訪ねてみることにした。私が頼りにしているのは、戸籍謄本に書かれている下の妹の出生地である神奈川県川崎市南河原二八五という所番地だけだった。妹は昭和七年九月二十八日に生まれている。

私は名刺を差しだし、用件を話した。応対してくれたのは感じの良い青年だった。昔の住所が現在はどう変っているかがわかれば、どのあたりに住んでいるかがわかるはずである。

広報課の青年は農政課へ行ってみたらいいと言った。紹介された農政課員は、ひどく忙しそうにしていた。

「農地改革で、ずいぶん整理されましてね、さあ、現在はどうなっているでしょうか。該当する所番地が出てくるといいんですが」

彼は、昭和初年の御幸耕地整理組合の台帳を持ってきた。

「ああ、南河原二八五番地は、いまは幸区柳町七番地ですね。少しずれているかもしれませんが。ここは、深瀬佐一郎さん所有の畑地だった土地ですね。現在は宅地になっているでしょうから、登記事務所へ行くとハッキリしますでしょう。ええ、事務所はですね、ここから見えます。……あの大きな建物です、角の」

登記事務所は市役所から百メートルばかりの近いところにあった。

「たしかに深瀬佐一郎さん所有の畑地であったのですが、昭和五年に村瀬菊松さんが買いとっていますね。村瀬さんは市役所に勤めていた方ですが、その後、清水建設の下請けなどをやられまして、土木建築関係の方ですね。そこへ自宅をお建てになり、老後の生活のために貸家を四軒建てたんです」

「そのうちの一軒に住んでいたんですが、しかし、私たちが川崎に来たのも昭和五年なんです」

「家を建ててから登記を済ませることはありますからね。多分、おっしゃる通りなんでしょう。当時は附近は梨畑だったんですね。この土地は菊松さんの奥さんのスマさんが相続しています。それから、昭和四十年に村瀬秀市さんが相続して、昭和五十一年から、現在の村瀬さんの奥さんの村瀬寿々子さんに変っています」

「そうしますと、昔の私の家の大家さんのお子さんが、いまでもそこにいらっしゃるんですか」

「そうなりますね」

私は、いそいで登記所を出た。息せききって駅に向って歩いた。やっぱり正攻法がよかったなと思った。喫茶店に入り、コーヒーを注文した。現代ふうにデザインされた喫茶店であるのにメニューに汁粉や餡蜜《あんみつ》もあり、そのへんがやっぱり川崎だなと思った。

川崎市の地図を持ってきていた。西側に東芝堀川町工場と柳町工場とがあり、名前でわかるように、あきらかに柳町工場のほうが近いのであるが、私は、堀川町工場のほうから歩いてゆくことにした。川崎駅の北側である。堀川町工場と向いあって明治製菓川崎工場があり、そっちのほうが馴染みが深いのである。幼い頃のことは記憶していないが、東海道線や横須賀線で川崎駅を通過するたびに、どうしても、窓から明治製菓と東芝の工場を眺めるようになっていた。東芝にはマツダランプというネオンが出ていた。この明治製菓の工場へ母と一緒にビスケットの破《や》れを買いにいった。それは袋に入っていて、ゴスケと呼ばれていた。ゴスケを買うと、とても得をしたような気になった。

そこは地下のガードになっていた。新宿駅の大ガードに似ていて、そこだけは昔も今も変らない。

そのガードを潜り抜け、幸町二丁目、三丁目というあたりを歩いた。私は、すぐに後悔することになった。知らない町を地図だけを頼りにして歩くのは、なんでもないように思われるが、なかなかに困難なことである。とんでもない方向へ行ってしまう怖れがある。道に迷ったとは思わないが、川崎駅の西口（裏駅）へ引き返すことにした。駅ならば誰でも知っていて、すぐに教えてくれた。

裏駅から柳町に向って広い通りがある。地図で見ると、県道鶴見溝口線となっている。そこをまっすぐに歩いてゆけば、ともかく柳町に達することがわかっている。

知らない町では、どこへ行くにも遠く思われるものだ。馴れれば近くに感ずるようになるだろう、どっちにしても、あと何回かは通ってくることになるのだから。……そう思いながら歩いた。

県道鶴見町田線を通り越した。そのあたりが柳町になっているはずである。駅から歩いて十分だか十五分だか、そういった距離にあった。

十字路を越し、少し歩いたところの角に雑貨屋があった。煙草も売っているので、そこで場所を訊いてみようと思って、私の足が止まった。村瀬商店という看板が出ている。所番地を記した標識も幸区柳町七番地になっている。悪い癖かもしれないが、私は、とっさに飛びこめない。

交通信号の変るのを待って向側へ渡った。村瀬商店から西へ向って、たから商事、ふくみ洋裁店、ほくさんバスオール、内藤鶏卵問屋、丸み屋そば店、スナック・ブーメランと続いている。その道は、やがて京浜第二国道に交錯することになる。京浜第二国道を横切れば南武線の尻手駅が近い。

四軒の貸屋が並んでいたとすると、私の暮した家は、ふくみ洋裁店のあたりになるのだろうか。

私に、ふたつの疑問が生じた。

父は、よく、川崎駅からタクシーに乗って帰ってきた。そのとき、バスの停留所に顔見知りの近所の人がいると、一緒に乗せて帰ってきた。そのことは妙にハッキリと記憶している。それは、父のお人善しのところであり、お節介でもあると思い、そういう血筋が自分にも流れていると考えていた。

しかし、川崎駅西口から私の住んでいた家まで、歩いて十分か十五分という距離であるのなら、歩いて帰ってくるはずである。その頃の父は、三十代の初めで、まだまだ若かったのである。

もうひとつは、村瀬雑貨店からするならば、南武線の駅は、あきらかに矢向駅より尻手駅のほうが近いのである。私は、ずっと、矢向町に住み、矢向駅を利用していたと思いこんでいた。上の妹も、定期券を買ってもらって矢向駅から南武線に乗って小学校に通っていたと言っているのである。すると、私たちは、そこから矢向町に引越しをしていたのだろうか。

ふたたび、村瀬雑貨店の正面まで引返した。横断歩道を渡り、村瀬雑貨店の横の道を歩いていった。工場の塀に突き当った。工場に見えたのが東電川崎変電所だった。……間違いがない。家の裏に大きな変電所があったのである。

そこまで行って、私は、まだ、村瀬家を訪ねることをしなかった。私は、突然、あの速い流れの川に突き当ることを、心のどこかで期待していたのである。どうにかして、不意に、母が私と二人で心中しようとした無人踏切に行き当らないものかとも思っていた。

16

父には、どこか胡散《うさん》臭いところがあった。

ある時期、父は横須賀の眼鏡店に勤めていた。たぶん、横須賀中学を中退して独学で勉強していた頃だろうと思う。父は専検に合格して、早稲田大学理工学部に進むのである。

「眼鏡屋でね、ウインドウに同じ眼鏡の玉をならべておくんだ。片方は日本製で三円、片一方はドイツ製で十五円という値段表をだしておく。そうするとね、十五円のほうが売れるんだ。おかしなもんだね」

子供にそういう話をした。これは人間の心理なんてそんなもんだ、日本人は見栄っぱりだ、という教育的な意味あいがあったのだろうか。

関東大震災のとき、焼跡の電信柱を買い占めて大儲けをしたという自慢話がある。昔の電柱には良質の杉材が使われていて、建築材料になったのだそうだ。

いまの甲子園の高校野球大会は、その前身は中等野球大会であるが、父は、鳴尾球場で、規模は小さいが同じ趣旨のものを開催した。それは大当りしたが、経理を担当した友人に売上金を持ち逃げされてしまったという。

こういう話は、すべて何か胡散臭い。真偽のほどは不明であるが、いずれにしても真当な男のすることではない。どこかに山師の匂いがする。

終戦直後、父は銀座の焼ビルを買いに行った。軍需成金だから現金は持っていたのである。ところが、ビルの持主が疎開していたり逃げだしていたりして住所がわからず、父の企画は不成功に終った。

私が中学の低学年生で、父と弟と三人で風呂に入っているとき、洗場で身体を洗っていると、背中に湯をかけられたように感じた。ふりむくと、それは湯ではなくて父の小便だった。父は小便をあたりに振りかけていた。弟が悲鳴をあげた。私でも、そういう悪巫山戯《ふざけ》をやってみたいという衝動にかられることがある。しかし、それを実行するかしないかでは大きな開きがある。そのとき、私は、父のなかにある狂的なものを感じた。

昭和二十二年だったと思うが、父は鎌倉アカデミアという学校の理事長に就任した。鎌倉アカデミアは、ついに文部省から大学の認可がおりなかった。認可がおりなかったのは、ひとつには蔵書の数が不足していたためであるが、鎌倉アカデミアには出版社に顔のきく教授が多く、出版社へ出かけていって数多くの書物を貰ってきたり、寄附金を頂戴《ちようだい》してきたりしていた。

西洋史の林達夫教授が言った。

「山口くん、きみのお父さんね、十万とか二十万とか金が集るとね、うん、これ貰ってゆくよって、持っていっちまうんだね、それがね、あっさりと言うか、さばさばしていると言うか、こっちは呆気《あつけ》に取られているだけでね。おかしかったよ、いま思い出すと……」

この件に関しては父にも言いぶんがあると思うし、実業家の感覚と学者の感覚は違っていたとも思う。しかし、父はそういう人間であり、私はその金で暮していたことになる。

17

私が名を名告り、名刺を差しだしたとき、店にいた中年女性は無表情でいた。私は、幼年時代のことを知りたいために訪れたのだと言い、重ねて自分の名と父の名を言うと、彼女はギョッとしたような顔になり、二、三歩あとずさった。

それは、すくなくとも何度かは私の両親や、幼児であった私のことが話題になったことがあるということを示しているように思われたが、私の思い過ごしであるかもしれない。

彼女は、村瀬寿々子さんの長男の嫁のトメさんだった。

私が村瀬商店を訪れたのは三月になってからのことだった。トメさんは母がいるからと言って、奥を指さした。

店の奥が居間になっていて、寿々子さんは電気ゴタツに入っていた。

川崎市の建築関係の仕事をしていたんですよ、私の父は。それで、老後のために貸家を建てましてね。四軒……。

――四軒長屋ですか。

いいえ。一戸建ちです。山口さんは、三軒目におられたんです。母が生きていればわかるんですが、五年前に死んでしまって。父でも母でも生きているとよかったんですが……。父は血圧が高くて、それで、仕事ができなくなって貸家を建てたんです。

――つまり、当時の大家さんですね。

そうです。船のほうにも関係していましてね。それで、窓の丸い家を建てたんです。船のようにね。四軒とも。ですから珍しがられましてね。ハイカラだって。四軒並ぶと船のように見えるんです。

――丸窓の家って言っていました、私たちも。よく川崎の丸窓の家って言っていましたよ。その窓は居間にあったんですか。

いいえ。お台所です。南側に台所をつくるのも珍しかったんじゃないですか。通りに面して玄関も台所もあって。

——その頃の台帳かなんかありませんか。家賃の入金台帳かなんか。

それがあったんですよ。あったんだけど、整理してしまいましてね。写真ならあると思いますよ。ちょっとトメさん、見てきてください。

——ひどい貧乏をしていましてね。お家賃を払っていましたか。ご迷惑をかけていたんじゃないですか。

いいえ。あとで三カ月とか四カ月とか、まとめてキチンと払ってくださいました。あなたのお父様は優しくて面白い方でした。お母様は物静かな方でした。私、二十歳のときに嫁に行きましてね。ですから、よく知らないんです。それに、いらっしゃるんだかいらっしゃらないんだか、ひっそりしたお家で、いつでも錠が掛っていて、雨戸も閉めっぱなしになっていました。ああ、そうそう、妹のほうがよく知っているんですよ。妹は、あなた様のことを知っているって言ってましたよ。妹に電話を掛けて話をしてみればわかりますよ。

——伺いますよ。いま、どちらにお住まいですか。

栃木のほうなんです。妹の息子が東芝に勤めていましてね、栃木工場に転勤になりまして、そっちに行っています。

——東芝の社宅ですか。

家を建てたんです。寒いところでしてね、妹は風邪をひいてばっかりいますよ。昨日も電話があって、やっぱり風邪をひいているって笑っていましたよ。

——このあたりに川がありませんでしたか。速い流れの川なんです。川幅は狭いんですが。そこで蜻蛉釣りなんかしたんですが。

さあ、私は、女ですから、蜻蛉釣りなんかはわかりませんね。川は、たくさんあったんですよ。川とか沼とか溜池とか。どの川のことでしょうかね。

——とても印象が強いんです。流れが速くて、こわいような。

さあねえ、この近くに古くからいらっしゃるのは、青木写真館、深沢さんなんかですが、そちらでお聞きになったらわかるんじゃないでしょうか。青木さんのお婆さんは、八十、いや、七十八歳ですか。まだお元気ですよ。

——その川が直角に曲るところにニコニコ食堂っていうのがあったんです。そこに朝鮮池があって、石合戦をやったんです。

私は娘ですからね、お稽古事で忙しくて。その頃の娘は、散歩したりすることはなかったですね。夜は外に出てはいけないって言われまして。ここに住んでいても、案外、町のことは知らないんですよ。妹のほうが知っているかもしれません。なにしろ、あなた様のことを覚えているって言ってましたから。

——テニスコートがありませんでしたか、この近くに。

テニスコートなら、きっと変電所のなかでしょう。たしか、あそこにあったと思いますよ。

——父や母のことで、何かご記憶にあることがありませんか。二人とも変った人間でしたから、何か……。

ああ、お父様のことで、こんなことがありましたよ。でも話していいことかどうか。

——なんでもおっしゃってください。かまいませんから。

あるときね、お昼頃にドテラを着ていらっしゃって、昨夜《ゆうべ》はお騒がせしてすみませんでしたっておっしゃるんですね。とても明るい面白い方でいらして……。

その前の晩の夜中なんですが、お父様が銀座から酔っぱらってタクシーで帰っていらっしゃって……。お金がなかったんですね、タクシーの料金が。それで、いまお金を持ってくるから待っていてくれって運転手におっしゃって、私の家に入って、そのまま裏の塀を乗りこえて、ご自分のお家に帰ってしまったんですね。運転手が蒼《あお》くなって私の家に来て、三十分も待ったっていうんですね。たしかにこの家に入っていったって。

——それじゃ詐欺じゃないですか。

さあ、どうでしょうかね。おからかいになったんじゃないでしょうか。そういえば、なんだか夜中に庭のほうでガサガサっていう音がしたような気がするんです。お父様はね、毎晩のように銀座でお飲みになって、夜おそくタクシーに乗って帰ってこられましてね。

ひとつの疑問が解けた。父は川崎駅からタクシーに乗って帰ってきたのではなかった。銀座から帰ってくる。当時は、県道鶴見溝口線という道路はない。これは空襲で焼かれた町に新しく出来た道路である。村瀬家や私の家の前にあったのは農道だった。だから、銀座から帰ってくるときに川崎駅を通り抜ける道があり、父は顔見知りの近所の人を見ると、おそらくは当時川崎では珍しかったであろうタクシーに乗せてあげたのではないかと思われる。

私は、村瀬寿々子さんは、まだまだ多くのことを知っているに違いないと思った。しかし、彼女は、私の知りたがっていることを話してくれないだろうとも思った。タクシー料金詐欺の件を話すときの表情でそれがわかった。

むろん、私は、ある種のショックを受けた。しかし、母が家賃を三カ月か四カ月まとめてキチンと払ってくれていたということのほうが、私の心を傷めた。それは、つまり、家賃が払えなくて、溜まっていたということである。三カ月も四カ月も払えないでいたということである。おそらく、母の唯一の自慢の鏡つきの西洋簞笥《だんす》のなかは空っぽだったのだろう。

18

そいでね、写真を見ると、やっぱり目が大きいでしょ。やっぱりそうだって、わかったの。

目がクリッとしていてね。大きな目でね。いまでも、そうだわ。

——生まれたとき、あんまり目が大きかったんで、こういう名前をつけられたんだそうです。大きな目でね、竹垣のところに、こうやって、垣根に摑って、じっとしてるの。あなた、私のこと覚えている？

——わかりません。

そうでしょ。そりゃそうなのよ。だって、あなたと私、対話がなかったんですもの。ぜんぜん口をきかない子供だったの、ヒトミさんは。

——陰気な子供だったんです。泣虫で無口で。

無口なんてもんじゃありませんよ。口をきかないんです。パントマイムなのよ。

——その頃、お幾歳《いくつ》でしたか？

わたし？ 十七歳ぐらいね。

——惜しいことをしたなあ。抱きついたりすればよかった。畑中さん、混血児《あいのこ》だって言われたことありませんでしたか。

ありますよ。

——子供の頃、美人を見ると混血児だって言ったもんですよ。南河原小町だなんて言われたんじゃないですか。

いいえ。祖父が船のほうをやっていたでしょ。どうも外人の血が混っているらしいんです。

東芝の栃木工場の近くの家で、村瀬寿々子さんの妹の畑中操さんと向いあっていた。畑中さんは、瘦身《そうしん》で細面《ほそおもて》で、額のあたりにかすかに青筋が浮いていた。女優の松原智恵子に似ていた。私は、いい気持にさせられていた。庭に鳥の餌台《えさだい》があり、ムクドリの群が来ていた。彼女はムクドリは嫌いだと言っていた。煖房のきいた部屋は暖かく、彼女の手製のクッキーとコーヒーが置かれていた。

寒くないの？　って訊きますとね、こうやって頸《くび》を振るだけ。だって膝小僧が紫色になっているんですもの。お母さんはいないの？　おうちに誰もいないの？　って言っても返辞をしないんです。いつでも鍵の掛っている家でね。人の気配がないんです。訪ねてくる人もいない。親類の人が来るってこともない。変なおうちでした。お母さんに言ったことがあるんです。ヒトミさん、寒くないのかしらって……。そうしたら、お母さん、山口はスパルタですからって、スパルタ教育ですからって……。

――そうじゃないんです。母は子供には薄着をさせていたんです。厚着をしてヌクヌクしているような子供は嫌いだったんです。

そうですか。わたし、家に帰って父に叱られました。よその家のことでそんなことを言うもんじゃないって。スパルタだって何だっていいじゃないかって。でも、可哀相だったんですもの。竹垣に摑って、こうやって。二本棒垂らして。昔の子供って、みんなハナ垂らしていましたからね。あれ、日向ぼっこしていたんでしょうか。

——凧《たこ》をあげたりコマを廻したりって出来なかったんですよ、無器用で。それに、よその子供と一緒に遊ぶことってなかったんです。

そうでしたわ。本当におとなしい子供さんで。お母さんいるの？ って、心配になって訊くんですよ。そうすると、やっと、ウンってうなずくんですよ。それも言葉はなし。ただ、こうやって、顎をすこしコクンとやるだけなんです。

——厭な子供だなあ。大きな目で睨《にら》むようにして。

そうそう。可哀相だった。かぼそい体つきでね。瘦せていましたよ、ちっちゃな子供でねえ。ああ、写真があるんですよ。姉から電話があって、探しておくように言われて、これが良彦なんですよ、姉の長男の。

私と村瀬良彦がバラのアーチの下に立っている。その背後に上の妹がいる。良彦さんは私より一歳齢下であることが後でわかった。彼は、モト競輪の選手で、いまは、競輪場、競馬場の警備員をしている。

その良彦さんが後に語った。

「なんか、別の世界の人間だっていう気がしていたなあ。うまく言えないけんど、子供のときから、別の世界に住んでいる人っていう気がしていたなあ。俺たちとはどっか違うって……。

麻布へ引越していったでしょう。東京の麻布って言やあ、上流階級の住むところでしょう。やっぱりそうかって。麻布へ行くっていうんで、遠くなったなあって思ったよ」

彼は栗田常光と同じことを言った。

それがわたしの家でね、家作が四軒あったんですよ。四軒とも台所に丸い窓がありましてね。

――丸窓の家って言ってました。

それが四軒でしょう。ですから、遠くから見ると船のように見えたんです。とても目立つんです。それが評判になって、わざわざ見にくる人もいました。

――父や母のこと、何か覚えていらっしゃいませんか。

お父さんは、朗らかで、とても面白い方でした。ある朝ね、やっぱり冬時分でしたが、ドテラを着て、私に、お早うございますって言うんです。大きな声で。昨夜《ゆうべ》お宅に泥棒が入ったのを知っていますか？　って。

――ああ、タクシー料金の詐欺ですか。

詐欺だなんて、違いますよ。銀座のバーで遅くまで飲んでいたら、女給が送ってゆくって言うんですって。それで、家の前まで来て、小さな家だと恥ずかしかったんじゃないでしょうか。わたしの家を指さして、これが俺の家だって。祖父は建築道楽だったもんですから、わたしの家は大きかったんですよ。それで、サヨナラつて言って、わたしの家へ入っていって、裏の塀を乗り越えて、ご自分の家へ帰ったんですって。だから、昨夜は、お騒がせしましたって、泥棒が入ったんですって……。とても元気のいい面白い方でした。その話をお母様にしたんですよ。娘って仕方のないもんですね。世間知らずで……。余計なことを言ってしまったんですが、お母様は顔色ひとつ変えずに、こうおっしゃったんです。山口は銀座じゃ有名なんですって。銀座じゃ法螺正《ほらまさ》(父の名は正雄である)で通っているんですって。とても面白い方でしたわ、お父様もお母様も。飾りっ気がなくって、なんでもアケスケで……。江戸前っていうんでしょうかね。そういうお気性の方でしたね。

――家の裏に池がありませんでしたか。釣をしたことがあるんです。

あのへん、池だらけでした。だいたい、あの四軒の貸家は、池を埋めて建てたんです。ですから、あったでしょうよ。小さな池が裏のほうにも。……お母様はね、歌が上手だった。よく歌ってらした。団道子に習ったんだって言ってましたよ。

――ソプラノで。いや、アルトかな。

ええ、ええ。クラシックなんです。いいお声でね。本格的な発声なんです。庭の千草とか宵待草とか、お洗濯のあとで洗ったものを干しながら歌っていらっしゃいました。

わたしね、それまで大阪にいましたの。わたしもね、歌が好きだったもんですから、東京へ出てきて音楽学校へ入ろうと思ったんです。ところが姉の子供の子守りばっかりで、一年ばかりブラブラしていましたの。でもね、お母様の歌を聞いて、こりゃ駄目だって思いましたの。

東京では、こんなに歌の上手な人がいるって。それにね、藤原義江がアキさんと逃げるって事件があったりしましてね、声楽をやる人は不良だって、そう言われましてね。

でもね、あなたは本当におとなしい子供でしたわ。物音ひとつ立てない。なんでもパントマイムなの。わたしが物干なんかに出るでしょ。ふっと人の気配がするから、見ると、あなたがじっとしゃがんでるんですね、垣根のところに。

——泣虫だったんです。

泣き声も聞かれないんですよ。パントマイムなんですよ。ですから、ヒトミちゃん、寒くない？　って。お母さんいるの？　って。わたし、しつこく、二度も三度も訊いたんです。寒くないの？　って。物音ひとつしない家なんです。いるかいないかわからない家でね。しっかりしたお母様で、えらい女の人だって評判でした。

お母様はすばらしいお声でね。それで、わたし、あきらめましたの。父に言ったこともあったんですが、三浦環ぐらいになれるなら音楽学校にやってやるって。それで、拗《す》ねてしまって一年間ばかりブラブラしていまして、『新青年』っていう雑誌で探偵小説ばっかり読んでいましたの。お母さま、どうして声楽家にならなかったんでしょう。

——でも、この写真を見ると、私、元気そうですね。

ええ、小学校に入ってから、急にお元気になったんです。話をするようになったんです。

——それは野球をやるようになったからですよ。私、野球は上手だったんです。あのへんも少年野球が盛んでね。父に教えてもらって。野球のおかげですよ。野球っていうのは声を掛けあうスポーツですからね。それより、自信がついたんでしょうね。級では一番上手でしたから。垣根に摑ってじっとしているのが印象的でした。いつでも鍵の掛っている家でしょ。ですからね、心配で、お母さんいるの？　って訊くんですよ。

――その前は、戸越の大きな家にいましてね。御不浄がふたつありましてね。自家用自動車があって、コックがいたんですよ。そんな大きな家から越してきたもんですから怯えていたんでしょう。不安で不安で怯えていて、変な子供だったと思いますよ。

東芝に勤めているという息子さんが帰ってきて、駅まで自動車で送ってくれるという。玄関の前に立って、自動車を廻してくれるのを待っているとき、畑中操さんがこんなことを言った。声をひそめるようにして。

そうそう。こんなことがありました。あるとき、三人の男がわたしの家に来たんですよ。鳥打帽をかぶっていましてね、三人とも。山口っていうのはどこだって。怖くて怖くて。

――それは暴力団でしょうか。警察の人でしょうか。

そんなことはわかりませんよ。娘ですから。……ただ、山口ってのはどこだ、って。凄い迫力っていうのか、ドスがきくっていうんでしょうか。なんにもわかりませんが、とにかく感じの悪い連中でした。いまでも、わたしの耳に残っていますね、その声が……。山口ってのはどこだ、って……。

私は、夕暮の西那須野駅のホームで、上り上野行の列車を待っていた。

「銀座では有名だって? 銀座では法螺正で通っているんだって?」

何も考えないでいようと思った。すると、母の『宵待草』が聞こえてきた。

待てど暮せど来ぬ人を……。

「若い頃はソプラノだった。長唄をやるようになってからアルトになった。邦楽の声になりやがった。しかし、あの野郎、俺を殺そうとしたことがあったんだ」

19

私は、銀座の村松時計店とか大沢商会といった店の前を通るのが怖くて仕方がない時期があった。村松時計店では宝石類も扱っていたはずである。

それらの店の名を、父はよく口にしていた。

「村松のやつ。気がきかないったらありゃしない」

ただそれだけのことであるが、どういうわけか怖いのである。いったい、これは、どういうことなのだろう。

これは小説家になってからのことであるが、吉兆とか金田中とか、あるいは岡半とか中嶋といったような、銀座界隈の有名な料亭や待合に連れていかれると、足がすくむような思いをした。

「あなたのお父様は山口正雄さんでいらっしゃいますか。それなら、ちょっと……」

と、内儀《おかみ》に呼ばれて、別室で書付を渡されるのではないかとビクビクしていた。いっそのこと、そうなればいいとさえ思った。いかにその書付が莫大な額になっていたとしても、金ですむことなら、時間をかけて済ませてしまいたいと思っていた。実際、私は、こんなふうに言ったこともある。

「私の父は山口正雄っていうんですが、おたくにご迷惑をかけていませんでしょうか。調べていただけないでしょうか。もし、そうでしたら、私がお支払いしますから、おっしゃってください」

しかし、どの場合でも、内儀は、笑って、山口正雄さんなんて知りませんと言うのだった。

20

川崎市の幸町小学校には、三年の二学期が終る直前までいた。だから、それは昭和十年の十二月のことだったと思われる。

栗田常光はこう言っている。

「だから、ますます遠い所へ行っちまったと思ったな。手の届かない所へ行っちまった。何というか、身分が違っちゃったんだな。なにしろ、きみは、三十六色だか二十四色だかのクレヨンを持っていたんだからな。終生の仇敵《ライバル》だと思っていたんだからね。ライバルがいなくなっちゃって、ぼくは張合いを失ってしまった。だから、四年、五年、六年と、ぼくは駄目になっちゃった。勉強をしなくなっちゃった。図画が甲だったのは、きみのクレヨンのおかげだよ。きみにクレヨンを借りるとね。素敵な絵が描けたんだよ。それで自信がついたんだよ。なにしろ、金も銀もあるクレヨンだからね。ぼくのなんか、六色だぜ。それも禿《ち》びたのを竹でもって縛ってね。そんなんだった。きみは、クレヨンだけじゃなくて素敵だった。……だからね、きみが文学賞を貰って新聞に名前が出たとき、糞っ！　と思ったね。またやられたって。やっぱり、負かされたって。だってね、ぼくは文章を書くのが唯一の趣味だったんだから。こっちは、ずっと同人雑誌をやっていたんだからね。それが、きみは、一流会社の宣伝部に勤めていて、小説なんか書いたことがなくて、はじめて書いたら、いきなりだっていうんだろう。糞っ！　と思うよねえ」

川崎を去るとき、私は、ひとつの人生が終ったように感じていた。栗田常光や村瀬良彦が言うように、別の世界に入ってゆくのだと自分でも思っていた。幸町小学校を去るとき何の愛着もなかった。もう、オサラバだと思った。こんな貧乏ったらしい学校も、川崎という町も、もうゴメンダと思っていた。私は冷い人間だった。畑中操さんの言うように、私は、他人には頸を振るだけの少年だった。

私が転校したのは、東京の麻布区の東町小学校という学校だった。

クラスの生徒に紹介され、一時間目の授業が終り、校庭へ一歩踏みだそうとしたときだった。教室から校庭に出るには、四、五段の階段を降りることになる。扉をあけて、一段目の階段の上に足を乗せたときだった。ボールが飛んできた。私は、伸びあがって、左手で素手でそれをキャッチした。

「これだ！」

と、背後で叫ぶ人がいた。担任の訓導だった。それは私にとって運命的な出来事だった。

私は、このことを前に何度か書いているので、ここではできるだけ簡略に書くことにする。

担任の訓導は大山正雄という人だった。大山先生は、このとき、事件の渦中にいた。

大山先生は、その小学校に野球部を創設しようとしていた。それだけのことであれば事件にならない。彼は、四年生、五年生、六年生を除いて、三年生だけで野球部を造ろうとしたのである。いや、三年生だけでなく、三年生には男組、男女組、女組の三級があったが、自分の担当する三年生の男組だけで全校を代表する野球部を造ることを提案したのである。

当然、これは学校内での大きな問題になった。費用のこともあったろうけれど、放課後から日没まで、野球部が校庭を占領することになる。三年の特定の級の野球部員だけで……。これで問題にならなかったとしたら、そのほうがおかしい。

しかし、どういう経緯があったかわからないが、大山先生は、それで押しきってしまった。彼は、まだ二十代の半ばであったが、思うに、学校内での暴れん坊であって、これをおさえることのできる教師がいなかったのだろう。

しかも、その三年男組の野球部員は、野球の上手な選手が選ばれたのではなかった。体力に勝れた少年が選ばれたのでもなかった。大山先生は、学業の成績順で二十人ばかりの部員を選出した。父兄会の有力者の子弟で、私が見ても膂力に勝れた少年が、彼自身が強く希望したのにもかかわらず、野球部員になれないということがあった。子供の私が見ても〝ちょっとおかしい〟と思われるようなことだった。

大山先生の左手の甲には刺青があった。そこに力という文字が彫られていた。硫酸か何かで消してあったが、言われてみれば、はっきりと刺青であることがわかる。彼の少年時代に、田舎（秋田県出身）でそんなことが流行したのだろう。

しかし、いまは、私は、大山先生の野球部員選出法は卓見だったと思っている。少くとも、これは、教育者としてのひとつの見識を示すものだったと考えている。

転送されてきた私の学籍簿を見て、大山先生は、ある種の感触を得ていたはずである。私は、即日、野球部員にさせられてしまった。それが校内の大問題になっていて、クラスのなかでも羨望嫉視《せんぼうしっし》の的になっていることを、私はずっと知らないでいた。

川崎の幸町小学校と、その麻布区の東町小学校の教育とは、まるで違っていた。大山先生の教室だけが違っていたのかもしれないが……。

一口で言えば、大山先生の教育は、大変なスパルタ教育だった。先生が生徒を殴るというような生易しいものではなかった。大山先生は竹の鞭《むち》を持っていて、それを脳天に力一杯に振りおろした。当時、ほとんどの生徒の頭は坊主刈りであったから、たちまち瘤《こぶ》だらけになる。

野球の練習でも同じことだった。生徒を十メートル前に立たせて激しいノックの嵐を浴びせることになる。キャッチ・ボールも近距離で、互いに力一杯に投げさせる。大学野球の練習と同じことをやらされた。

私たちの野球は、たちまちにして上達した。四年生になると、五年生や六年生の合同チームが試合を申しこんでくる。これは一種の遺恨試合のようなものである。しかし、上級生の合同チームは私たちに歯が立たなかった。きまって、五回までに十対零のコールド・ゲームになってしまう。大人のチームとも試合をした。学校の近くの工場の工員たちのチームであるが、常に鎧袖《がいしゅう》一触の感があった。むろん、五年生になると東京都の少年野球大会で優勝した。そのころ、東京の少年野球の強豪は、精華、育英、赤羽と、私たちの東町であったが、この四校で傷病兵慰問の野球大会が催されたことがある。つまり、私たちはスターであり町の英雄だった。

しかし、私たちのチームが強かったのは、後に大下弘や白木儀一郎のいるセネタースを経て、近鉄パールスの主戦投手になり、戦後のプロ野球を代表する投手になった黒尾重明という男がいたからである。そうでなかったら、いくら練習したって、そんなに勝てるわけがない。

私たちは、試合の前日になると、麻布十番にあったヤマナカヤという洋食屋へ連れていかれてビーフステーキとカツレツを食べさせられた。大山先生は寿司屋へも連れていった。肩を痛めると、神田にあった電気治療院へ行く。つまり、私たちは、いっぱしの大人の選手と同じことをやっていた。大人の匂いを早く嗅いでしまったと言えると思う。

大山先生は万能のスポーツマンであって、テニスも上手だったが、野球部員を引率して山登りに行くこともあった。だから、私は、小学生時代に燕岳《つばくろだけ》にも大菩薩峠《だいぼさつとうげ》にも登っている。

大山先生の下宿先きに呼ばれて勉強の特訓を受けることもあった。彼は縕袍《どてら》を着て酒を飲みながら勉強を見ているのであるが、生徒が眠くなると、盃の酒を生徒にも飲ませた。

私は将棋も強かった。大山先生を負かすし、腕自慢の校長や用務員さんも私の敵ではなかった。

また、私は、五年生ごろから麻雀もさかんにやった。当時の賭率《かけりつ》は千点二円であるが、十円や十五円の金が動くわけで、いま考えると、かなり大きな博奕である。私は、次第に、自分にいくらかの博才があるのではないかと思うようになっていった。

昭和十五年に麻布中学に入学する。このとき、私は、昭和十年の秋に川崎から麻布に出てきたときと同じように、自分の人生が終ってしまったように感じていた。私は消極的な少年だった。前途に希望を感ずるようなことはなく、現在の生活に安定を感ずるようなこともなかった。私の小学生時代は、勉強とスポーツと遊び（勝負事）で充実していた。まことに濃密なものがあった。私もまた町の小英雄であり、父母の秘蔵っ子だった。

麻布中学では野球部に入らなかった。あんなものは野球ではないと思っていた。また、中学の野球部というのは不良少年の巣窟だと思っていた。そのように大山先生の影響は強烈だった。

野球のリトル・リーグに「調布リトル・リーグ・クラブ」という強豪チームがある。例の早稲田実業の荒木大輔が所属していたし、アメリカほかの諸外国にも遠征しているから、ご承知の方が多いと思う。

この「調布リトル・リーグ・クラブ」の荒木大輔のような有名選手以外の選手たちは、その後どうなったか。私には興味のある問題だった。あるとき、テレビの報道番組の一部でこのテーマが取りあげられて、「調布リトル・リーグ・クラブ」から早実というエリート・コースに進めなかった選手たちの多くは、高校に進学しても野球部に入部していないことを知った。入部しても、すぐにやめてしまう。また、学校そのものを退校してしまう少年が少なくないことを知らされた。

「やっぱりそうか」

と思った。

「濃密であったのがいけない……」

私はそんなふうに考えている。私たちは老成してしまっていた。その後の戦争の推移が私たちの老成に拍車をかけることになる。チームのエースであった黒尾重明のごときは、なんと、中学三年生のときに家を飛びだしてしまって、齢上の女性と同棲してしまうのである。

スパルタ教育というのは、ケースによって差があるだろうけれど、意志鞏固《きょうこ》な人間を造るのではなく、時には、逆に、依頼心の強い人間を造ってしまう。甘ったれた人間を造ってしまう。

私たちは鍛えられて学業も体力も伸長した。自分たちは特別な人間だと錯覚するようにもなった。しかし、叱られなければ何もできない人間になってしまったと言えないだろうか。

21

今年（昭和五十七年）、私にとって思いがけない幸運な事件があった。

今年の初め、某電気メーカーのTVCF出演を依頼された。私はテレビには出演しないことにしている。いろいろの理由があるが、ギャランティの安いこと（昔に較べればずいぶん良くなっているが）、時間の無駄（待時間が長い）、制約があってトーク番組でも自分の思ったことが充分には言えない、顔が知られてしまうと取材の際に不利益、町で他人に話しかけられる不愉快などがあって、こちらにプラスになることはひとつもないと考えているからだった。まして、コマーシャル・フィルム（CF）となると、その不利益は増大されてくる。仕事をした結果で名声を得ることは免れがたいが、その名声を利用して仕事をすることをやってはいけないとも考えていた。人間が卑しくなる。

その電気メーカーの宣伝部に私の恩人がいた。私に初めて小説を書かせてくれた人である。当時、彼は娯楽雑誌の編集長をしていた。私は、常に、そういった種類の縁を大切にしようと思っていた。

その電気メーカーのテレビ担当の女性社員と恩人とが私の家に来た。話をするのは女性社員だけで、恩人は終始困ったような顔をしていた。

「俺が行けば、あいつはイヤとは言えないはずだ」

会社内での恩人の顔が見えてくるような気がした。

彼等と私との睨みあいが長く続いた。彼等は私がTVには出演しないことを承知していて依頼にきているのである。

新発売のステレオのＴＶＣＦということだった。およそ私と機械類とは縁が薄い。不似合である。それに音楽好きではない。しかし、それが、むしろ先方の狙いであるようだった。意外性を狙っている。

私は恩人を別室に呼んだ。そこでも睨みあいが続いた。

「やるよ。……とてもやらせてくださいとは言えないけれど、出ますよ」

恩人は、そのときも、有難うとも、よかったとも言わなかった。恩人の微妙な立場がわかるような気がした。

私が引きうけたのは、私が立っているだけで音楽を聞いているような考えこんでいるような、それだけのストーリーだったということもあった。演技は不必要である。楽な仕事という意味ではない。私のような、およそメカにも音楽にも無縁な頑固親爺《おやじ》のような男が、最新鋭のステレオの前に突っ立って考えこんでいるという構図はなかなかに面白いと思われたからである。悪い企画じゃないと思った。後のこと（顔が知られる不都合など）は勝手になるようになれ、と開き直ったような気分になった。

すぐに撮影が行われた。スタジオへ行ってみると、立っているだけでなくて歩いてくれという。なにか裏切られたような気がした。グラスを持たされた。ほんもののウイスキイが入っている。むろん、音量一杯のロックふうの音楽が流れている。私が酔っぱらって踊りだすのを期待しているのである。私は頑《かたく》なに演技を拒否した。それで撮影は終った。

私はラッシュを見たし、完成した作品も見た。ちっとも面白くない。しかし、女性担当者は、本気かどうか知らないが、傑作だ、凄い存在感だと叫ぶのである。

そのTVCFは、スポンサーの重役会議で不採用になった。理由は、タレントに頼らずにハードに売りたいからということだった。思いがけない幸運とはそのことである。私は恩人の顔を立てることができたし、恥をかかずにすんだ。もろもろの不都合を免れることもできた。スポンサーは契約通りのギャランティを払ってくれた。手取りの三百万円である。私はそれを受け取った。狡猾《こうかつ》にも……。

これは、いわば不浄の金である。私はそれを三等分することにした。百万円で、以前から欲しいと思っていた車簞笥《だんす》を買うことにした。次の百万円を税金に当てることにした。残りの百万円を石渡広志と約束した川崎競馬で使ってしまおうと思った。不浄の金は早く捨ててしまいたい。

私はギャンブラーとしては消極的なほうの質《たち》の男である。裏っ張りのほうである。赤、赤、赤と出れば次も赤だろうと思うのがツラっ張りである。私は、赤が続けば次は黒だと考えたがる。こういう張り方は消極的になる。

女房は、結婚以前の、私が極道であった頃の霊感のようなものを信じている。それは育った環境が違うからであって、ギャンブルにおける霊感などは実際は根も葉もないことである。素人筋から見ると、それが不思議な能力であるように思われるらしい。

「どうして、もっと思いきってたくさん賭けないの。わたしが男なら、きっとそうすると思うわ」

しばしば、そう言った。私の消極策というのは、長年にわたってギャンブルによって培われたところの智恵である。ギャンブルには損をする男と損をしない男との二種類があるだけであって、得をする男は存在しないのである。

「しかし、こんどは少し勝負してみよう」

私はそう思うようになっていった。自分のギャンブル人生の総決算にしようといった気持に近づいていった。たぶん、これが終りになるだろう。そう思うと、石渡広志と同じように、川崎競馬場へ行くのが楽しみになってきた。

ＴＶＣＦで得た百万円と、競馬用に預金してあった通帳に五十万円の残高がある。これを引きだせば合計百五十万円になり、これだけあれば資金は充分すぎるほどだった。

22

私の父は麻雀が下手だった。ずいぶん大勢の人たちと麻雀を打ったが、父のように下手な男に会ったことがない。いまは下手だけれど、場数を積めばいずれは上達するだろうと思われる人には何人も会ったけれど、父にはそういう才能のカケラとか片鱗《へんりん》とかが見られなかった。

下手なら下手でいい。麻雀という運否天賦《うんぷてんぷ》に頼るゲームは下手な人でも勝つことがあるのである。絶対にオリないで攻撃一本槍の人が大勝することがある。また手牌《てはい》が悪いときは逃げまくるという消極戦法であってもいい。とにかく、勝負事は、自分の型をもっていればツキが廻ってくるものである。父には型がなかった。だから余計に始末がわるい。見ていて焦らだたしい思いをする。父は下手な癖に巧者に打ち廻そうとするところがあった。まるで誰かに褒められたいと願っていて、勝つことは別問題だと思っているかのようだった。いや、実際そうだったのだろう。およそ考えられないような、ひどい淋しがり屋だったのではなかったのだろうか。私が批評するならば、おそろしく勘の悪い男ということになる。下手であり勝てないとわかれば麻雀なんかやらなければいいのである。そこのところが摑めていない。

勝負事というものは、それが何であっても勝たなければ面白くない。また勝つことによって自信が生じ、それによって上達もするのである。私は月給が一万円未満であった頃、麻雀で徹夜をすれば五千円以上の儲けにならなければ意味がないと考えていた。その五千円は最低額だった。対戦相手に麻雀を教えてやっているのだから、そのくらいの授業料を貰わなければ割にあわないと思っていた。そうして、儲けが五千円以下という日は、まず記憶にない。私は、昭和二十四年に結婚して以来、月給袋に手をつけることがなかった。そっくり女房に渡してしまう。小遣いを貰ったこともない。私はシマリ屋でムダ遣いをしなかったけれど、自分の生活費は自分で稼いでいた。それは主に麻雀その他の賭博《とばく》による収入によってまかなわれていた。昭和三十年以降は、ラジオ・テレビの台本や娯楽雑誌の雑文書きという内職収入によるものになってゆくのだけれど……。私は無趣味というか無粋というか、腹の足しにならないことは一切興味がなかった。

私は、いま、麻雀をやらない。それは気力とか記憶力とか計算力とか、そうじて体力全般が衰えてきていて、勝てないことがわかっているからである。若い男には勝てない。金を取られて、そのうえに軽蔑されるのは御免だ。ギャンブルとはそういうものではあるまいか。とにかく勝たなければ面白くない。

父は、頭が悪いとか努力をしない男というのではなかった。記憶力も抜群に勝れていたはずである。勤倹力行の男でもあった。横須賀中学を首席で通し、そこを中退するのだけれど、専検をパスして、早稲田大学理工学部の三十人に一人という補欠入学を果たすのだから頭が悪いわけがない。たぶん、数学などは腕で解くといったタイプの学生だったと思う。在学中に石油パイプ関係の特許を何種類も得ていて、島津製作所での初任給は二百円という破格なものであったそうだ。また父が勉強を見てやっていた母の従弟の羽仏勇太郎は府立一中に合格する。当時、府立一中という全国一の優秀な中学に神奈川県から進学するというのは、極めて稀であったはずである。羽仏勇太郎は、府立一中で作家の高見順と同級生になるが、高見さんは私と同じ東町小学校の出身で、開校以来の秀才と言われていた。

「あんとき、勇太郎のやつ、泣きだしやがってね」

父は、よく、その自慢話をした。府立一中の入学試験は三日間ぐらいを要したらしい。初日、二日と落第生は黒板に書かれた名前が消されてゆく。三日目に羽仏勇太郎の名前の半分が消されかかっていた。

「俺が答案を見ているんだから、落ちっこないんだ。だいじょうぶだと言っているのに泣きだしやがって……」

私には、その父が麻雀が下手であることが不可解だった。頭はいいけれど勝負事には不向きである、博才がない、という男はいくらでもいる。そうとわかったとき彼等はギャンブルに手を出さなくなる。父が麻雀に執着することが私には理解できなかった。

父は麻雀の書物を読んで勉強するということがなかった。おそらく書物を読んでも理解できなかったのではなかろうか。そうして、自分の麻雀が下手で弱いということもわかっていなかったのではなかろうか。ただただ麻雀牌を弄《いじ》っていれば嬉しかったのである。

だから、戦時中は、前に書いた蔵田正明さんのようなインテリやくざという類の男たちが家に集ってきていた。つまり父は良い旦那でありカモである。私の家は軍需成金であり、母は気前がよかったから御馳走目当ということもあった。そのほかに長唄や日本舞踊という方面の芸人たちとも卓を囲んでいた。そのなかにも巧者な人がいた。千点二円程度の麻雀であるけれども、芸人たちは負ければ生活にひびく。負けると金を払わない男もいる。ごく稀に父が大勝するとお笑い（ノーゲーム）になってしまう。そんなときの父は上機嫌だった。私は芸人乞食《こじき》というものを実見したように思ったものである。父は母に愚痴を零《こぼ》したり悪口を言ったりしていたが、仲間がそろえば、たちまち相好《そうごう》をくずして上機嫌になってしまう。

こういうセコイ連中と麻雀を打っていれば上手になりそうなものであるが、一向に上達する気配がなかった。それどころか、父は年々にいよいよ下手になってゆくように思われた。不思議でならないのは、それだけ数多くの麻雀を打っていても父は点棒の計算ができないということだった。そもそも覚えようとする気がなかったようだ。

麻雀にはトップ賞があって、黒棒一本か二本をきわどく争うところに醍醐味《だいごみ》があるのであるが、和了のときの計算ができないのでは、その醍醐味を味わうことができない。ポーカーでは手役なしで大きな手役のついた相手を倒すのが最大の妙味になっているが、父は、つまり、手役の計算とか価値判断ができないで勝負をしているのと同じことだった。あれだけの場数を踏み、あれだけ長年月にわたって麻雀を打っていて、父は麻雀の醍醐味、すなわち、もっともおいしいところを知らないで終ってしまった。

インテリやくざというのは多くは新聞記者であるが、彼等も芸人たちも腹のなかでは父を馬鹿にしきっていた。おそらく、彼等は、点棒の数を誤魔化したり、単純なイカサマを駆使していたと思われる。彼等にとって私の家ぐらい居心地のいい家はなかったろう。

そんなに麻雀が下手であるのに、父は他人に麻雀を教えたがるようなところがあった。人数が余れば、うしろに廻ってコーチしたがるのである。ついつい手が出たりする。

「そうじゃない、これだ。……あ、あ、こっちだよ。……ほら、ごらんよ。ずっと手が良くなってきた。この待ち、わかる？」

などと言い通しになる。多くの場合、父の指導は間違っていた。そうでなくても父の戦法は直截で単純だった。

かりに、父が麻雀を打っていて、手牌が、

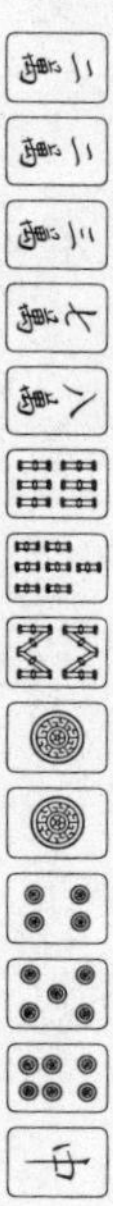

であったとする。紅中は場に三枚出ている安全牌である。ここでは、ふつう二万を先きに捨てて不要牌の紅中《ホンチユン》を残し、一万四万、六万九万を自摸《つも》って平和《ピンフ》を狙うのが、ごく常識的な手段である。そんな初歩的なことは誰でも知っている。

「おい、××ちゃん、きてごらん」

父は観戦している男を背後に呼ぶ。そうして、その男に二万を示し、

「この捨て牌の意味、わかる？」

と言うのである。私は恥ずかしくて顔が赤くなってしまう。父は得意満面なのだ。

「ええ、まあ、わかりますね」

観戦中の男は、相手が旦那だから、知らん顔で、おだやかに答える。

父の麻雀の実力とか知識とかは、せいぜいその程度のものだった。かりに、六万か九万を自摸ると、得意満面の顔がさらに紅潮して、勢いよく立直《リーチ》をかける。相手が巧者な打ち手なら、妙な手つきで捨てた二万の附近、すなわち一四万などがもっとも危険な牌だと察知してしまう。

流局になると、父は、

「おかしいなあ、こんないい聴牌《テンパイ》なのに」

と言って手牌を倒し、ヤマに隠れている牌を探してみたりする。こんなふうでは勝てるわけがない。父は相手に読まれていることが理解できなかったようだ。だから、麻雀にかぎらず、人間の心理の奥などはわからない。その意味では、ごくごく単純な男だった。

父がやっと覚えた、きわめて初歩的な戦法は間違っているのである。特に、戦後になっての立直一発裏ドラありなんていうルールになると、二万か一筒《イーピン》を暗刻《アンコウ》にして立直をかけたほうがずっと有利なのである。二万か一筒が裏ドラになれば、まず満貫になるのだから……。二万を暗刻にして三万を捨てるとすれば、そのほうが六万九万を引きだしやすいという利点もある。

そうでなくて、六万か九万を自摸ったとき、二万と一筒の双碰《シャンポン》にしたほうが和了しやすいということもある。その場の関係で、いずれとも決めがたいが、そんなふうに筋悪く打つほうが高級な戦法なのであるが、父には、とうてい理解できなかったと思う。

父は麻雀さえやっていれば機嫌がよかった。母はそれをよく知っていて、仕事から帰ってき

た父の機嫌が悪いとわかると、家庭麻雀をやろうと言いだすのだった。すると、父は、たちまち相好を崩して、兄や私にむかって、

「支度せい！」

と言いつけるのだった。麻雀卓を持ってきて、座布団をそろえ、点棒を整理する。父の〝支度せい〟と言うときの言葉の響き、でろでろに融けてしまいそうな顔つきは、いまも私の耳と目にこびりついていて離れない。それは、父の照れかくしのせいでもあったのだろう。父は洋服を着物に着換えるのももどかしいようで、ネクタイを解いただけで坐ってしまうこともあった。思えば、それが、私の家での、もっとも平和で楽しかった時期であったような気がする。

いまにして思うのだけれど、父は異常なほどの淋しがり屋だったのではなかろうか。麻雀を打つということは、少くとも三人の人に構ってもらえるということである。誰にも相手にされないという事態を父は極端に怖れていた。家庭麻雀における和気藹々《あいあい》を父ほど愛した男はいなかった。そうやって家庭円満で、そのうえに家長として乗っかって君臨していたいのだった。父は、妻にも子供たちにも馬鹿にされていることに気づいていなかった。〝みんなで力を合わせて家庭を守り、みんなでゲームを楽しむ〟といったようなことを父は特に好んでいた。

戦争が終り、父はヒマをもてあますようになった。兄も私も学校へ行かなかった。家庭麻雀は、いっそう頻繁に行われるようになった。父のような男にとって、戦後という時代は、どうしていいのか、まるで見当もつかなかったのだろう。〝平和国家〟は勝手が悪かったに違いな

い。〝一億一心火の玉だ〟のほうが遙かに住み心地がよかったのである。勤倹力行の男が仕事を奪われると、どうして良いのかわからなくなってしまう。

父の友人たちで成功していた男は、すべて軍需産業をやっていたから誰もが戦犯にひっかかってしまった。戦犯にならなくて事業を再開した男は、ほとんどが失敗していた。

客が来れば麻雀になり花札になった。当時の鎌倉には博奕好きでヒマな男が多かった。まず、きまって父は負けるのであるけれど、兄も私も、ほとんど負けない。従って、父の負けは兄弟で肩代りをさせられる。私に関して言えば、戦後は、博奕に関してはツキっぱなしの時期が長く続いた。

はじめは精算してくれていたのだけれど、父は私たちに金を払わないようになった。父の借金はどんどんふえていって、兄も私も、二人とも父に十万円を越す金を貸していることになってしまった。父は、

「これは養育費だ」

と言うようになった。インフレーションが進んでいって、いかに軍需成金といっても、家には金がなくなってしまった。こうなると、父と麻雀を打っても少しも面白くない。

そのうちに、父は、あきらかに、兄や私に勝たせようとする打ち方に変っていった。父は自分の麻雀が下手だとは思いたくなかったろうけれど、これだけ負け続ければ、弱いと思わざるをえないようになったのだろう。それで、あきらかに、特に私に勝たせようとする。私にとっ

ては迷惑な話だった。それでは麻雀が面白くないし、結局は収入にならないのだし、対戦相手を不愉快にしてしまう。しかし、父からすると、そうでもしなければ、家の経済が成り立たなくなっていたのである。

父は私が下家《シモチャ》に坐れば、私の必要とする牌をどんどん落としてくる。そもそもが麻雀が下手なのだから、それが露骨になってしまう。私が清一色《チンイーソー》を狙っていて聴牌が近いというのに、かまわずに危険牌を打ってくる。父の麻雀は下手なうえに荒廃していた。

「もう、お前ンところでは麻雀はやらないよ」

友人にそう言われた。他の人も内心ではそう思っていただろう。それが当然である。父は、麻雀においても、どうしていいのかわからない状態になっていった。誰にも相手にされないようになった。

ずっと後のことになるが、兄は、麻雀に関しては父の面倒見がよかった。兄夫婦は、子供がいなくて、二人ともなかなかに巧者な麻雀を打ち、麻雀で明け暮れするような生活をしていた。その麻雀仲間にも達者な人が多かった。兄夫婦は、たびたび父を麻雀に誘ってくれた。メムバーが足りないようなこともあり、父のほうで強引に割りこんでゆくようなこともあったようだ。

「あんな強《ごう》好きなオヤジもいねえなあ」

兄の麻雀仲間はそんなふうに言っていた。むろん、内心で父を馬鹿にしきっていた。

そのころ、父は糖尿病による老衰がひどくなっていて、とても徹夜に耐えられるような体力はなくなっていた。父が兄たちと麻雀を打っていて、倒れたことがある。家に担ぎこまれた父は糞尿まみれになっていた。どうも、対戦中に意識を失い、失禁してしまったらしい。

そんな父を麻雀に誘わないでくれればいいのにと思ったものであるが、いまになってみれば、父にとってどちらが幸福だったのかわからない。私は、兄夫婦に感謝したい気持ちになっている。

23

六月八日、午後三時過ぎ。フロントから電話があり、石渡広志がホテル・サンルートの私の部屋に入ってきた。

「早かったじゃないか」

「なんだか落ちつかなくてね、早く出てきちゃった」

石渡と二人で翌日からの六日間、川崎競馬で遊ぶ約束をしていた。

「部屋は?」

「向い側です。やあ、こっちは眺めがいいですね」

石渡が窓のほうへ歩いていった。眼下に川崎競馬場が見える。左手が堀之内のトルコ街になっている。

「荷物が小さいね」

彼は小学生の持つような小型のボストンバッグを持っている。

「大きいほうは部屋へ置いてきた。これは娘のバッグを借りてきたんです。双眼鏡が入ればいいんですからね。だけど、これだって二百や三百は入るからね」

石渡は振りむいてニヤッと笑った。

「そりゃそうだ」

「山口さん、資金はどのくらい持ってきたの？」

「百五十万」

「まあ、そんなところかな」

「おいおい。これだって俺は目一杯だぜ。大勝負だよ」

「そうですよねえ。百五十万円といやあ容易ならないお銭《あし》ですから」

「競馬資金が五十万円残っていたんだ。それに、ちょっと思いがけない金が入ったんで百万円。

……きみは？」

「現金では五十万円。あとは何とでもなるから、そのへんで」

「そのへん？」

「蛇の道は蛇って言いますからね」

「だいじょうぶかね。ヤバイ金には手を出さないでくれよ」

「山口さん、見てごらんなさいよ」

石渡が競馬場のほうを指さした。

「三コーナーのところが四角になっているでしょう」

「ああ、そうだね」

「狭い敷地に距離を長くとったもんだから、あんなことになっている。コーナーが丸くない。あそこが勝負所なんです」

「……」

「普通は小廻りなら先行有利でしょう。ところがね、ここは違うんだ。逃げ馬がね、あそこで外からおっかぶされるんです。馬も騎手も、あそこで竦《すく》んじまうんだね。それが川崎競馬の特色ですよ。だからね、好位を進んで、あそこで外からグーンと出る馬でないと勝てない。それに直線が長いですから」

「力馬《ちからうま》でないと勝てないわけか」

「そういうことですね」

「でもね、そうかもしれないけれど、やっぱり競馬は先行有利だと思うな。府中だってどこだって、先行していれば泥をかぶらない。アクシデントに会う率が少い」

「それはそうですが」

「逃げ馬買うべし。これが鉄則だな。特に公営ではね……。鉄則は言いすぎだけれど、それが基本じゃないかな。俺はそう思っている。石渡は、やっぱりパドックかね」

「そうです」

「俺には、どうもね、馬の状態がわからないね。石渡はどこを見るんだ」

「踏みこみですね、後肢《こうし》の……。それと毛艶《けづや》です。それから目なんですね。調子のいい馬は目がイキイキしている」

「そうだと思うんだけれど、俺にはわからない。どの馬もドロンとした目をしているように見えてしまう。だから駄目なんだ」

「ぼくだって、わかるわけじゃないけれど、公営ではヤリとそうでないのとがハッキリしているからね。走る馬はね、走りますっていう顔をしてくれますから」

「それ、教えてくれよ。俺はね、騎手が乗って本馬場《ほんばば》へ出てきて、クルッと廻って隊列を崩して速歩になるだろう。その瞬間だね、ピンとくるのは。なんか全体の勢いのようなもんだね。パッと感ずるものがある」

「そうですよ、それですよ。それでいいんですよ。……それと公営ではハッバキね」

「ハッバキ？」

私はそれを発馬機と聞いてしまった。

「じゃない、勝負鉄のことですよ」

公営では勝負をかけるときは、軽く鋭い切れこみのあるアルミニュウムの蹄鉄《ていてつ》を穿《は》かせる。石渡がハツバキと言ったのは初穿きという意味である。そんなことも知らないのかと言われると思ったが、石渡はそうは言わなかった。

「それもわからないんだ。きみ、わかるの？」

「いや、ぼくにもわからない。だから場立ちの予想屋に訊くんですよ。予想紙に書いてあるんです、平《ひら》とかなんとか」

「それは知らなかった。まるで素人だね」

「予想家は誰がヒイキなんですか？」

「黒馬情報社だ。二人立っているけれど、小柄で色が黒くてチョビ髭《ひげ》を立てているほうのやつ」

「ああ、安本さんですね」

「名前は忘れちまった。いつか名刺を貰ったことがあるけれど。……ああ、そう言えば、安本深懺《しんざん》だったな。シンザンだけ憶えている。懺というのは難しい字だった。懺悔《ざんげ》の懺だな。公営だからシンザンでなくアデルバウエルにしたらどうだって言ったんだ。そうしたら、アデルバウエルじゃ漢字にならないって……。思いだしたよ」

「深懺というのは面白いですね。あいつ、お客さんに謝ってばっかりいるんです。ぼくは青柳ですよ」

「当るかい？」

「いや、ちっとも当りません。たまに大きいのを当てると威張っちゃいましてね。とたんに声がでかくなる」

「初穿きか。なんか色っぽいね」

「脱《ぬ》がせて勝負ってのもありますよ」

「……」

「アルミニュウムを穿かせていてね、いざ勝負ってときに、わざと普通の蹄鉄に穿きかえさせて人気を落とす。公営っていうのは賞金が安いでしょう。ですから馬主も馬券で稼ぐんですよ。減量騎手が乗っていて、しかも脱がせたなんていうのが臭い。これが公営の常套《じょうとう》手段ですよ」

「それ教えてくれよ」

「……」

「だけどね、俺は、本来、そういうことはないと思って馬券を買うことにしているんだ。八百長はないと思って相撲を見るようなもんでね。そうでないと面白くない」

「あんたらしいな」

「これは鉄火場で得た知恵だな。鉄火場では、総長賭博なんてものは知らないけれど、まずイカサマをやっているね。だから花札とか骰子《サイコロ》なんてのは歯が立たないけれど、麻雀ならね、連中はイカサマのほうに神経がいっているだろう、そこがつけ目だ。こっちは早い手で逃げまくる。そうやって凌《しの》いできた」

「凄いですね」

「だいたい、ヤクザっていうのは根本的には頭が悪いからね」

「このごろはそうでもないですよ」

「このごろは知らない。もっともね、いま考えると、あのころの俺はツキまくっていたんだね。そうだと思う」

「だけど、麻雀ってのは客寄せでしょう」

「そうなんだ、麻雀とかテホンビキとかはね。客が集ればオイチョカブとかバッタになってしまう」

「そのときは、どうやって凌いだんですか」

「鉄砲だ」

「……」

「じっと見ていて、イカサマをやるなっと思ったら、そいつに乗っかっちまう。一晩のうちに何度もない。じっと見ていて、こっちは少年だから金はないんだ、だから、じっと見ていて、ズドンと行く」

「だから鉄砲ですか」

「そうなんだ。イカサマでなくたって、ツイている人がいるでしょう。そいつに乗っかってしまう。反対に、落ち目の人が勝負に出たときに逆に張る。博奕っていうのは、徹底的に弱い石を責めるゲームだからね」

「そうなんですね」

「だからね、あんまり厩舎情報を信用しないことにしているんだ。強い馬は走っちまうから」

「情報信ずべし、信ずべからず」

「好きな言葉だなあ。騙されたっていいんだよ。情報を信ずるか馬を信ずるかっていうことになると、馬のほうを取るね。だから、俺は、イカサマも八百長もあったってかまわないんだ。そのほうが、むしろ面白い。落ちる奴は何をしたって落ちる」

「薄暗くなってきましたね」

「晩飯どうしようか。ホテルで食べてもいいけれど」

「それはどうでしょうかね」

「どっか知ってる?」

「知りません。おいしいところは」

「え？　だって、川崎競馬の開催日は必ず来ているんだろう」

「大師裏の旅館で済ませていますし、終れば帰っちまうし……」

「じゃ、どうだろう、駅ビルの食堂っていうのは」

「知っている店があるんですか」

「そうじゃない。だけど、こういう土地ではね、客が多くて、ガチャガチャしていて、廻転の速い店のほうが安心ということがあるじゃないか」

「なるほどね」

川崎駅まで歩いていった。歩いて十分ぐらいの距離である。駅ビルの地下にビール会社で経営している大きな店があった。もとはビヤホールだったのだろう。店内は混みあっていたが、二人ならどの卓にも割りこめそうだった。並んで坐ることはできなくて、差し向いになった。

「飲んでいいんですか？」

「盃に二杯か三杯なら飲むんだよ」

「この盃は大きいですよ」

「かまやしない。医者も飲んではいけないとは言ってないんだ。煙草は止めろって言うけれど……」

「ぼくのほうは医者にとめられているんですよ」

「どうして？」

「肝臓ですよ」

「それは、まずいな」

「平気ですよ。ずっと飲んでるんです。もっとも、すぐに酔っぱらっちまいますがね。すっかり弱くなってしまって」

石渡は冷《ひ》やでコップで飲んでいる。私は燗酒《かんざけ》をゆっくりと飲んでいた。

石渡が割箸《わりばし》に何かを書いて、押し出すようにして、私の目の前に置いた。

「怖るべき君等の腋臭《わきが》夏来る」

と書いてあった。私が読み終るのを待って石渡が顔を顰《しか》めた。そのように店内は混みあっていて、若い男女が多かった。今年の陽気は異常であって、五月に三十度を越す日が続き、六月の半ばになっても梅雨の気配はなかった。半端な陽気で、夏の服装になるのはまだ早いが、石渡の両隣の若い女性は、二人ともノースリーブになっている。石渡は両隣を交互に見て臭いを嗅ぐように鼻を動かせた。

「逞ましき君らの乳房、じゃなかったかな。いや、やっぱり怖るべきだったかな」

石渡が笑った。私は言いようのない懐しさを感じた。

あたりの客は工員や技術者が多いようで、摩擦、動力、廻転、ネジ、圧力といったような言葉が飛びかっていた。川崎の持っているいくつかの顔のうち、もっとも良質の顔を見せてくれているという気がした。

「おい、石渡、有楽町にニュートウキョウがあったろう」

「えっ?」

石渡が乗り出すようにして顔を近づけてきた。

「ニュートウキョウっていうビヤホールだよ。あったろう」

「ああ、知ってます」

「あそこへ行くのが夢だったな」

「ビヤホールっていうのは高級だったんですよ」

「そうだよね」

「ニュートウキョウより隣のチャイナ・タウンでしょう」

「キャバレーっていうのは夢のまた夢でね。とてもそれどころではなかった」

「ぼくなんか、いまでも煮込みが好きですね」

「赤提灯の？」

「そうそう。みたいなところですよ。煮込みと酎ハイがあれば何もいらない。それと、もうひとつ、カレーライスですよ」

「悪い時代に育っちゃったんだな」

「赤坂にカレーライスのうまい店があるでしょう」

「赤トンボだっけ」

「そうそう。そこへ行ったんですけれど、ぼくには高級だったんですね、味が……。それでソースをかけたらボーイに睨《にら》まれちまって」

「そういうことをしちゃいけない」

「だって、仕方がないじゃないですか」

その日が給料の支払い日になっている工場があるようで、封筒から金を出す男がいたり、勘定のことで軽い諍《いさか》いが起ったりしていた。それは、なかなかに見ていて気持のいい光景だった。ここで威勢をつけてキャバレーに繰りこむのか、すでに酒屋の店頭で立ち飲みでひっかけて、ここが最終地点になっているのか、いずれともわからない。

「勤労大衆諸君！　早く家へ帰りたまえ」

石渡はかなり大きな声で言ったが、話に夢中になっている他の客には聞こえないようだった。

「日本の下部構造を支えている労働者諸君！　あんまり酔っぱらわないうちに帰りたまえ」

石渡は自分で言っていたように酒に弱くなっていて、かなり酔っているようだ。

「終戦直後にね、たしか昭和二十年の秋だったと思うんだけれど、戸塚競馬が開催されてね。そのとき十八歳だったんだけれど、初めて馬券を買ったんだ、俺は」

「なに？」

「戸塚で初めて馬券を買ったんだ。競馬場へはオヤジに連れられて戦前にも行っているけれどね」

「………」

「嬉しくてしょうがなかった。何が嬉しいんだかよくわからないんだけれど、とにかく嬉しい。青空の下でね、大勢が集って博奕をやるっていうのがいいんだねえ。そのころ、もう、鉄火場へ行っていたけれど、それとは違うんだよ。鉄火場っていうのはブラックだろう。そうじゃなくて、天下晴れてっていうのがいいんだ」

「政府公認ですからね」

「そうなんだ。博奕だけなら、もっと前からセミプロ級の奴と麻雀を打っていたからね。それとは違う。なんていうのかね、圧倒的な解放感があったね」

「……………」

「頭がクラクラするような解放感だったね」

「初めて射精したときのような」

「それだよ。まさに、それだ。それもね、博奕だけじゃないんだ。あれはお祭りだったね。だってねえ、戦前は、人が大勢集るっていうのはロクなことじゃなかった。学徒出陣、軍隊じゃ軍旗祭。それにね、広場に人が集るのは空襲で焼けだされて逃げるときだったからね」

「……………」

「そうじゃないんだ。みんな集って、天下御免。陽は燦々と降りそそぐ。馬が走る。馬の尾が光る。馬券を握りしめる。叫ぶ。大声で叫ぶ。……このとき、どう思ったと思う?」

「平和だな、でしょう」

「そうなんだよ。平和になったなあ、戦争が終ったんだなあって思ったね。とうとう、あの戦争が終ったなあ、やっと終ったなあって……」

「読みましたよ」

「……」

「そのこと、お書きになったでしょう」

「そうだったかなあ」

「厭だなあ、ご自分で書いていて忘れちまうなんて」

「ああ、そうだ、そうだ。書いたことがある。週刊誌だったかな。石渡、読んだのか、それ」

「そうですよ。それ以来ですよ。ぼくの人生が狂っちまったのは。あれで競馬に興味を持つようになったんですよ」

「慚愧《ざんき》だな」

「深懺ですよ」

石渡が私を睨みつけた。

「あれは昭和三十八年だったかな」

「三十九年ですよ。オリムピックの年ですから。それ以来、ぼくは落っこっちまった。高度成長の絶頂期で、景気は上昇するけれど、こっちは落っこちだった」

「……」

「前の女房と別れたのは、その翌年ですからね、四十年……」

「悪いことをしたのかな」

「そうじゃありません。ぼくが悪かったんです。あれ読んで感激してね、それ以来ですよ、ぼくの競馬場通いが始ったのは」

「……」

「本当に面白かったんです」

「……」

「だけど、ぼくには免疫がなかったんですね、山口さんと違って……」

「じゃあ、俺は自堕落な家庭に育ったのを感謝しなければいけないのかな」

「そうかもしれません」

「そんなこと考えたこともなかったな。両親を恨むばっかりで」

「こっちは、まあ、お坊ちゃん育ちでしたからね」

「しかし、競馬だけでそんなことになるかね」

「……」

「わからないな」

「でも、いいですよ。競馬をやっていたお蔭《かげ》で山口さんに会えたんですから」

「府中でもそう言っていたね」

「嬉しいんです。本当は……。あれを書いた人と一緒に競馬がやれるなんて、それこそ夢のようです。府中であんたに話しかけて、こっちを振りむいてくれたときは嬉しかったなあ」

「おい、ラスト・オーダーだ。もう一本飲むかね、石渡」

「飲みますよ。徳利の大きいほうで、冷やで」

四合入りの徳利を仲居に注文して、同時に勘定のほうも済ませた。

24

私の父には、その他にも胡散《うさん》臭いところがあった。胡散臭いというよりは、子供からすると何かザラザラする感じといったほうがいいだろうか。

父は明治三十一年七月一日の生まれである。ところが、いつでも父は俺は三十年生まれであってトリ年だと言っていた。

明治三十一年生まれの人たちで三一《サンイチ》会という会ができていた。井伏鱒二先生、歌舞伎の先代市川左団次、新派の伊志井寛などが会員になっていたはずである。左団次や伊志井寛と一緒に撮影した写真を見たことがある。

しかし、父は、それぞれの誕生日が話題になると、自分は本当は三十一年の生まれではないと言い張っていた。その根拠なり理由なりが説明されたことがない。わけがあって届出が遅れたとか、幼いときに犬に噛まれたのでイヌ年は厭なんだとか、理由は何でもいいのである。その話になると、母の表情もアイマイになってしまう。

もうひとつは、早稲田大学理工学部を卒業して鳥津製作所に就職し、後に新潟鉄工所にも勤めることになるのだが、その後（昭和十四、五年以降）は、いっさい大企業に関係しようとしなかったことだ。特に戦時中は、父のような人材は、どの企業でも必要としたことだろう。母も、よく、

「パパのような人はね、大きな会社の番頭のような仕事が一番向いているのにね」

と言っていた。しかし、父は、非常に困窮しているときでも自ら就職運動に出向くようなことはなかった。私が願っていた、貧しくてもいいから安穏な生活をという思いが叶《かな》えられることはなかった。

それから、もうひとつ、親類づきあいをしないこと、特に父が自分の郷里である佐賀県藤津郡に、ただの一度も帰郷しなかったことなども不思議だった。父は、その話になると、

「あそこは蛇が出るから厭なんだ」

と言っていた。

私は、母が遊廓で生まれ育った女であるために、またそのことを隠していたために親類づきあいを好まなかったと思い、前篇ではそう書いてしまった。たしかに、そういう一面はあったろうけれど、どうやら、それだけではなさそうだ。なぜなのだろう。父は、なぜ、自分の正しい生年月日を子供にまで教えようとしなかったのだろうか。

25

六月九日、朝。

私は七時に目がさめてしまった。石渡の部屋をノックすると、応答があり、彼も起きているようだった。

「いいのかい？」

床に競馬新聞や資料が散乱していた。

「ごらんの通りです。少しは勉強もしませんとね」

「えらいなあ。こっちはちらっと目を通しただけだ」

「勉強したってどうってことはないんですけれど、調教時計ぐらいは研究しておきませんとね」

「宿酔《ふつかよい》じゃなかったのかね」

「いやいや、頭はスッキリしているんです。ああ、ゆうべは御馳走さまでした」

「石渡に一緒に行ってもらいたいところがあってね。昨日行かれなかったから……。第一レースの発走は十一時半だろう。十一時にここを出ればいいんじゃないか」

「充分ですよ。歩いて十分もかからない。見えているんですから」

「じゃ、頼むよ」

「ぼくもね、駅で弁当ぐらい買って行こうと思っていたんですよ。なかの食事は不味《まず》いから」

「食堂へ行く時間が惜しいんだろう」

「それもあります。だけど、コーヒーぐらい飲ませてくださいよ。ホテルだから、もうやっているでしょう」

「OK。下のコーヒーショップで待っている。荷物は置いたままで。……もう一度帰ってこよう」

ホテルで無線タクシーを呼んでもらって、いきなり柳町の村瀬商店の前に立った。

「ここなんだけれどね。その村瀬商店というのが大家さんなんだ。右隣のたから商事、その隣のふくみ洋裁店、そのあたりが私の家だったんだけれど、石渡、思い出せないかい」

「さあね、まるっきりわかりませんね」

「もっともね、この道路、当時は農道だったんだ。だから、いま俺たちが立っているこのへんも一面の梨《なし》畑だったんだね。わからないのが当然だけれど。……この道幅、二十メートルはあるだろう」

目の前を間断なくトラックが走り抜ける。

「あの変電所はわかりますけれど」

そこからも東電川崎変電所の高い鉄塔が見えた。

私たちは村瀬商店の横を抜け、変電所に向って歩いていった。変電所に突き当り、右に曲り、さらに塀に沿って左に曲った。

「オフクロが俺と二人で無理心中しようとしたことがあってね、そのときのことは不思議にハッキリ憶えているね。南武線の踏切なんだ。しかし、そこがどこだかってことがわからない。いま、そこへ行ってみようと思っているんだ」

「……」

「俺はね、オフクロが大好きでね、実にチャーミングな女性だったと思っているんだけれどね、その点だけは許せないな。俺を殺そうとしたことだけはね」

「それは間違っていますよ。思いとどまってくれたことに感謝しなくちゃ」

「そうかな」

空は高曇りに曇っていて暑くなりそうであり、俄雨《にわかあめ》が降りだしそうでもあった。しきりに遠雷が鳴る。

「どこだかわからないのに、どうして、こんな道を歩くんですか」

「この前、冬に一人で来たときに、ここを歩いてみたんだ。そうしたら無人踏切に出た」

「……」

「三月に村瀬さんのところへ行ったとき、その話をして、このへんで飛込自殺をしそうなところがありますかって訊いてみたんだ」

「……」

「答えてくれなかった」

「……」

「じゃあ、いちばん近い無人踏切はって訊いたら、この道を歩いてゆくと南武線の土堤に出るって教えられてね」

「自殺者っていうのはね、奇妙に家に近いところで首を吊《つ》ったりするものらしいですね。死ぬときでも横着なのかなあ、それとも気が急《せ》くんでしょうか。高島平団地ねえ、自殺の名所の……。あそこでも、道路から入って、いちばん近い棟《むね》から飛び降りる人が多いんですって」

「へええ、そういうもんかね」

南武線の土堤が見えてきた。あたり一面、枯草と葦《あし》の林のようになっている。

「この踏切だけれどね、俺の記憶では、もっと幅が広くてね。小型トラックぐらい通れると思っていたんだけれど」

「幼いときは何でも広く大きく見えるもんですよ。大人になってからガッカリすることがある」

「俺は、あきらめているんだ。何も無理心中した場所がここでなくたっていいんだ。わからなくたっていい。それよりも、いつか話した速い流れの川ね、あれ思いだせないかなあ」

石渡は答えずに土堤に登っていって、線路の上から川崎市内方面を眺めたり、線路に目を落としたりしている。このとき、石渡が線路上にいる時間が異常に長いものに思われた。

「恰好《かっこう》の場所ではありますけれどね」

「おい、石渡、あぶないよ。早く降りてこいよ。それで、どうなんだ、思いだせないか」

「………」

「流れの速い川があったろう。長い綺麗な藻があってね、女の髪の毛のように、流れに靡《なび》いていてね、薄緑で……。よく遊んだじゃないか。きみがいたかどうか知らないけれど」

「思い出せませんなあ。努力はしているんですが」

「その流れが急カーブするところに食堂があった。茶店のような店だったけれど……。ニコニコ食堂っていうんだ。その川の向う側が朝鮮池だ。朝鮮人の家がそこに集っていてね。あれは強制的に集められたんだろう。ともかく、玄関がね、玄関というより出入口かな。その出入口が筵《むしろ》なんだね。そこで石合戦をやったじゃないか。川の向うとこっちで」

「そんなこと知りませんね」

「やっぱり石渡はお坊ちゃんなんだ。家のなかにじっとしていたんだな。朝鮮池に食用蛙がいたじゃないか。あの鳴き声ぐらいは記憶にあるだろう」

「………」

「おい、腹が減ったな。俺の競馬必勝法は、朝飯をシッカリ食べることなんだ。つきあってくれないか」

「いいですよ」

村瀬商店から川崎駅に向い、少し歩くと商店街を横切ることになる。そこを左に曲った。そこが裏駅のほうの繁華街になっている。モトの幸町小学校の前を通った。

「ここが小学校だ」

「ああ、そうでしたね」

石渡は感慨を示さなかった。

「この小学校の前に菓子屋があって、その裏に栗田の家があったんだそうだ」

「……………」

「この角に映画館があったのを憶えていないかね」

「ああ、ありましたねえ」

「御幸館だっけ幸座だっけ」

「忘れました」

「最初に見た映画はね、吉屋信子原作『花詩集』だった。無声映画のね。あんまり確かな記憶じゃない。それから、大都映画のハヤブサ・ヒデトを見たな。屋根から屋根へ飛び移るやつ。怖かったな」

「羅門光三郎の『鉄仮面』……」

「そうそう。連続大活劇だ」

その角を左に曲った。飲食店は、まだ営業していなかった。川崎温泉という浴場の前に、朝定食四百円、夕定食六百円という貼紙《はりがみ》のある店があった。藤田食堂という看板が出ている。

「ここにしよう」

シラスと若布《わかめ》の味噌汁と御新香。私は、それをシッカリと食べた。

26

六月九日、水曜日。第七回川崎競馬、第一日。馬場状態（良）。

石渡と私はホテルに戻り、双眼鏡を持って、すぐに出かけた。稲毛神社の境内を通り抜けた。

「こういうときでも十円玉を探すんだからね。厭《や》んなっちまうなあ。百万円の勝負をしようっていうのに」

私は賽銭《さいせん》を投げて頭をさげた。

「それはケチっていうんじゃないですよ。物価の変動についていけないだけですよ。ずいぶん長く生きちまったような気がするなあ。スイトン十円の時代から、ずっと……。それに博奕をやるとケチになるってことはありますけれどね」

ている。

「女郎買いの糠味噌《ぬか》汁か」

場内には、もう、場立ちの予想屋がでていた。指定された白い野球帽のようなものをかぶっている。

石渡は、まっすぐパドックまで歩いていった。第一レースの出走馬が廻っている。

「どうです、景気は？」

石渡が知りあいの予想屋に声をかけた。

「黒字ばっかりでね」

「俺んところもだ。みんな調子が悪いね」

予想屋は適中すると、赤で数字を発表する。当らなければ黒文字ばかりになる。

「真っ黒、真っ黒」

力のない声で笑っている。

「事務所へ行ってくる」

石渡に言って、そこを離れた。公営競馬場めぐりの仕事を長く続けているので、どこでも便宜をはかってくれる。私は特別観覧席に入れてもらうために交渉するつもりだった。どの競馬場にも、関係官庁の役人を招待するための来賓室という部屋があるのである。前に書いたように、ここには指定席はない。

川崎競馬場は、スタンドの設備が悪いことでは全国有数のものがある。いま、そのためにゴール前のスタンドを改装中である。

それでも、案内されたゴンドラ席は、一応は個室になっていて、冷房もあった。

「上等、上等。なんだか独房っていう感じですね」

「きみもそう思ったかね。俺もなんだ。あのホテルの部屋はフランスの独房っていう感じだったが、ここは日本の独房だ」

「独房から独房か。こりゃいいや」

「さっきね、シンザンの前に立ってみたんだ、黒馬情報社の……」

「安本さんですか」

「うん。そうしたら、知らん顔でね。目と目が合っても知らん顔で、顔をそむけるんだ。そんな仲じゃないと思うんだけれど」

「話をしたことがあるんですか」

「浦和で一緒に飲んだことがある。むこうから話しかけてきてね、あいつ、面白いやつでヒイキにしているんだけれど」

「そういうもんですよ。わざと知らん顔をするんです。質屋のオヤジだってそうでしょう。特にあんたは名前と顔を知られちまっているから」

「そういうつもりなのかな。もっともね、あいつ、汗臭いんだ。朝はマラソンをやっているって言っていたけど」

「そりゃ、あの連中、立ちっぱなしだから汗臭い」

「汗が体に染みついている感じだな。あれで幾歳ぐらいだろう」

「だいたい私たちと同じくらいじゃないですか」

「どの商売も厳しいね。あれで、もう一人のほうが親分で、あいつは助手だろう」

「親分のほうが権利を持っているんでしょうね。その権利を譲られないかぎり、安本さんは一生助手のままですよ。でも、結構ご祝儀をもらっているようだし……」

「あれはサクラじゃないのかね。一万円渡したりしているやつは」

「そうかもしれません」

「しかし、とにかく俺たちより健康そうではあるね。痩《や》せて引き緊《しま》った体つきで」

「毎朝マラソンをやっていられちゃかないませんよ」

第一レース。三番のムサシキロクが逃げ、六番のヒカリアレッが追走する。

「ようし、貰った」

石渡が叫んだ。

「③⑥か」

私の目にも、その二頭でキマリであるように見えた。石渡が、ちらっと馬券を見せた。二十万円か三十万円か、正確にはわからないが、私の持っている馬券より零が多いことは確かである。私が買った二番のハイリストボーイは届きそうにもない。

「そのまま、そのまま」

私も絶叫した。四コーナーを廻ったところで、三番と六番は、さらに他馬を引き離した。

「何年廻っても、そのまま」

石渡が吹きだした。

「何年廻ってもそのままですか。こりゃいいや」

配当は四百三十円だった。私には、そういう馬券は買えない。勝負師は固いところで勝負する。私は二万円のマイナス。石渡は百万円前後のプラスになっているはずである。

第二レース。私は三万円のマイナス。石渡は、当ったけれどあまり儲《もう》からなかったと言っていた。

向正面に見える川崎トキコの工場のサイレンが鳴った。

「やあ、勤労大衆諸君！」

その工場はゴンドラ席から真向いにある。石渡は、駅で買った焼売《シューマイ》弁当を食べながら呟《つぶや》いた。

「あのサイレンを聞くと胸が痛まないか」

「そういう時代は終りましたよ。万事につけて鈍感になっちまって……。それよりも、ヤクザ商売も勤労大衆も結局は同じだっていう感じがしましてね。人間、結局は同じですよ。喜びも苦しみも、同じことなんですよ」

「そうかもしれない」

「女房がいて子供がいて、同じように苦労して、同じように悩んで……」

第四レース。締切五分前というときに石渡がゴンドラ席に駈《か》けあがってきた。

「山口さん、四番のホッカイアレキがやりです。脱がせて勝負ってのがこれです。馬体重十四キロ増、減量騎手の張田で、こういうのが臭い。大勝負している気配です」

「その割に売れていないじゃないか」

「締切間際にドカンといれるんです。そうでなかったら、ドリンクです」

「ドリンク?」

「ノミ屋ですよ」

私にも何かが少し見えてきた。ホッカイアレキの単勝式最終売上げは三番人気の九百二十八票、九万二千八百円である。ここへ四十万円も五十万円も投資すれば配当が狂ってしまう。大きく勝負する人はノミ屋を使う。そうせざるをえないのが現状である。ノミ屋ばかりを責めるわけにはいかない。また、この無印にちかい人気薄の馬の複勝売上げは断然の一番人気になっている。

「有難いけれど、私はホッカイアレキは買わないよ」

「どうしてですか」

石渡は不思議そうな顔をした。公営競馬の妙味はここにあると教えてやっているのに、という彼の考えがありありとその表情にうかがわれた。

「オヤジの遺言なんだ」

「遺言？」

「根拠のない馬券は買ってはいけないって言ったんだ」

「根拠はあるじゃないですか」

「そういうのは根拠にならない。脱がせて勝負なんて。アルミを穿かせて勝負ならわかるよ。脱がせて人気薄にして減量騎手を乗せるなんていうのは根拠にならない。マイナス材料だ」

「ああそうですか」

「怒らないでくれよ」

「……」

「俺の主義なんだ」

「……」

「わるく思わないでくれよ。オヤジの遺言なんだから」

「怒ってなんかいませんよ。なるほどなあって思ったんです。山口さんとぼくの競馬は、ここが違うんだなあって……。ショックです」

「おい、締切っちゃうぜ。いそがないといけない」

第四レースは、石渡の言ったようにホッカイアレキが圧勝した。まるで問題にならなかった。単勝式配当三百九十円。連勝式は人気のヒメバディが二着になって六百七十円。六頭立二着払いの複勝式が百六十円というのが、いかにも不自然な感じがした。

「やあ、おめでとう」

「まずまずです」

私は、そこまでで八万円のマイナスになっていた。

「しかしねえ、石渡。俺はだいたいにおいて穴狙いなんだけれど、その気持はね、固いところはヤクザとか馬券師とか金持が買っているだろう。そいつらと勝負しているつもりで、そこに快感があったんだよ。そいつらの金を取ってやるというような……。ところが違うんだねえ。そいつらはドリンクで勝負していたんだねえ。それが、やっとわかったよ。がっかりしたなあ」

「いま、競輪でも競馬でも、みんなそうですよ。ノミ屋との勝負です。ノミ屋殺しが勝負なんです」

「どうもそうらしいな」

「ところが、不景気になると、ノミ屋のほうも儲からないんです」

「どうして？」

「百万二百万と買う客がいなくなったんです」

「……」

「長い目でみればノミ屋は必ず儲かると思っているんですよ。実際そのはずなんです。いくら一割引いたって。だからドリンクのほうも適当に客に儲けてもらわなくちゃ困るんです。そうしないと長続きしませんからね。ところがね、そう思って客にサービスしているうちに潰されてしまうんですね。ちかごろの客はセコくなっていますから……」

「そういうもんか」

第五レースのパドックから戻ってきた石渡が何か考えこんでいる。また情報が入ったのかと思ったが、そうではなかった。

「山口さん、どの馬が良く見えましたか」

「きみはどう思った」

「さあ、わからないんです」

石渡がパドックを見て、私は本馬場での返し馬を見ていた。

「六番のドウカンビービーがよく見えたなあ」

「実はね、ぼくもそうなんです」

ドウカンビービーは、トラックマンの予想もふくめて、まったくの無印である。最近の成績は、六着、九着、六着、五着。持時計にも見るべきものがない。その馬は馬体重四百二十キロで細目のスラッとした垢《あか》抜けて見える馬だった。同枠に人気のイソノペガサスがいる。前走の千五百米一分三十六秒八という走破時計がすばらしい。

「ようし……」

石渡が階段を駈けおりていった。

私は、その⑥⑥に一万円。他に六枠から流して四万円。このへんのレースで五万円を投資するのは私としては大勝負で、自分では少し乱暴だなと思っていた。

予想通り、イソノペガサスが逃げ、一番枠のシオノダイオーが追いこむが、ドウカンビービーが内から差してくる。

「やった、やった」

石渡が握手をもとめてきた。

「しかし、どうかな、①⑥じゃないかな。①⑥は持っているけれど五倍見当だな。ゾロ目にならないと」

「間違いないですよ。ドウカンビービーが差して二着ですよ」

珍しく石渡が馬券を見せた。⑥⑥五万円である。

「おい、困るなあ、きみが買わなければ万馬券なのに」

長い写真判定の末に、電光掲示板に7、6、1の数字が点滅した。
⑥⑥の配当は五千五百七十円の大穴になった。私は五十万七百円のプラス。累計で四十二万七千円の浮きになった。
「有難うございます。山口さんのおかげです。あんたが六番の馬が良いって言ったから取れたんです。ずいぶん迷っていたんですよ。やっぱり、あんたと知りあいになってよかった。でも

ね、十万買おうかとも思ったんですよ。穴場でも迷っていたんです」

「そんなに買われたら、こっちの配当がなくなっちまう。ドリンクを使うつもりはないんだから」

「ごめんなさい」

払戻場から帰ってきた石渡は、ボストンバッグに札束を放りこんだ。二百八十五万円の配当である。そこに入りきらなくて、内ポケットに残りの札束をつめこんでいる。

「なるほどね。二百や三百は入るって言っていたのはそのことか。案外入らないもんだな、そのバッグ」

「娘のボストンバッグですから」

「年増のバッグにすればよかった」

さすがに石渡も上気している。しかし、私は、なんだか心が冷えてゆくような思いを味わっていた。なんだか、胸の底がザワザワと騒ぐような思いである。

まさか、石渡は、⑥⑥という大穴の一点勝負ではあるまい。大穴馬券を五万円買ったところをみると、本命サイドで二十万円とか三十万円を買っているはずである。いや、百万単位かもしれない。

「困ったやつだな」

心の底ではそう思っていた。

第五レースも適中したが、四点買いで、三万四千円のプラスにしかならない。石渡は、大きく勝負していたようだ。

「いやあ、代用品、代用品」

「俺もそうなんだ。八枠はイースタンメロウでなくフェドランスで買っていたんだ」

「そういうときは馬券を破らなくちゃいけませんよ。大川慶次郎先生はそう言っていましたよ」

「みっともないけれど、金は受けとりにゆく」

「そうしましょうか。恥ずかしいけれど」

「おい、俺のバッグを貸してやろうか」

石渡のどのポケットも札束でふくれあがっていた。しかし、彼はあくまでも冷静なのか、私の思っていたほどには嬉しそうな顔をしなかった。

第六レースも千九百二十円の中穴が適中して、私も八十万円のプラスになった。

「こういう、ツキのあるときは、どうするんだ」

「さあ、知りませんねえ」

「ツキがあると思ったら、どんどんゆくべきなのかねえ」

「……………」

「俺は駄目なんだ。昔からそうなんだ。これだけ儲かったら、間違っても損をして帰るようにはしないでおこうって、すぐにそう考えてしまう」

「玄人《くろうと》っぽいなあ。商売人はそれでなくちゃあね。懐上手ってやつ」

「懐上手か。なつかしい言葉だな」

石渡はニヤッと笑った。

「女房に叱られるんだ。あんたは意気地がないって……」

「博奕で苦労した人でなければわかりませんよ。博奕っていうのは損をする人と損をしない人の二種類しかいないって、いつかおっしゃったじゃないですか。その通りですよ。儲けて蔵を建てた人なんかいやしません。山口さんは玄人なんですよ」

「そんなことはない」

第七レースは二人とも外れ。

第八レースは、サラC2級ハンデ戦の初夏特別。中央から降りてきたミナトスイレンが狙《ねら》いだった。この馬は、中央では逃げて味のある馬で末がしっかりしている。しかも、老練高橋三郎が騎乗する。ミナトスイレンから人気のダイタクアローと穴っぽいアレフカーンへの二点買い。おさえようとする気持があり、二万円ずつしか買わなかった。

結果はアレフカーンとミナトスイレンの逃げ逃げで決まり、千四百円の配当は六頭立では中穴だろう。私のプラスは百万円を越えた。

「凄いなあ。尊敬します。ぼくには、とうてい買えない」

「案外、易しい馬券じゃなかったのかなあ」

「いや、とてもとても。脱帽です」

石渡はアレフカーンとダイタクアローで大きく勝負に出たらしい。

「馬を知らないからね。知らないからよかった。ミナトスイレンだけは府中で見ていた。実は、この馬が中央で走ったとき単勝を取ったんだ。そのときの勝ちっぷりがよかったんだ。あとはでたらめだ。シルシで買っただけだ。本命と単穴をね」

「ぼくには、とてもダイタクアローは消せないな。とにかく凄いですよ」

その断然人気のダイタクアローは、まるで見所のない五着に破れている。

「だからね、このへんでバンと買えれば立派なんだけれど、その勇気がない」

「あと五日ありますからね。勇気をだしてください」

ダイタクアローとアレフカーンの④⑥の組合せであると、配当は四百円程度で、私は、石渡の言葉とは反対に、そういう馬券で勝負する彼に玄人っぽさを感じていた。私のほうが遙かに恣意《しい》的な買い方をしている。

第九レースは九万円、最終の第十レースは十二万円投資したが、儲かっているので人気薄の逃馬から穴っぽく買ったが失敗。本命サイドの馬券なので、石渡はふたつとも適中させている。

「今日はぼくが奢《おご》りますよ。奢らせてください。堀之内でも南町でも」

「そっちのほうは駄目なんだ。まあ、コロッケかメンチカツでも奢ってよ」

ホテルの部屋で計算してみると、七十九万五千円のプラスになっていた。石渡ほどではなかったが、私の財布もはちきれそうになった。

27

私は父の野球が好きだった。

小学校時代のことになるが、父は、たびたび野球部の練習を手伝いにきた。紅白試合や、生徒対父兄の対抗試合に参加した。

父はバットを短く持ってジャスト・ミートを心がけていた。早稲田式短打法とでも言うべきだろうか。それは明らかに硬式野球で鍛えた本格的なバッティングである。球をひきつけて右を狙う。

バッター・ボックスのなかで、球が待ちきれないような感じで踏鞴《たたら》を踏むような恰好をする。そうして体ごとぶつけるような感じで、右翼方面に鋭い打球を飛ばす。それは筋肉質ではあるが小柄な父の体格に合った打法でもあった。

当時の東町小学校の運動場は、右翼方面が極端に狭く、二塁手の守備位置の背後はすぐに学校農園の農場になっていた。その二十メートルぐらい後方は、東京銀行の頭取であった林賢材さんのお邸《やしき》になっている。だから、右翼に大きな当りを飛ばすとボールを取りに行かなくてはならないし、しばしば、そのボールは無くなってしまった。従って、まことに理不尽なことに、ライトフライやライトオーバーの大飛球を放つと大山先生に叱られたものである。こういう点でも大山正雄先生の教育は、相当に強引であり独断的であったと言わざるをえない。左利きのバッターは気の毒だった。父は、そんなことを承知しているにもかかわらず、決して右狙いを変えなかった。また、相手投手が黒尾重明であるときは、そうでもしなければバットに球を当てることが不可能だったという事情もあった。紅白試合で黒尾が投げるときは、投手板を一メートル下げるのであるが、それでも私は擦《かす》ることもなくて、常に三球三振だった。それくらい、黒尾のクロスファイヤー気味のストレートは球が速かった。黒尾はプロ野球の投手になってからは完全なオーバースローに変ったのであるけれど。

私は引っ張るほうのバッターだった。チビの癖に、アッパー・スウィングで左翼方面に長打を狙う。それで、遠くの校舎を直撃して、教員室のガラス窓を割っては得意になっていた。

母の兄の丑太郎も紅白試合に加わることがあった。いまでも、横須賀市の老人で「野球の上手な丑《う》っちゃん」を知っている人がいる。横浜商業（Y校）の名選手だった。この丑太郎は、私と同じアッパー・スウィングであって、大きなホームランを打つが、肝腎《かんじん》なときには三振してしまう。目のさめるようなファインプレイをするかと思うと、凡フライを落球する。噂《うわさ》に聞いていたように、スタンド・プレイが多く、そこに父と丑太郎との違いを見たように思った。

父はセカンドを守った。守備でも華麗なところはなく、右膝《ひざ》を着いて体の正面で捕球して、素早いモーションで送球する。見てくれは悪いが堅実だった。

私は、そういう父がとても好きだった。尊敬し、かつ熱愛していた。小学生と野球をしていても、いい加減なところが少しもない。

「何事をするにも一所懸命」という終生の処世訓を、このときの父から得たように思っている。

父は、勤倹力行の人であるにもかかわらず、諧謔《かいぎゃく》を好んだ。晩年になって誰にも相手にされなくなってからでも、テレビのアナウンサーが言い間違えたりすると、一人で笑いころげていた。

一所懸命に、みんな仲よく団結して、というのが父のモットーだった。

つい最近、座談会のあとの二次会で、新橋の老妓《ろうぎ》から声をかけられた。

「あなたのお父さんが山口正雄さんなんですか」

父に胡散臭いものを感じている私はギョッとなった。

「え？　ええ、そうです」

「懐しいわあ」

「………」

「半玉時代に、よく呼んでもらったんです」

「大勢で……」

「そうです。みんな一緒でした。それで餡蜜《あんみつ》を取ってくださったり、ゲームをやったりして、それは楽しかったもんです」

戦災で焼けたアルバムに、新橋の半玉を総あげしている写真があった。

「大勢で騒ぐのがとても好きだったんです」

父は女性関係で問題を起すようなことはなかった。それは母に頭があがらないためだろうと私は考えていた。

「綺麗なお座敷でした。綺麗なお座敷っていうお客様は何人かいらっしゃいましたけれど、お父様みたいな方は珍しいんです。大勢でワイワイ騒ぐっていうのは」

「淋《さび》しがりのところがありました」

「そうです、そうです。とっても楽しいお座敷でしてねえ。そうですか……。懐しいわあ」

「………」

「よく福引をやりましてねえ。そうそう。『都鳥』っていうのがありまして、当ったのが溲瓶《しびん》なんです」

「長唄をやっていましたから。へえ……。『都鳥』？」

「翼かわして濡るる夜は、いつしか受けて水の音」

「水の音。なるほどねえ」

「もう、みんな笑いころげちゃって、起きあがれない妓《こ》もいたんですよ」

その場の情景が見えるように思う。それは父の絶頂期でもあった。軍需成金であった父は、やがて麻布の新堀町に大きな家を建て、軽井沢の千ヶ滝に敷地六千坪の別荘を構えるようにもなるのである。庭に沢があり橋があり、谷の下に池があった。

「花香ですか?」

「そうそう。花香さん」

父は土橋に近い花香という待合を贔屓《ひいき》にしていた。その内儀《おかみ》は、斬られお富の末裔《まつえい》だと言われた人である。花香は新橋では小待合という感じで大きな店ではなかった。

「こんなのもありました。『娘道成寺』で賞品が唐辛子。わかりますか」

「わかんないな」

「聞いたか、聞いたぞ」

「ああ、そうか。利いたか、利いたぞ、か」

「そうなんです。『勧進帳』が赤チンでした」

「………」

「馬蹄《ばてい》も知らぬ雪の中に海少しあり」

「………」

「膿《うみ》少しあり」

「汚いな」

「でもねえ。昔は半玉なんて辛いことばっかりで面白いことなんかなかったんですよ。そんなことでも楽しくて嬉しくて。山口さんのお座敷がかかると、それだけで、みんなキャアッって大騒ぎでしたよ」

「いま、そういうお客はいないかね」

「いませんよ。第一、半玉さんがいませんもの」

昭和十四年頃から、父は丸の内に事務所を構えた。大山先生に引率されて、私たちは、その事務所で受験勉強の会を開くことがあった。ほぼ、いまの帝劇の真裏あたりにあった。むろん周囲は赤煉瓦《れんが》づくりで、何かロンドンふうという感じがあった。「今日は三越、明日は帝劇」の時代である。事務所の内部はよく整頓されていて、床の油と、削った鉛筆の木の匂いが漾《ただよ》っていた。

帝劇で、ジャン・ギャバンの『望郷』が封切られたのはその頃ではなかったろうか。私は、その映画が見たくて仕方がなかった。このことでも私の老成ぶりがわかると思う。しかし、主人公が前科十何犯かの悪党だということで、見せてもらえなかった。かわりに大山先生が見せてくれたのは、シャーリー・テンプル主演の『農園の寵児《ちようじ》』だった。面白くなかった。私は老成していたのである。

昼、父の事務所を訪ねると、昼食を食べさせてくれた。あるときは竹葉亭のウナギであり、あるときは銀座のヒゲ天のてんぷらであり、寿司幸の寿司だった。

そのなかでは、私は、洋食のマーブルを好んだ。マーブルは馬場先門の角の明治生命本社ビルの地下にあった。事務所から歩いてすぐのところにあり、父はよく接待に使っていたようで、支配人やボーイと顔見知りになっていた。

マーブルは、なんとも素敵なレストランだった。明治生命のビルだから、まず建物の造りが良い。地下室だから秘密めいた感じがある。たぶん個室もあったのだろうけれど、父は子供の目に百畳敷ぐらいに見えた大広間で食事することを好んだ。部屋の隅や階段の脇《わき》に、色とりどりの風船がとりつけられて空中に浮かんでいる。marble（大理石）にはビー玉という意味もあり、色とりどりの風船はその意味をあらわしたのかもしれない。そのレストランには、丸の内の事務所街の重役連中が昼食を摂りにきていた。私には、それが貴顕紳士淑女に見えた。とにかく、マーブルの内部は別世界だった。ポーク・ソテーなんていうものも、そこで知った。そこでは、私は胸のトキメキを押さえるのに苦労して、周囲を見廻す余裕がなかった。銀座の千疋屋《せんびき》で、フルーツ・パフェなどという馬鹿馬鹿しく高価な飲みものがあることも知った。

それが父の絶頂期だった。経済的なことで言えば、大東亜戦争以後のほうが収入が多かったが、父は町工場の社長になっていて、貴顕紳士ではなくなっていたし、時代も悪くなってしまっていた。

私は、いまでも、日比谷の交叉《こうさ》点から、帝劇、東京会館のあたりを歩き、現存する荘重な感じの明治生命ビルにいたると、ある種の感慨が湧《わ》いてくるのを禁じ得ないことになる。

昭和二十年七月五日、私が甲府の六十三部隊に入営するとき、父は兵舎の前まで送りにきた。麻布で焼けだされて鎌倉に住んでいたが、鎌倉から東京、そこから新宿へ出て、中央本線で甲府までというのは実に遠かった。

私は厭《いや》で厭でたまらなかった。軍隊に入るということは、それほど厭でも苦痛でもなかった。父と差しむかいで旅をするというのが、なんとも鬱陶《うっとう》しいのである。ずっと無言でいた。ということは、私の父に対する尊敬と熱愛が続いていたということになる。いや、私は十八歳になっていて、いくらか批判的になりはじめていたようだ。それでも、この父を悲しませてはいけないという思いが強かった。どうか優しい言葉をかけないでくれ。私はそんなことを思っていた。

中央線のなかに憲兵がいた。憲兵は立ったままでいて、私たちは坐っていた。

「おい、どこの隊に入るんだ」

私は襷《たすき》を掛けていたので、すぐに応召された男だとわかってしまうのである。

「甲府です」

「ロクサン部隊か。キツイぞ。覚悟しろよ」

そのときの父の目を忘れることができない。私には、いまにも父が土下座をして助けを乞《こ》うのではないかと思われた。

私は、そのときも、自分の一生が終ってしまったように感じていた。私は母に言いつかって、新橋の花香にいる父に届け物をするようなことがあった。父が後で一緒に帰ると言うので、そのまま内儀の部屋で長火鉢のお燗番をしたり、ツキダシの海鼠《なまこ》を小鉢に盛るのを手伝ったりしていた。若い芸者がその部屋を通り過ぎるとき、生臭い裾風《すそかぜ》が立つのを感じた。私は、粋《いき》とか野暮とかが少しわかりかけていたように思っていた。どういうわけか、小説は永井荷風ばかり読んでいた。

「すくなくとも、粋とはお別れだ」

そんなふうに思い、それにもまして、熱愛する父が目の前にいることが苦痛になった。

夕暮。

兵舎の前で父と別れた。

私はすでに兵隊になっていた。いったん兵舎内で軍服に着かえ、略帽をかぶり、編上靴《へんじようか》を穿き、私物を持って出てきた。父に風呂敷包みにした私の洋服と靴を渡した。靴は用意した袋に入れて提げていた。いきなり見窄《みすぼ》らしい父に接したように思った。父の姿は急に遠く小さくなったように思われた。とても新橋で半玉を総あげにする男には見えなかった。私は、一度も振りむかずに兵舎に向って歩いていった。

28

夕刻、石渡から電話が掛った。

「なんだ、きみか。部屋をノックしてくれればいいのに」

「親しき仲にも礼儀あり、ですよ。なんかの最中だといけませんから」

「馬鹿言え」

「食事に行きませんか。今日はぼくが奢ります」

「風呂へ入ったかね」

「ええ。とっくに。シャワーだけですけれどね。シャワーを浴びて明日のお勉強をしていました」

翌日用の競馬新聞を買ってあった。それを読んでいたのだろう。

「えらい！　なんか面白いものみつかったか」

「まだそこまではいきません」

「教えてくれよ。今日は参った」

「とんでもない。いずれお顔を見てから、お礼を申しあげます。ところで、どうしましょう。今日は奢らせてください」

「一案としてはだな。地下に関西割烹《かっぽう》があるだろう。そこでアジのタタキかなんかで一杯だけ飲んで、あとはお茶漬なんてのはどうだろう」

「結構ですね」

「少しはホテルに金を落とさないといけない」

「しかし、今日だけはですね。どっかで奢らせてくださいよ」

「……」

「洋食はお嫌いですか」

「ああ。ちゃんとしたフランス料理なんてのは駄目だ」

「そんなもの、川崎にあるわけないじゃありませんか」

「駅前の日航ホテルのダイニング・ルームはなかなかだったぜ」

「あんなところ行きませんよ。第一、洋服がね。こんな恰好ですから」

「昔の洋食屋っていう感じの店ならいいんだけれど」

「それに近いと思ってください」

「じゃ、アテがあるんだな」

「ええ、まあ」

期待はできないと思った。

「コロッケとかメンチカツとか、そういう店だよ。ハヤシライスとか」

「そうおっしゃってましたね。コロッケはできるはずです」

「とにかく、こっちへ来ないか」

向い側の部屋だから、電話が切れたと思ったら、すぐにノックがあった。石渡は、胸にCHARGEと描かれた、こざっぱりしたスポーツシャツを着ていた。一目でシャワーを浴びたことがわかった。思いのほか童顔であることに気づいた。

「CHARGEか。威勢がいいな」

「突撃です」

「進軍ラッパは明日だ」

「本当にフランスの刑務所の独房みたいな感じがしますね、この部屋」

「清潔で、こぢんまりしていて、とてもよろしい。気にいった」

「フランス映画で、こんなのがあったじゃないですか。仲のいい友人が大金を当てて、みんなで豪遊するっていうような」

「ああ、『我等の仲間』か。あれは富籤《とみくじ》だったね。たしかに、そんな感じがしないでもない。競馬なんて富籤みたいなもんだ」

私は、どういうわけか、『我等の仲間』で、レエモン・エーモスの演ずる、浮かれて屋根から落ちて死んでしまうタンタンという名の中年男と石渡とをダブらせていた。

「ラッタラ、ラララ、ラーラ」

石渡が歌いながら部屋のなかを歩いた。

「それは『自由を我等に』だ。片っ方が大金持になるんだけれど、最後はスッテンテンになる話だ。縁起が悪いなあ。まあ、それでもいいけれど」

「……」

「背広と靴を買って飲みに行きたいなあ。これが銀座だったらそうするんだけれど。俺だって八十万円ばかり儲かっているんだぜ。石渡先生の足もとにも及ばないけれど……。こんなスポーツシャツじゃねえ」

「でも、それ、ヴァレンチノでしょう」

「ちがうんだ。アボンだよ。スポーツシャツはアボンが好きなんだ。絹のように見えるけれど綿なんだ。そこがいい」

「でも、イタリー製でしょう」

このときも私は驚いた。ヴァレンチノもアボンも、いわば贅沢《ぜいたく》品であって、亡くなった先輩の遺品として頂戴《ちょうだい》して、二年前に私は知ったばかりだった。

「じゃあ、突撃するか。まかせるよ。いや、遠慮なくご馳走になることにするよ」

ホテルを出て、駅前からの大通りを突っきっていった。そのあたりにはピンク・キャバレーが多く、呼びこみがうるさかった。

「今日の最終、何が来ました」

蝶《ちょう》ネクタイの若い男が石渡に話しかけた。

「知った人？」

「いや、知りませんよ。なんか、わけのわからない男ですよ」

〝明るく楽しいトルコ・飲食街〟と書かれたゲートをくぐった。そのあたりが南町である。

「明るく楽しいトルコ街、か」

二人で笑った。大いに愉快であるはずなのに、私は重苦しいものが頭上に覆いかぶさっているように感じていた。

次の四辻《よつつじ》を左に曲った。その店は、二軒のトルコ風呂の間にあった。グリル松阪。正面は部厚く古い煉瓦の壁になっている。グリル松阪の前も、和風トルコ大納言の看板。グリル松阪の入口はきわめて狭い。

「だいぶ年代ものだね」

「年代ものです」

「なかなか、煉瓦もね、こうはならない」

相当な店だということが、すぐにわかった。

「いらっしゃい。珍しいですね」

カウンターの中央にいる、赤いバー・コートを着た四十歳ぐらいの男が言った。

入って右手に、幅の広い長いカウンターがある。その奥が調理場になっているようだ。壁も天井も漆喰《しっくい》である。正面の観葉植物の植えこみの背後にTOILETという文字が見える。そのあたり穴蔵の感じになっていて、むかし駿河台下にあったサイトウ・コーヒー店に趣きが似ていた。中央に一卓、左手に並んで三卓。椅子は背もたれの高い革張である。石渡は、左手の、入口からすると戻る感じの、つまりステンドグラスを隔てて通りに面する卓に坐った。そこが好みの席であるようだった。照明は鉄の打ちもののシャンデリアである。

「さあ、どうぞ。奥のほうへ」

石渡と向いあって坐った。

「なかなかのものだね」

私には、石渡が、こういう店を知っているのに、昨晩、どうして駅ビルの地下のビヤホールについてきたのかという疑問が生じたが、あまり詮索《せんさく》しないでおこうと思った。石渡は私に主導権をもたせたいと考えていたのかもしれない。

「でもね、川崎は川崎ですよ」

ボーイがメニューを持ってきた。ショパンのピアノ曲が流れている。「24のプレリュード」であるようだ。

「何を飲みましょうか。ビールですか」

「酒のほうがいいな。お燗をしたやつ」

「じゃお銚子を一本。いや、待てよ。葡萄《ぶどう》酒にしませんか。お祝いですから。うん、葡萄酒がいいや」

「……」

「赤ですか、白ですか」

「このごろ、白がよくなっちまってね。でも、肉には合わないか」

石渡がステーキを注文することを予感していた。

「最近は自由になっているようですよ。じゃ、いっそ、シャムパンにしますか。景気よく。モエテシャンドンかなんか、ない？」

ボーイがカウンターのほうを振りかえった。

「いや、シャムパンは甘くて駄目だ。頭が痛くなる」

「じゃ、ミュルソーですか」

「ミュルソーはありません。申しわけありません」

カウンターのなかの男が言った。

「じゃ、シャブリ。瓶で持ってきて」

一卓を隔てた奥の席に、一見してトルコ風呂関係か組関係かという四人の男が坐っていた。およそ、この店には不似合な男たちだったが、彼等の溜《たま》り場《ば》になっているようだ。

「浅利のバター焼きをもってきてよ。オードブルがわりです」

「あ、いいね」

「浅利ってとこがね、いかにも川崎です」

「あれは、うまいよ」

浅利のバター焼きはメニューにはないものだった。

「コロッケもできますよ。コロッケに御飯というのも悪くない」

石渡は、ニヤッと笑った。たしかに、コロッケ千二百円というのがメニューに載っている。この値段は銀座の高級店と変りがない。

「じゃ、乾盃！」

「おめでとうございました。ようございました」

「ありがとうございます。今日は本当に助かりました。ドウカンビービー」

「ああ、第五レースの……。ゾロ目で五千五百七十円」

「こんなことは珍しいんです」

「あれを五万円買うっていうのがね。驚いたなあ」

「魔がさしたんです。でもね、同枠のイソノペガサスは、まず勝てると思っていたんです。あんたがドウカンビービーがよく見えたって言うもんだから……。一人じゃとても買えない」

「なんか一頭だけスッキリして見えたね。垢抜けていた」

「ぼくもパドックでそう思ったんです」

そのときは、さすがに石渡も昂奮《こうふん》していた。鼻息が荒いという感じになっていた。

「こんなこと、あるんだね。俺も、あれを一万円買うっていうのはね。府中じゃ買えない。百万円捨てる気で出てきたから……。そうでなくちゃ、とてもとても」

「そうですよね」

「石渡ねえ、言っていいか」

「どうぞ、どうぞ、なんでも……」

「きみ、気が短いんじゃないか」

「……」

「悪く思わないでくれ。そんな気がするんだ。太く短くって……。じゃあ、別の言い方をするけれど、きみが麻雀やったり花札やったりすると、場が荒れるって言われないか」

「……」

「場が荒れるって……」

「言われます」

石渡が首を垂れた。

「鉄火場じゃ、そういう客は大歓迎なんだ。だけど、友達同士だと、やや嫌われる。麻雀で負けてくるとレートを倍々にするような」

「あります。思い当ること、あります。……ああ、山口さんともっと早く知りあいになれればよかった」

「悪く言っているんじゃないよ。俺には、それができない。……できなかった。細く長くと思っていた。あんまり良いギャンブラーじゃなかった」

「……」

「きみね、耐え性《こらしょう》がないいんじゃないか。……はっきり言っちまったけれど」

「でもね……」

石渡が頭をあげた。

「命から七番目とか八番目っていう金を賭ける気はありませんね。そんなの博奕じゃありませんよ。キッタハッタってそんなもんじゃない」

「その通りだよ。それが博奕だよ。だけど、一歩さがって考えてみようって思ったことはないかね。……なんだかお説教みたいになったな」

「しかし、ですよ」

「ちょっと待ってくれ。じゃ博奕って何だ。ヤクザって何だ」

思わず声が大きくなった。私は四人の男のいる奥の席をうかがって、低声《こごえ》で言った。

「だいじょうぶか」

「平気、平気。かまいませんよ」

「ヤクザって何だろうか」

「893ですよ。ブタですよ。豚野郎ですよ。あんな汚い奴等はいませんよ。人間の屑《くず》です」

「その通りだ。その通りだと思うよ。きみの言う通り、ヤクザなんてものは8《ハ》・9《ク》・3《サン》だ。白山は本郷の先のブタだ。弱きを挫《くじ》き強きを助ける豚野郎だ。しかし、そういうことじゃないんだ。俺は、きみに説教しようとは思わない。自分のことなんだ。ヤクザっていうのはね、赤赤赤と出たら次は黒だと思うっていう心の持ち方なんだ。丁丁丁と出たら、きみだって次は半だと思うだろう。しかし、そんなこと、何の保証もない。確率零だ。いや、五十パーセントだとしよう。それでもいい。同じことなんだ。どうして、そんなものに賭《か》けるのかね」

いきなり感情が昂《たかぶ》ってくるというのは思いがけないことだった。久しぶりに大勝して、旧友と愉快に飲もうと心がけて出てきたつもりなのに……。

「だけど、博奕場なんかじゃ、こう言うでしょう。弱い石を責めろって。落ち目の奴の反対側に張れって」

「その通りなんだ。それがギャンブルの鉄則だ。それが必勝法だ。しかし、考えてみれば、それにも何の根拠もない。落ち目の奴が赤に張る。だから、こっちは黒に張る。黒が出る確率は五十パーセントしかない。そのかぎりにおいて、きみも俺も豚野郎だ。弱きを挫く豚野郎だ。ヤクザと同じだ。いいかい、きみに意見をしているんじゃないよ。自分の問題なんだ。きみに意見をしようと思ったって、もう手遅れなんだ」

「そうです。手遅れです」

「もう一度言うよ。赤赤赤と出る。次は黒だと思う。そういう心の持ち方がヤクザなんだ。あるいは弱い心なんだ」

「そうです。弱い心です」

「このことで、どれだけ苦しんだかわからないくらいだよ」

「ですけどね。……何の根拠もない。そこに賭けるのがギャンブルじゃないんですかね。ほとんど絶対的に黒が出ると思いこむ。その、何というか、現実の理屈に合わない世界。緊張感、スリル、陶酔感。それがギャンブルじゃないんですかね」

「きみの言う通りさ。それがギャンブルだ。しかし、それがヤクザなんだ。それから逃れるために、どれだけ苦しんだか。四十年間、もっとだな、四十二、三年間、俺は苦しみ続けた。ヤクザっていうのはね、暴力団員のことじゃない。俺の心のことなんだ。俺の心の持ち方だ。きみは手遅れだけれど、俺も手遅れなんだ」

「そんなことないでしょう」

「ギャンブル人生はきみよりも長いはずだよ」

「じゃ、ヤクザの反対って何ですか」

「さあね、……。そうだね、たとえば栗田常光だ」

「栗田くん?」

「そうだよ。栗田はヤクザじゃない」

「そりゃそうでしょうけれど」

「強い男だ。それが、やっとわかりかけてきた」

「じゃあね、たとえば、事業だって一種のギャンブルでしょう。賭けでしょう。それはどうなんです」

「その通りだ。俺が洋酒の寿屋にいたときね、サントリーは、むかし、そう言ってたんだ」

「知ってますよ」

「サントリーで、ビールを発売するって言うんだ。がっかりしたなあ。だって、会社は儲かっていたし、倉庫には何百万という樽《たる》が眠っているんだよ。俺は一生安楽に暮せると思ったね。俺だけじゃない。社員全部が安楽に暮せるはずだったんだ。それに、俺は、ウイスキイだけ造っていればいいとも思っていたんだ。スコットランドのようにね。谷の奥に樽を眠らせてね、ひっそりとね。本来そういうものだと思っていたんだ」

「……」

「これは大博奕だった。俺にはわけがわからなかった。胴元は安泰なんだからね。こんな樗蒲《ちょぼ》一《いち》はないと思っていたんだ。社長も博奕だって言っていた。むかし、オラガビールで失敗していたからね」

「オラガビールは寿屋だったんですか」

「そうなんだ。それで、社長は、こう言ったんだよ。九十九パーセント追いつめましたって。そりゃそうだよ。何万人っていう社員と家族の運命がかかっているんだからね。それでね、残る一パーセントは賭けですって言ったね」

「なるほど」

「これは五十パーセントじゃないんだ。九十九パーセントっていうのは百パーセントと同じなんだ。しかし、どんなことが起るかわからない。それが一パーセントなんだ。そういうもんじゃないのかな。そのくらい商売人っていうのは謙虚なんだ。ある意味では神頼みだね。何が起るかわからない。しかし、九十九パーセントまで追いつめようとする心の持ち方。それはヤクザじゃないんだな。断じて違う種類のことだね」

「わかりますよ」

「そりゃわかりすぎるくらい平凡なことだからね。そこで、こんどは意見をするよ。その前に、もう少し貰ってもいいかね」

「あ、うっかりした」

石渡が手をあげて、同じものを注文した。ボーイがジュプレイ・シャンベルタンの赤を持ってきた。

「赤でいいですか。シャブリの白がなくなったそうです」

「ステーキがくるんだろう。赤がいい。だけど、俺にはコロッケをもらってくれ。コロッケで御飯だ。ステーキも少しつまむよ」

「じゃあ、切ってきてもらいましょう。コロッケと言わないでクロケットって言ってもらいたいですね」

「きみに意見をするとね、きみは、ちょっと短気だったんじゃないか。結果を早く知りたがるようなところがあったんじゃないか」

「耐え性がなかったんです」

「俺も同じなんだ。俺も、もう手遅れだけれどね。ただし、四十数年間、そこから逃れようとしていたことは確かだね。それで、やっと、この人生、積み重ねであるにすぎないと悟ったね。悟ったときは手遅れだった。退屈なもんですよ、九十九パーセント追いつめるってことは。五十パーセントのほうは簡単だけれどね」

「……」

「正直貧乏って言葉があるだろう」

「知りません」

私は、コースターに〝正直貧乏〟と書いた。

「ちかごろ、こいつに凝っていてね。……ああ、どうも、久し振りに飲んだんで酔っちゃった。正直貧乏っていうのはね、自分流の解釈なんだけれど、こういうことなんだ。この人生、残酷なもんで、どんなに正直にやったって貧乏することがある。どんなに正直に暮したって酷《ひど》い目にあうことがある。しかし、血も涙もないってものでもない。そう信じたい。だから、正直にやるより仕方がない。誰を恨むこともない。それでいいじゃないかって、そんなふうに解釈するんだけれどね。そこに気がつくのが、あまりにも遅かった。どんな事業だって、どんな芸術活動だって退屈きわまりないもんですよ。そうだと思うよ」

「……」

「ああいけない。こんな話をするつもりじゃなかったんだ。どうもお説教になってしまうな。これは俺のことなんだから、気を悪くしないでくれよ」

「ありがたく拝聴していますよ。かなり耳が痛いけれど」

「ごめん。これは告白なんだ。俺はね、さっきのフランス映画の話なんだけれど、少年時代にフランス映画にいかれちゃったんだ。中学三年のときに『外人部隊』っていう映画を見たんだ。これが決定的だった。銀座の全線座で見たんだ。いまの博品館劇場だね。何度も何度も見た。しまいには横浜のオデヲン座まで追っかけていった。これが靴の上に上履きを履かせられる映画館でね」

「……」

「ロロブリジーダの『外人部隊』じゃないよ。フランソワーズ・ロゼエとマリー・ベルと……」

「ピエール・リシャール・ウイルム」

「なんだ、見たのか」

「知ってますよ」

「これが徹底した宿命論なんだね。そのころのフランス映画っていうのは、全部が宿命論なんでね。ジャック・フェーデ、ジュリアン・デュヴィヴィエは残らず見たね。ウイリイ・フォールスト。これはドイツかな。ヨーロッパの映画は、見られるだけは全部見た。ぜえんぶ宿命論。デュヴィヴィエなら『地の果てを行く』、『我等の仲間』、『望郷』、『白き処女地』から、おそらく処女作だと思われる『巴里《パリ》―伯林《ベルリン》』まで漁るようにして見たね。そのなかでも『外人部隊』だ」

「……」

「人間、いくら努力したって駄目だって。トランプのカード一枚で、どうにかなっちまうんだな」

「ジャック・フェーデの『ミモザ館』なんかもそうでしたね」

「あれは有害だったなあ。時代が時代だろう。すっかりいかれちまった。努力も駄目、正直も駄目。人間の運命は決まっているって。なにしろ戦争中だからね。宿命論っていうのがピッタリきちゃうんだね。しんみりと、しみじみと少年の心に染みこんでしまう。敵の弾丸に当るか当らないか。兵隊に取られるか取られないか。外地に廻されるか内地に残るか。内地でも山梨なのか広島なのか。その山梨だって空襲で戦死した兵隊がいたんだからね。いや、俺は麻布にいたんだけれど、五月二十四日の空襲だったかな。裏の林賢材さんの下の男の子と女の子が直撃で死んじゃったんだ。奥さんも一緒だった。大きなお邸だった。なにしろ東京銀行の頭取だからね。家の前のね、俺が入ろうと思っていた防空壕《ごう》で、オヤジの工場の工員が死んでいたんだ。俺はね、外にいて助かった。これじゃ宿命論的にならざるをえない。その後の四十数年間は、どうやって宿命論から逃げるかっていうことになった」

「……」

「もっといけないのはね。大人が馬鹿に見えることなんだ。何をしたって無駄じゃないか。バカバカしい。そうなっちまうんだね」

「……」

「そうじゃないか」

「そうですね」

「もうやめよう。とにかく、そういうことだった。ずいぶん遠廻りをさせられたもんだ。平凡で当りまえのことに辿《たど》りつくまでにね。こんなことを言ったのは初めてだよ。女房にも子供にも言っていない。バカバカしい話だからね。ああ、やめた、やめた。……このステーキ、うまいね」

「うまいでしょう」

メニューに松阪肉と書いてあるのは嘘《うそ》ではなかった。テンダーロイン・ステーキ、八千円というのは考えようによっては安い。味は赤坂や六本木あたりの有名店に匹敵するものだった。

「ところで、だ。明日はどうする」

「五十パーセントに賭けましょう」

「八頭立の単勝式なら十二・五パーセントだろう」

「違いますよ。一番人気なら五、六十パーセントですよ」

「またヤクザに逆もどりか」

「なんだか、わくわくするなあ。それがいけないんでしょうか」

「もう俺は研究する時間がない。酔っぱらっちまった。石渡、きみ、頼むよ。明日は教えてくれ」

「………」

「あ、それと、もうひとつ。言い忘れたことがある」

「なんですか」

「ヤクザっていうより博奕打ちは、負けることに馴《な》れてしまうんだ。平気になってしまう。これがこわい。三万円取られて、こりゃ大変だって思うのが、普通の一般人だ。ケロッとして痛みを感じないのがヤクザだ。そう思わないか。だからね、俺がヤクザ者と麻雀を打っても勝ったのはそのためなんだ。いまでもね、こいつはヤクザだと思ったら負ける気がしないね。怖いのは普通の人だ。生活人だ」

「いよいよ耳が痛いな」

「勝負師っていうのは負けることで上達するんだ。そのうちに負けることに馴れてしまう。ぬることしている。そうじゃなくて、自分の子供とジャンケンポンをして負けても口惜《くや》しがる男がいる。どっちを取るかだ。こりゃむずかしい」

29

戦後の父は、まるで人間が変ってしまった。精悍《せいかん》な感じ、凛々《りり》しい感じが薄れてしまった。愚痴っぽくなり依頼心が強くなった。栗田常光の父は覇気《はき》がなくなったというが、人間としての精気が失われてしまったように思われた。

父のような男は、戦後のあの時代にどう対処していいかわからなかったのだろう。忠義も孝行も美徳ではなくなっていった。案外に、古いモラルとかルールのなかだけでしか生きられなかったのだろう。

もっとも父の仲間の多くは軍需産業関係者で、公職追放になっていた。親会社の社長も、遊んで暮す以外に手立てがなかった。

昭和二十二年から二十三年にかけてのことであるが、父は、停電灯と称する妙な発明品に凝るようになる。商品名について私も相談を受けたが、すでに父に腹案があって〝ニュー・ライト〟と命名された。

その話は、近所の下駄屋の若旦那で、父の麻雀仲間である男が持ってきたものである。悪い男ではなかったが、まあ、一種の素人の電気マニヤと言ったらいいだろうか。こういう男の話に簡単に乗っかってゆく父というものが私には理解できない。

その停電灯であるが、その方面についてまったく知識がないので説明することは不可能であるが、私の聞いたところによると、その原理は次のようになる。

当時は、実にしばしば停電したものである。停電になって電球が消えても、電線のなかには電流が通じている。その電流を利用して、豆電球が点《つ》くというものだった。製品そのものがアヤフヤであるので、私は話を聞いても何もわからなかった。

形は、円筒形で、高さが二十センチぐらい、生ビールの小瓶もしくは大型のインク瓶のようなものだった。これを電球の脇に吊りさげる。その際の接触がどうなっていたかということは記憶していない。

しかし、たしかに、停電灯の豆電球は、停電の際にも点灯したのである。台所などに置けば便利だと思われた。

ただし、点灯するのは、二軒に一軒、五分五分という勘定になった。それでもいいのである。点く家に売りこめばいい。売価は九百五十円であったと記憶する。

点灯して、しばらくすると、悪臭を発して、停電灯自体が燃えだすこともあった。そのときに軽い爆発音を発するものもあった。父は、その機械は不良品だと言った。

鎌倉の知るかぎりの家に調査を兼ねて売りこみに行った。これを全国的に発売することになっていたので、私は、東京へも持っていった。麻布中学の同期生で、東京大学の理学部に在学中のTの家にも行った。彼の家は世田谷にあった。Tの家では点灯しなかった。

「いや、点くかもしれないよ。考え方は成立すると思うよ。短時間ならね。しかし、これは盗電になるね。事業にするのは無理だ」

Tは、そう言った。Tの父と私の父とは長唄仲間で、その関係もあって親しくしていた。Tは中学四年終了で成城学園に進学した秀才だった。このとき、私は、父が早稲田大学の理工科を卒業したということに疑問を抱くようになった。ただし、父の専門は石油のパイプ関係である。

むろん、私は、調査の結果を父に報告した。Tの意見も伝えた。父は不機嫌になるだけだった。停電灯を事業化して全国的に発売しようとしている父の勢いをとめることはできなかった。

父は庭の一部に二十坪ばかりの木造の工場を建てた。それくらいだから、鎌倉のなかでも豪邸だったと言えると思う。

そのころ、すでに、父は鎌倉アカデミアという文部省の認可のおりない大学の理事長に就任していた。だから、工員には鎌倉アカデミアの生徒を使った。父は巨額の利益を得て、大学の経営を維持しようと目論んでいたようだ。その会社は、あっというまに倒産した。資金が続かなかったと父は言っていたが、その他にも事情があったに違いない。

昭和二十三年の秋、鎌倉の家を売って、もとの麻布の家の近くに移転することになった。またしても夜逃げ同然の引越しだった。

終戦の年の九月二十日に、私は、鳥取県の大山《だいせん》の麓にあった部隊から復員した。甲府に大空襲があり、戦死者の出た移動部隊に編入されたのである。九月二十日というのは、昔の航空記念日であったので、それで記憶しているのである。

復員してからの私は、糸の切れた凧《たこ》のように、空中にふわふわと浮かんでいるだけのような心持で暮していた。あるいは、真空管のなかの生活だと言ったらいいだろうか。私は十八歳だった。

博奕博奕で明け暮れしていた。ほとんど麻雀ばかりである。父はもとより、近所の下駄屋の若旦那、地もとの漁師、鳶《とび》職、魚屋、大工、小地主などをカモにしていた。負けたことがなかった。イカサマはやらなかったが、私は、かなり狡猾《こうかつ》な打ち廻しをしていた。

呼びだされて、逗子や大船まで遠征することもあった。モトのプロ野球選手、相撲の親方、歌舞伎役者、株屋、銀行員などが相手だった。湘南《しようなん》地方は別荘地帯だから、金があって閑をもてあましている連中がゴロゴロしていたのである。博奕場では、私は、中学生という渾名《あだな》をつけられた。中学生のお兄さんと呼ばれた。これは、相手を油断させるという意味において、有難い渾名だった。

私の家に遊びにくる人たちのなかに綾野吾郎という男がいた。綾野は鎌倉駐屯部隊の兵隊で、伍長であり岐阜県人であった。戦争が終っても、彼は鎌倉に居残ってしまった。彼はセミプロ級の博奕打ちであり、半端なヤクザ者であり、遊び人だった。彼は郷里から母親を呼びよせた。この綾野が出入りするようになってから、麻雀に花札賭博が加わるようになった。彼は手品師（イカサマ師）だった。彼には大物感はなく、つまりは小悪党であるにすぎなかった。ちょっと愛嬌《あいきょう》のある男で、私の母などは彼を可愛がり重宝がっていたくらいだった。綾野吾郎にとって、当時の鎌倉ぐらい住み心地の良い土地はなかったに違いない。

しかし、私は、彼の母親の品の悪さには辟易《へきえき》した。綾野が自分の母親と組んでイカサマ博奕を打っていることは誰の目にも明らかだった。そうして、綾野は、たびたび失敗もしたのである。彼はインチキ野郎ではあるけれど私たちの仲間だった。特に彼は麻雀は空《から》っ下手《べた》だった。花札（主にオイチョカブとバッタ。時にテホンビキ）では、イカサマを使うので、そこそこには勝つ。彼の母親は無類の懐上手だった。博奕というのは、それほど儲かるものではない。いかにして持ってきた金を減らさずに家に持って帰るか。あるいは、儲かった金を誰にも知られないように隠すか、というゲームである。徹夜になった朝、勝った人は誰もいないということにもなる。誰かが隠したり嘘を吐《つ》いているわけだ。現金を減らさないのが懐上手である。

綾野の母親は、綾野が札をめくるときに、「負けなーっ！」と叫ぶ。その感じが、いかにもあさましい。他の連中にとって博奕は遊びであっても、綾野母子にとっては職業だった。

私は、麻雀を打っていても、誰が金を持っているか、払い汚いのは誰かということを見るようになっていた。金を持っている男を叩《たた》かなければ、勝っても意味がない。また、あまり勝ち続けてもいけない。ときには、わざと気を抜いて負けるようなこともした。そうでないと、せっかくの漁場を失ってしまうことになる。そういう意味では、私も商売人に近づいていたということになる。

私は鉄火場に出入りするようになった。麻雀について言えば、相手がいなくなってしまったのである。

麻雀の必勝法は、自分より弱い相手と卓を囲むことである。そうして、決して自分が強いことを相手に悟らせてはいけない。私は、わざとぎこちない手つきで牌をかきまわすことを心がけていた。また、時には常識外の暴牌を打つこともやった。それで、ほどほどに三人の相手から平均的に勝つようにしていた。

鉄火場というのは、どういうところだと思うだろうか。一般に、ヤクザの親分がいて、親分の家の奥の八畳間なり十畳間なりが鉄火場になると考えられているのではなかろうか。映画などではそうなっている。しかし、それは誤りである。もし、そうであったとすると、たちまち警察に検挙《あげ》られてしまうだろう。

普通は、金持で博奕好きの旦那衆の家の奥座敷が使われる。それが一番安全だ。その次は、旅館の一室である。

私は鉄火場へ行っても麻雀ばかりやっていた。麻雀というのは、いわば前座の遊びである。そうやって時間を潰《つぶ》して、旦那衆の集るのを待つのである。

ヤクザ者は、麻雀でもイカサマをする。必ず積み込みをするのである。しかし、私は負けなかった。私は逃げの一手に出る。安い和了で、速度だけで逃げまくるのである。だいたいにおいて、現在は違ってきているそうだけれど、ヤクザ者に頭脳明晰《めいせき》な男はいなかった。だから、スピードでもって掻《か》き廻し戦術に出るのである。相手のほうが早いと思ったら徹底的に和了を放棄する。そういう、セコイ麻雀でもって勝ち続けた。

私は、花札や骰子《さいころ》博奕は下手だった。才能がなかった。丁丁丁と出れば次も丁に張る。これをツラッ張りと言う。丁丁丁と出ると次は半に張る。これを裏ッ張りと言う。私は、どちらかというと裏ッ張りの傾向があったが、めったには勝てなかった。それに、麻雀はともかくとして、花札や壺《つぼ》でヤクザ者のイカサマに対抗するのは不可能だった。私は、そのことを軍隊で学んでいた。同じ分隊に浅草の組の者がいて、主に花札のコイコイであったのだけれど、どうやっても勝てなかった。私が勝ちそうになると、あ、ごめん、手九《てく》(手札が九枚)だと言って壊してしまうのである。私が親で、自分が手札を配っても、彼は常に九枚の札を持っていた。勝てないばかりでなく、彼の細工を見破れなかった。

「お前ねえ、商売人と札や壺をやっちゃいけないよ」

彼は、そう言った。

花札では、私は勘が働かない。つまりは才能がない。丁の目が多いから次も丁になるということが信じられない。博奕というのは、根拠のないものを信じこむところの、一種の理外の理であるところの陶酔感に浸るところに面白さがある。私は、花札では、その種の陶酔感に浸ることができなかった。よく言えば用心深く、悪く言えば臆病だった。

麻雀の次に多く行われた前座の遊びは、テホンビキである。胴元が六札の札を持つ。これをハンカチ大の布で隠して、なかの一枚を伏せて取りだす。そのときに胴元は、自分の取りだした札が何であるかを宣告しなければならない。また、かりに、その札が一（松）であったとすると、残りの札が、二三四五六というように順序に並んでいなければならない。そうでないときは親の負けであって総付けになる。張り方にはいろいろあって、一枚でもって胴元の出した札を当てる競馬の単勝式のようなもの（当れば四倍半の配当）から、二倍になるもの、元返しなど、なかなかに複雑になっている。その複雑な配当率は江戸時代の高等数学だと言われていた。

胴元が六枚の札を繰るとき、自然に唇が動く。あるいは目瞬きをする。だから、張り方は、胴元の顔を凝視することになる。ちょっと滑稽《こっけい》で複雑で、面白い遊びであるが、テホンビキが長時間にわたって行われることはなかった。なぜならば、一回のゲームに時間がかかるし、イカサマが行われにくいからであった。それに、配当が複雑であるから、優秀な仲盆がついていないと、ゲームがスムーズに進行しない。また素人《しろうと》の旦那衆は胴元を取りたがらないという事情もあったようだ。

私が箕浦《みのうら》康夫に最初に会ったのは鉄火場だった。父の友人の中小企業の工場主の星野という人の家で、鎌倉の大きな邸宅の二階の一室だった。麻雀のメンバーが足りないので呼びだされたのである。私は、料亭以外の十五畳の日本間というものを初めて見た。麻雀が終っても、オイチョカブを見ていた。そこではオイチョカブが行われることが多かった。バッタは廻転が早いだけで、殺伐としていて味わいが乏しかった。星野はオイチョカブが好きだったのである。

星野は、博奕になると、他愛がないというよりは子供のようになってしまう。彼は四五のカブが好きだった。実際に、彼が四に張ると不思議に五がくる、五に張ると四がくる、ということが多かった。それを彼は「シットンゴットン舟漕《こ》ぎのカブ」と言っていた。そのほかに、七二のカブを「シッチャ（質屋）の肩に二（荷）おろし」、五六八のカブを「五郎八は茶碗屋のカブ」、一二三四を「兄さんしましょう花街《いろまち》のカブ」などと言っていた。少しインテリになると、六六七を「ロンドンシチイは英国のカブ」などと言う。

私は箕浦康夫の背後に坐っていた。箕浦は商売人である。しかし、彼は、そのときはまだ寺銭を取ることはなく、客人の一人として参加していた。

十二時をすぎていた。広い日本座敷に煌々《こうこう》たる灯が点いていた。それだけでも、当時としては贅沢な感じがあった。夜食の海苔《のり》巻が配られる。私は、鉄火巻の語源がここにあったことを知った。トロの営養価と、手を汚さずに食べられるという利点がある。

私は、なぜだか記憶していないが、不意に、

「あっ……」

という小さな叫び声をあげた。

そのとき、箕浦は胴を取っていたのであるが、彼の左手が後手《うしろで》に、すっと伸びてきた。彼は、そうやって、千円札を一枚、私の前に投げてよこしたのである。その瞬間に、彼の前の、つまり盆茣蓙《ござ》の下にピン（松）札が隠されているのが見えた。

箕浦がゆっくりと振りかえって私を見た。黙っていてくれという意味である。私は彼の細工に気がついていたのではなかった。気がついていれば声をあげることはなかったはずである。私は箕浦がその筋の者であることを承知していた。それは箕浦の体から発散するものがあったからである。当時、箕浦は三十四、五歳であったろう。一目で、実のない男だと思った。ヤクザ者に実があるとかないとか言うのはおかしいかもしれないが、刻薄な感じのする長身の男だった。映画俳優で言えば、リチャード・ウイドマークによく似ていると思った。鼻梁《びりょう》の細い外人臭い顔つきで、それが刻薄な感じを一層強くしていた。その頃の千円の価値が私にはわからなくなっているが、東宝の助監督をしていた友人で、月給が八百円であるために、八ッちゃんという渾名の男がいたことだけは覚えている。

明け方に近く、緊迫した空気が流れていた。星野が、二番目の菖蒲《しょうぶ》（五）の札に大金を投じている。ほかの客も、すべて星野に乗った。そのために、ざっと見て三十万円という見当のつ

く札の列が縦に長く並んでいた。父が鎌倉に買った家は松方公爵の別荘であり、豪邸であったと書いたが、買い値は十三万円だった。インフレーションは異常な勢いで進むのであるが、まだ終戦の年である。財産税のために、父は軽井沢の六千坪の別荘を手離すのであるが、それは三十五万円で処分したのである。

私に、箕浦の持っている札が見えた。それは菊（九）だった。

「失敗したな、この野郎」

と思った。菊と松ならば、カキ目（親の権利で無条件勝ち）だったのであるが、いまさら、盆茣蓙の下の松を取りだすわけにはいかない（私はそう思った）。

箕浦が親札の菊を見せ、札を一枚取って重ねた。ゆっくりと絞った。

「とんがるな、とんがるな」

星野が言った。誰も笑わない。

箕浦の次の札は梅（二）だった。まっさきにそれが私に見えた。斜めにとんがった枝が見えた。さあ、いったい、箕浦は、どうするのだろうか。

「もう一丁」

箕浦はそう言って、張り方に自分の札を見せた。溜息《ためいき》が洩《も》れた。そうして、彼は、三枚目の札を引くときに怖しいくらいの時間をかけた。札を引いた。それを絞るときにも、まったく不自然に思われるくらいの時間をかけた。箕浦の頸筋《くびすじ》に汗が流れた。

星野が坐ったままで、ゆっくりと体を前後に揺すった。次に両手を前に突きだして舟を漕ぐ真似をした。星野の札がカブであることが明らかになった。シットン、ゴットン。星野に乗っている連中の頰《ほお》がゆるんだ。旦那が勝つ。箕浦が倒される。

そのとき、私は、マズイなと思った。見せカブ銭《かね》にならずというジンクスがある。緊張がとけた瞬間に箕浦に細工されると思った。

箕浦は、三枚目の札を絞る手つきをしたが、その札を見ようとはしなかった。彼は、右手の三枚の札を掌《てのひら》に隠したままで、その右手でもって、星野の伏せてある札を開いた。四五のカブである。また、大きな安堵の溜息が洩れた。

次の瞬間、箕浦は、自分の三枚の札を場に投げだした。誰もが箕浦が負けたことを宣告する動作だと思った。

九・二・八。

しばらくは、誰もが信じられないようだった。誰もが計算力を失ったように声が出なかった。箕浦の連れてきた仲盆の若い男も、手を出さなかった。九二八のカブで、わかれ。

「その舟、芸者を乗せていたようですね。ごめんなさい」

箕浦が落ちついた声で言った。クニ八は芸者のカブである。厭な奴だなと私は思った。

人は、なぜイカサマ師にひっかかるのか。その説明は困難であるが、蛇に呑《の》みこまれる蛙のようなものだと言ったらいいだろうか。蛇に睨まれると蛙は動けなくなる。そんなようなものだ。イカサマ師の手捌《てさば》きがあまりに鮮やかであると呆然《ぼうぜん》となってしまう。結婚詐欺にひっかかる良家の娘も同じことだろうと思う。

そのとき、箕浦は、明らかに失敗したのである。彼は一九のカキ目を狙っていたはずである。私に見られたと思って、狼狽《ろうばい》して札を引いたら二がきた。そのあと、どうやって八の札を引きだしてきたかということになると、私にはまるでわからない。はじめから九二八を仕込んだのではないと思われる。彼は一発で決めたかったはずである。

そのことがあってから、私は、張り方に廻ったときの箕浦に乗るようになった。狡猾にも……。それは、花札では才能がないと思っていたからであり、博奕では、どんなに狡猾に立ち廻っても咎《とが》められることはないと思っていたからでもあった。

その夜もそうだった。箕浦に貰った千円を二千円にして、それを四千円にして、倍々の一万六千円になったところでやめた。こういう張り方を鉄砲という。箕浦が勝負に出たところで、それに乗っかってズドンと一発というわけである。ただし、そういう機会は一晩のうちに何度もない。

夜が明けた。私は茶碗酒を二杯飲んだ。その頃は、まだ酒に弱かった。ほの明るい大通りを歩いて帰った。十五、六時間も続けて眠ってしまった。箕浦の、菊と梅と坊主の三枚の札が目にチラチラしていた。そうして、この先、自分はどうなってしまうのだろうかと思った。ヤクザ者になってしまうのか。なんとも不安で、不安定だった。

30

箕浦康夫が家へ遊びにくるようになった。初めて来たとき、彼は、驚くべきことに、虎屋の羊羹《ようかん》の三本入りの箱を手土産に持ってきた。なにしろ、終戦の年である。それは、まさに宝石のようなものだった。ずっしりと重かった。そもそも、虎屋が羊羹の製造を再開していることを知らなかった。箕浦は、どうやって入手したのだろうか。

台所へ行くと、女中たちが、

「ステキな人ですね」

と言いあっていた。私にとっても、箕浦康夫は、憧《あこが》れるというところまではいかないが、気になる存在だった。私は、長い間、表に箕浦康夫と印刷されただけの彼の名刺を財布にいれて持っていた。それで彼の名を正確に記憶することができたのである。

箕浦は、初め、父の麻雀の相手をしていた。私は、仲間に加わらないで、いつでも見ているだけだった。なぜか、箕浦とは麻雀を打ちたくないと思っていたし、彼のほうでも私を敬遠していた。箕浦の麻雀は上手ではなかった。和了の時の計算は私のほうが早かった。それで私が卓のそばについている必要があったのである。その時分のレートは千点千円である。ドラも裏ドラも立直《リーチ》一発もない時代であるが、相当に大きな賭である。

箕浦は、常に配牌《はいぱい》で大三元のタマゴを持っていた。発発発、白白、中といったような手牌になっている。それで常勝というわけにはいかないのだから、巧者な打手であるとは言えない。もちろん、常に積み込みをしているのである。

あるとき、珍しく父が大勝した。箕浦が十万円ばかり負けた。箕浦は、金を勘定するとき、紙幣を縦に折っていた。それを一枚ずつ押しだすようにして勘定する。

「はい、五枚、六枚、七枚、八枚、九枚、十枚。一万円」

一万円ずつ束にした。一万円ずつ束にしたものをズクと言うが、私の家ではその形からフンドシと言っていた。蟹《かに》のフンドシに似ている。箕浦は一万円のフンドシを十箇、父に渡した。もう一局戦うことになり、それが終って、父が儲かった金を計算すると、箕浦のフンドシは五枚ずつで、五千円しかなかった。合計で五万円である。さすがに父が怒った。

「いま、きみに貰《もら》って、そのまま財布にいれたんだ。きみも見ていたろう」

「……」

「五万円しかない。残りを払いたまえ」

「そんなこと言ったって、オヤジさんの見ているまえで勘定したじゃないですか。足りなくたって、こっちの責任じゃないですよ」

「なに！」

むこうは商売人であるのだから、これは喧嘩《けんか》にならない。箕浦の足は、しばらく遠ざかった。

次にあらわれたとき、箕浦は、二人の男を連れてきた。一人は医者だと言っていて、医者の持つような黒い鞄《かばん》を提げていた。彼は、

「徹夜をするときは水を飲んだほうがいい」

と言っていて、自分でもよく水を飲んだ。

「新陳代謝になる」

鞄から注射器を取りだして、父にビタミン注射を射ったりする。

これは本物の手品師だった。父の勝つ機会は皆無になった。セミプロ級の綾野吾郎も歯が立たない。気のせいか、綾野母子に勢いがなくなって、単なるゴロツキのようになっていった。

鎌倉に買った家も手離したようだ。箕浦とは格が違う。

麻雀から花札に変っていった。箕浦は、父の友人の博奕好きの金持を次々に喰い荒らしていった。家の一室が鉄火場になり、目つきの尋常でない若い者が出入りするようになっていった。

私は、依然として、麻雀では彼等をカモにしていた。

私の兄は、女に好かれるタイプであって、金持の未亡人の家へ泊りがけで麻雀を打ちにゆくようなことがあった。私も一度だけ行ったことがあるが、進駐軍の将校が三人も四人もいて何か淫猥《いんわい》な感じがあった。鎌倉に住んでいて、そんなふうに、体を張って家の体面を保っていた女性が何人もいたのである。その未亡人は、客が麻雀を打っている最中でも、別室で男と寝ていることがあった。私は、ヴァンデベルデの『完全なる結婚』の翻訳者で大儲けした男とそこ

で同席したという、かすかな記憶がある。彼も彼女と関係があったと言われていたし、そのドイツ語の堪能な医学博士は、いつでも卑猥な言葉で嘲笑《ちょうしょう》されていた。もっとも、それは私が子供であったので刺戟《しげき》的に感じたのであって大人の高級サロンの実態はそんなものであったのかもしれないが。私は、ブルジョワの家庭の本質を垣間見たような気がしていた。家の体面を保つためには、どんなことでもするのである。なにしろ、スコッチは飲み放題であるし、いつでも部屋にはコーヒーの匂いがしていた。あの時代、どうしてコーヒーはMJBが珍重されたのだろうか。MJBの緑色の缶は、虎屋の羊羹と同じように宝石だった。ジョニウォーカーの黒ラベルもそうだった。あの小太りで色白で、いつでも派手な着物をしどけなく引きずって着ていた、進駐軍の将校がミセス・ドーイと呼んでいた未亡人はどうなっているだろうか。彼女には本当は夫がいるという噂もあった。兄は善人であり、私のようなセコイところがなかったので多くの齢上《としうえ》の女性に可愛がられていた。博奕を打ちに出かけるにしても、私とは筋が違っていた。兄と一緒に鉄火場へ行ったという記憶はない。

鎌倉の駅前で箕浦康夫を見かけたことがある。彼は背広を着て、連れの女の肩に手をかけ、酔っているのか、ふらふらと歩いていた。白のワイシャツに紺地の派手なネクタイ。そのネクタイの結び目が腹のあたりにあった。

あるとき、私は、六地蔵のそばの、たしか鎌倉松竹と言った映画館で映画を見ていた。二階席の上のほうにいた。暗がりのなかで、小石のようなものが飛んでくる。それが頰に当った。

拾ってみると、それはピーナッツだった。二階席の最前列の端から、うしろを振りむき、立ちあがって、私を目がけて盛んにピーナッツを投げる青年がいる。一見して、それは町のチンピラだった。困ったことになったぞと思った。チンピラが因縁をつけているのである。二本立の映画の一本目が終り、場内が明るくなった。

私の席より二列前方に箕浦康夫がいることがわかった。

「おい、箕浦……」

と声をかけた。箕浦がふりむいて、立ちあがって頭をさげた。彼は女連れだった。鎌倉の駅前で見かけたときとは別の若い女を連れていた。私は、賭博常習者が、若い男でも、性的不能に陥っている例を知っている。夜はほとんど徹夜であり、神経をすりへらすような仕事をしているためにそうなってしまう。箕浦の野郎もお世辞を使っているんだなと思った。平日の昼間でも館内は、ほぼ満員であり、映画館は娯楽の殿堂と呼ばれていた。

次の映画が始り、館内は薄暗くなった。

「すみません。火を貸してください」

ピーナッツを投げていたチンピラが近づいてきて煙草をくわえた顔を寄せてきた。私は、ミセス・ドーイに貰ったライターで火を点けた。

「すみません。すみませんでした」

そのチンピラは、何度も頭をさげた。彼は私に火を借りにきたのではなく詫《わ》びをいれにきたのである。私は、箕浦に助けを求めたのではなく、たまたま彼を見かけたので声をかけただけであったが、結果的に助けられたことになった。その頃の私は、相手が一人ならば、チンピラと喧嘩になっても負けないだろうという気持はあったのだけれど。

その後、鎌倉の町を歩いていると、見知らぬチンピラから挨拶されるようになった。喫茶店でコーヒーを飲んでいて、御勘定は済んでいますと言われることがあった。奥のほうの席で、立ちあがって頭をさげる若い男がいるという具合だった。

私の家が箕浦康夫にしゃぶり尽くされたとは思っていない。第一、私の家には、そんなに金が残っていなかったはずである。ただし、私は、戦前戦後を通じて、代用食というものを食べたことがない。イースト菌で作ったパンとか大豆の煎《い》ったものとかスイトンとかは、皆が食べるので面白がって真似をしてみたことはあった。いつでも、台所の板の下には何俵かの米俵があった。私の家に多くの人が集ったのはそのためでもあったろう。つまり、その程度には金があった。それから速水御舟や小林古径の軸が、いつのまにか無くなってゆくということはあった。母は御舟と古径が好きだった。私は、いまでも、堂本印象の山水の大幅の軸が無くなったことに口惜しい思いをしている。色調は淡いグリーンであって、あれは堂本印象の傑作ではなかったかと思っている。そのなかで北大路魯山人の陶器だけは残った。度胸のいい母が、一窯そっくり買ったものである。その頃、魯山人の陶器は値打ちがなかった。魯山人に値がつくようになったのは彼の死後のことであり、バカバカしいように高価になったのは、この六、七年のことである。

「箕浦がね、オジになってくれって言うんだよ。このへんのシマを譲りたいって言いだしてね」

あるときの父が言った。それは、たしか、停電灯に失敗した直後のことであったように思われる。父には金策の手立てが尽きていた。事業を起すアテもない。鎌倉アカデミアは廃校寸前という状態であった。

とにかく何でもいい。喰わなければならない。そこまで追いつめられていた。いま思うと、ゾッとするようなことでも、私には反対意見を言う資格はなかった。

私の家の客室二間が鉄火場になった。鉄火場になることはたびたびあったのであるが、こんどは父が胴元になって五分の寺銭を取るのである。堕《お》ちるところまで堕ちてしまったと思った。なぜだかわからないが、そのとき箕浦は姿を見せなかった。仲盆は綾野吾郎が勤めた。いつもとは違った客が来ていた。そのなかに、長谷の大仏の奥に住んでいる朝鮮人が三人まざっていた。客は多いほうがいい。

アガリは私があずかることになった。家に本職のヤクザが使う銭箱があった。江戸末期か明治のものだろう。もっとも、銭箱は、日銭の入る口入稼業とか漁師の網元も使っていたようである。

こんなに儲かる商売はなかった。一回の勝負で、千円札を七枚も八枚も銭箱に押しこまなければならない。たちまち銭箱が一杯になる。私は、それを奥の仏間の箪笥《たんす》にしまいに行く。そのたびに、私は、廊下で一万円ずつぐらいくすねた。堕ちるところまで堕ちた。

これは地獄だ。私は亡者だと思った。

「この野郎！」

朝鮮人の一人が立ちあがって叫んだ。仲盆を兼ねて勝負に加わっていた綾野のイカサマが発覚したのである。

「この野郎！　イカサマを使いやがって……。こっちへ来い。表へ出ろ！」

三人の朝鮮人が綾野を引き立てていった。綾野の母が悲鳴をあげた。土下座して泣いた。父も私も、そのあとに従った。

応接間で綾野が殴られた。小気味のいい乾いた音が鳴った。その家は松方公爵の別邸であり、応接室には、むかし撞球台を二台置いてあった跡が残っていた。それだけで二十坪はあったろうか。天井が高く、反響がよかった。綾野はまったく無抵抗で殴られ蹴《け》られた。

「おい、貴様！　貴様も五分寺銭《ごぶでら》を切りやがって……。誰のシマなんだ。素人のくせに」

なかの一人が父に突進してきた。もし、父に殴りかかるようなことがあったら、私は身を挺《てい》してでもかばうつもりでいた。その男は父を睨むだけで殴ることはなかった。父が寺銭のすべてを持ってきた。三人の朝鮮人は、それを持って引き揚げていった。私のポケットにだけ寺銭の一部が残った。私は、それを父にも母にも渡さなかった。

夜逃げ同然で東京へ出てゆくことになり、その後、箕浦康夫にも綾野吾郎にも会ったことがない。

31

「それは違うと思いますよ」

と、石渡広志が言った。

私たちは、また、川崎競馬場のゴンドラ席にいた。

六月十日、木曜日。第七回川崎競馬、第二日。馬場状態(良)。

今年は妙な気候で、五月中に気温三十度を越す日があり、六月になっても好天気が続いた。その日も爽《さわ》やかな秋といっていいくらいの風が吹いていた。

「それは違うんですよ。鉄火場には〝助かり〟っていう制度がありましてね。あんまり負け続けている客には、一晩だけ胴元にしてくれることがあるんですね」

「……………」

「そんなに簡単にヤクザが素人にシマを譲るわけはないじゃありませんか」

「そんなにオヤジは痛めつけられたわけか」

「ま、そういうことになりますね。相当なもんでしょう。いまなら億単位ってことになりますかね」

「………」

「ですからね、寺銭をその男たちに渡すことはなかったんですよ」

「それでオトシマエをつけたんじゃないかな。なにしろ、こっちは素人だし、綾野は半殺しの目にあっているんだから」

「狙いはそこにあったんですよ。箕浦にとって、綾野は目ざわりだったんでしょう。知らない客っていうのは、箕浦が差しむけたんですよ」

「………」

「だって、どうやって連絡したんでしょうか。山口さんの家で場が開くってことを……。お父さんは知らないわけでしょう」

「オヤジは客集めなんかはしない」

「そんなに気にすることはないんですよ。堕ちるところまで堕ちたなんて……。単なる〝助かり〟っていう制度だったんですよ」

「………」

「ぼく、馬を見に行きます」

第一レース。適中。配当四百七十円。一万円ずつの二点買いだから、二万七千円のプラス。

このレース、サンセキとビュゥティハヤテの二頭が引き離して逃げ、そのままで終った。

「だんじゃなか!」

私は九州弁で叫んだ。問題にならないという意味である。私の父方の郷里は佐賀である。

「だんじゃなか!」

石渡も真似をした。このほうが本格的であった。腹の底から出る力強い声だった。栗田が、
石渡は一時九州で暮していたと言っていたのが実証されたように思った。

「もう一回廻ってもそのまま。一年走ってもそのまま。ああ、いい気持だ。だんじゃなか!」

第二レース。適中。配当五百七十円。一万円ずつ四点買いであったので、一万七千円のプラス。

「凄いですね。パーフェクトじゃないですか」

「少しばかりだから、儲けにはならない」

「ついてますよ。ガンガン行く手ですよ」

「あんまり気をいれるといけない。見せカブ銭にならず、だ」

第三レース。失敗。配当千七百二十円の中穴になった。五万円のマイナス。

「おい、十五夜のとき、梨を取りに行かなかったか」

私たちは、ゴンドラの来賓席で石渡の買ってきた焼売弁当を食べていた。

「行った、行った。行きましたよ。だけど餓鬼大将の後にくっついてゴソゴソしていただけで

した」

私は、色白でお河童頭《かっぱ》であった石渡を思い浮かべていた。

「竹の先に釘《くぎ》を打ちつけてね。梨だとか柿《かき》だとか団子なんかを取りに行ったもんだった。あれはスリルがあったなあ。薄暗くってねえ。だから、あの頃は、どこの家でも十五夜のお供えってものをやったんだねえ」

「縁側でね。蜜柑《みかん》はまだ青かった。柿もちいさい」

「渋柿でね。分捕って帰ってみると、家のお供えがない。そっくりやられている。よく見てみると、家の梨のほうがずっと上等だった。がっかりしたなあ」

「おたくもそうだった？」

「母が団子なんかに凝るほうだったからね。良い粉を使ってね。どこの餓鬼に取られたかと思うと口惜しくってね」

「バラホンチの話をしましたっけね」

「したよ、したよ。ババって言ってたね」

「ホンチの雌ですよ、ババは」

「それとビー玉ね」

「そうそう」

「ビー玉とベイゴマは、庭の土のなかに隠したりして持っていたな。あれは宝物だった」

「……」

「ダシガンって言わなかった?」

「なに?」

「メンコでもね、ビー玉でもね。自分の持っている一番強いのをダシガンって言ってたんだ」

「知りません」

「最後に、それで勝負するときは死ぬ思いだったな。もしそれを取られたらどうしようかって。

……なんか信仰の対象のような感じだった」

「守り本尊」

「そうそう。そうなんだ。命より大切なものだった」

「オトっていう乞食がいたの知りませんか?」

「憶えていないな」

「女の乞食なんですよ。人形を負《お》ぶってね。子守女の恰好をしているんです」

「姉さんかぶりで、半纏《はんてん》を着て」

「そうなんですよ。その人形が、亡くした自分の子なんですね。赤ら顔でね、垢だらけ」

「乞食はたくさんいたけれど、オトっていう特定の女乞食は憶えていないな」

「これ、食べませんか?」

石渡が、ボストンバッグのなかから葛餅《くずもち》を取りだした。

「小倉屋じゃないか。どうしたの？」

「朝、行ってきたんですよ、御大師様まで。小倉屋は六時からやってますから」

「大変だったたな」

「なあに、帰ってからまた寝たんですよ。それに必勝祈願のお賽銭《さいせん》もあげてきた。……どうですか、デザートに」

「大好物なんだ。とくに新鮮なやつはね。ババロワよりもよろしい。……御大師様に大きな煎《せん》餅《べい》を売っていたな。大人の男の顔ぐらいあるやつ」

「いまでも売ってますよ。ダルマせんべい」

「それと、飴《あめ》。サラシ飴みたいなやつ」

「飴もいまでも売ってますよ。アンコ飴に水飴。粔《おこし》に大師饅頭《まんじゆう》」

「日光写真、やらなかった」

「やりましたよ。ずいぶん凝ったもんです。それと、クルクル廻すと、廻り燈籠《どうろう》みたいに人間が動くやつ」

「人間じゃなくて競馬もあったたな」

「それから、コリントゲーム」

「コリントゲームを持っているのは金持の子だった。あれを買ってもらったのは麻布へ行ってからだ」

「縄とび。ゴムの……」

「このまえ、話したじゃないか、府中で」

「馬跳び。長馬」

「馬って言えばね。俺の楽しみっていうか、唯一の趣味はね、オヤジが競馬へ行くと、ハズレ馬券を持ってくるだろう。いまと違って手売りの穴あきの馬券」

「ペラペラの、数字が点線の穴になっている」

「そうなんだ。いまでも田舎へ行くとあれだけれどね、紀三井寺なんか」

「ずいぶん遠くまで行くんですね」

「仕事だから。いま、ローカル競馬場めぐりってのをやっているから」

「読んでいますよ」

「その穴あきの馬券を紙の上に置いてね。鉛筆で擦《こす》ると数字がうつるんだ。それが面白くてね。教育上よろしくなかったな。……それに貧乏だったんだなあ。とてもコリントゲームどころじゃない。あれは洒落《しゃれ》た遊びだった。なんか高級で、文化の匂いがしたな」

「……」

「きみ知ってるかい。大佛次郎がね、いつ頃だったか知らないけれど、横浜のグランドホテルを常宿にしていてね」

「グランドホテルに天狗《てんぐ》の間ってのがありますね」

「鞍馬《くらま》天狗を書いていてね。仕事が終ると二階へ降りていってコリントゲームをやっていたって言うんだ」

「……」

「二時間でも三時間でも……。いいじゃないか。あの長身の美男子がね」

「武原はんを愛人にしてね」

「そんなこと、どうだか知らないけれど、とにかく、コリントゲームって、そういうものだった」

「川崎駅へ東海道線の汽車を見に行きませんでしたか」

「あんまり、そういう趣味はなかった。もっぱら、家のなかで、ハズレ馬券を鉛筆で擦っていた」

「特急の、富士、サクラ、ツバメ」

「そうそう。作文を書いたんだ。汽車の旅っていう……。その書きだしの一行が、横浜過ぎて野は緑、っていうんだ。先生に褒められてね」

「文才があったんですよ」

「そうじゃない、盗作だよ。唱歌があったじゃないの、横浜過ぎて野は緑、っていうの……。俺、ちいさいときから、そういう傾向があったんだ。人のものを盗るっていう……。作家になって一番怖かったのはそれだな。盗作するんじゃないかって……。いまでもビクビクしている」

「そんなことはありませんよ」

締切五分前のアナウンスがあった。

「あ、ごめん、ごめん。馬を見なかったね」

「いいんですよ、このレースは」

「俺も決めてきたんだ、サルトルに。サルトルっていうのは伊達さんの馬じゃないかね」

伊達秀和氏は、ブロケード（花嫁衣裳《いしょう》）、シャッフィー（ジプシー娘）などの洒落た馬名をつけるので知られている。

「そうかもしれませんね」

サルトルは、『ダービー・ニュース』によると〝鋭く切れる足を持っている。相手が幾らか強化されたが、調子のよさでは一番。大駆け十分〟というコメントがついていて、印は単穴になっている。

このレースは、タカノウッドが逃げ、無印のミススタイルが飛びこんできて、一万二千五百三十円の大穴になった。サルトルは三着である。

「惜しかったですね」

石渡は、いつ、どうやって見るのか、私が何を買っているのかを必ず承知しているのである。私が適中するときは、三コーナーを過ぎたところで、おめでとうございますと言ったりする。

私は、サルトル、ミススタイルの馬券を二万円買っていた。

「来れば、百五、六十万にはなりましたね」

「二着、三着じゃしょうがない」

五万円のマイナス。

第五レース。ケンズシ、カチドキフレームと固くおさまって、配当二百九十円。私は穴っぽく買って失敗。四万二千円のマイナス。朝から通算で九万八千円の損。一日目の儲けがあるので、まだ気持の余裕があった。

第六レース。ミヤタエース、カヤヌマワールドで勝負。この両馬とも着外に消えて、七万円のマイナス。

「だんだん無口になりますね」

「無口になってくる」

「少し火種を残しておかないと……」

石渡も大きく取られているようだ。どうやら、彼は、一日目の儲けを部屋へ置いてきたようだ。それはいい傾向だとそのときは思った。

「無かったら廻すぜ」

「いや。それはいいんです」

第七レース。失敗。一気に取りかえすつもりで十五万円を投入。通算で三十一万八千円のマイナス。

第八レース。失敗。マイナス四万円。通算で三十五万八千円のマイナス。

第九レース。川崎盃。九万円のマイナス。通算で四十四万八千円の損。

第十レース。サルビア特別。失敗。十万円のマイナス。従って、この日は通算で五十四万八千円のマイナスで終った。初日からの累計では、まだ二十四万七千円のプラスになっている。


四時半になったが、まだ明るい。私たちは裏門のほうへ歩いていった。裏門の手前にパドックがあり、その左手、ゴール前にスタンドを建築中だった。十月には完成するという。さらに、パドックの右手には、巨大なオッズの掲示板も造られる予定らしい。


夥《おびただ》しい男たちが、首をうなだれて歩いてゆく。

「これだけの数の女房たちが泣いているわけですね」

「まあ、笑っちゃいないね」

「食事、どうしましょう」

「今日は俺に奢らせてくれ。ああ、昨日は御馳走さま。とても美味《うま》かった。久しぶりに飲んだな」

「主に、ぼくが飲んじゃったけれど」

「酒をやめるとね、あんなもんでも酔うんだ。いままで、ずいぶん無駄をしていたわけだな。

同じことなんだよ。……それで、くだらないことを言っちゃって」

「どこへ行きますか」

「藤田食堂……」

「ああ、一昨日の。ああいう店、好きですか」

「何か匂うんだな。グリル松阪の十分の一、いや、もっと安いかな。そのかわり、うんと飲んでくれよ」

32

鎌倉から東京の麻布へ戻ってきて、父は、また少し変った。若いときから重症の糖尿病で、インシュリンを射ち続けていたので、体力も衰えてきたようだ。もう、母は、父を頼りにする気持を失っていて、弟と二人で花屋を始めた。私は相変らず小さな出版社に勤めていたが、鉄火場からは完全に足を洗った。ただし、麻雀だけは続いていて、麻雀をやっているかぎり、小遣いに不自由することはなかった。昭和二十四年五月、二十二歳で結婚した。そうして、次第に、麻雀もやらないようになっていった。

父は二十五年に、かなりの規模の鉄工所の社長に就任した。朝鮮戦争で勢いを得たようであるが、戦争が終ると、すぐに倒産した。

ドン底の貧乏生活が始る。私は、近くの酒屋へ一升瓶を持って、焼酎を秤売《はかり》りで買いにゆくようになる。父は酒好きではなかったが、焼酎でも飲むより仕方がないといった気持であったようだ。しかし、父は、どんなときでも、洋服だけは高級店で高価なものを誂《あつら》えていた。時計も外国製であって、それが、いわば商売道具だった。

金が無くなると、父は金策に出かけてゆく。銀座の超一流の時計店や宝石店で、時計や指輪を買ってくる。信用買いであって、金は払わない。その際に、豪勢な身形《みなり》であることが必要だった。私は現場を見たわけではないが、そういうときの父の弁舌は実に鮮やかであったそうだ。その時計や指輪を質屋にいれる。それが父の金策だった。うまくいったときは上機嫌になっていた。

「ちょっと摘《つま》んできた」

というのが口癖だった。こんなふうだから、借金は嵩《かさ》む一方である。

近所に住む素人の老人の高利貸しからも金を借りる。期限がくると利息だけ払う。その金は摘んでくるのである。また、その際に、一時的に百万円なら百万円を、どこかで融通してくる。

「この通り、金はあるんです。ですが、もうちょっと待ってください」

これが、ずっと借り続けて元金を返さないでいられるコツであったようだ。

33

川崎駅を通り抜け、西口に出た。それを南武線の尻手駅に向って歩き、県道川崎町田線を突っ切ってゆくと、私が住んでいた柳町に達する。その県道の手前を右に曲ると幸町通りという商店街になる。商店街の右側に、栗田や石渡や私の通っていた幸町小学校（現在の南河原中学）がある。その道は河原町団地に突き当るのであるが、ほぼ中央の中幸町を左に曲ると、右側に川崎温泉という銭湯の煙突が見えてくる。その銭湯の向い側が藤田食堂である。

藤田食堂には入口が二つあり、右の入口から入るとピザハウスになっていて、コーヒー、紅茶などの飲物もできる。左の入口から入ると、そこは和食堂になっていて、オデンの鍋《なべ》が置いてある。内部には境がない。

私たちは左の入口から入った。私が「何か匂う」ような気がすると言ったのは根拠があってのことではなかった。ただ、そのあたりで、もっとも古い飲食店であると村瀬さんに教えてもらってはいた。

「おい、困ったことになったよ」

と、石渡に言った。

「なんですか」

「例のさ、安田記念だけれどさ」

私は、六月十七日号の『週刊競馬報知』の安田記念のレース予想を石渡に見せた。その終りのところは、こう書かれている。

「穴馬の筆頭はナンキンリュウエンか。六歳牡馬《ぼば》のナンキンリュウエンは今季の上り馬だ。今を時めくノーザンテーストの仔で、力と根性がここにきて一度に開花した感じだ。

『面白いのはノーザンテーストの産駒は力をつけてくる間に一度スランプがある。ナンキンリュウエンは五歳時がちょうどスランプだったようで、今のデキは本物だ』

これは生産者側の見解。今年は二勝してまだ底を見せておらず、ここはハンデも有利になる。前走で千四百メートルの競馬を鮮やかに差し切った末脚のさえは、ハンデが軽くなって倍加するはずで穴馬の筆頭とみたい」

石渡は、あまり興味を示さなかった。それがどうなんですという感じで『週刊競馬報知』を卓の上に置いた。

私たちと同じぐらいの年齢の主人が出てきた。

「とりあえず、オデンを貰おうか。それと冷奴かなんか……。お酒は冷やと燗と一本ずつ」

そのとき、見たことのある男が入ってきた。彼は、

「ユーテイ」

とだけ言って、窓際の席に坐った。ユーテイは日替り夕定食であって、その日はハムサラダ

が運ばれてきた。それに味噌汁。その男は黒馬情報社の安本深懺だった。私たちに気づいたのかどうかわからないが、こちらを見向きもしない。安本は白のスポーツシャツを着ていた。着換えてきたところをみると、家は、この近くにあるらしい。

「困っちまったな。これではナンキンリュウエンは穴馬じゃなくなっちまう。下手すると三番人気だね」

「ブロケード、イースタンジョイの次ですか」

「そうなるね。困ったなあ。穴馬で大勝負したいと思っていたんだけれど。もっともね、俺としては大勝負っていう意味だけれど」

「どのくらいですか」

「単勝を十万か二十万」

「おっそろしい」

「馬鹿言え。きみの十分の一だ」

「穴人気買うべからず、ですか」

「そうなんだ」

「……………」

「本当に馬券を頼めるのか」

「買えますよ。府中へ行く連中は何人でも知ってますから」

「ノミ屋は厭だよ」

「ドリンクなんかに頼むもんですか。信用できないんでしたら、ぼくが、朝、銀座の場外へ行ってきますよ」

「まあ、なんでもいい。とにかく頼む」

夕定食を食べ終った安本が伸びあがって叫んだ。

「おにいちゃん、コーヒーちょうだい」

どうやら、ピザハウスは藤田さんの息子が経営しているらしい。安本は、ピザハウスのカウンターのほうへ移動した。

「いつか、このあたりに、早い流れの川があったはずだって言っただろう」

「ああ、そうおっしゃってましたね」

「思いだせないか」

「だって、ずいぶん歩いたじゃないですか。そんな川だったら、どっかでぶつかるはずですよ」

「そうなんだけれど」

「そんなに気になりますか」

「だってねえ。本当にあったんだ。あったとしか思えないんだよ。そんな川が消えちまうなんて気持が悪いじゃないか。俺の思い違いだったとしても、これも気味が悪い」

「そうでしょうけれどね」

「その川のね、川が急カーブするところに、ニコニコ食堂っていう食堂があったんだ。茶店みたいな感じのね。その店先きにラムネを冷やした箱があった」

「ニコニコ食堂ねえ」

「その川に緑色の綺麗な藻が生えていたんだ。女の髪の毛みたいに、長くまっすぐにゆらゆらしていてね」

「わかりませんね」

「そこでトンボ釣りをやったじゃないか」

「……あの、ちょっとすみません。用事を思いだしちゃった。一時間ばかり出てきます。必ず戻ってきますから」

「え？　それじゃあね、ホテルで会おう。そのほうがいいよ。きみもゆっくりできるし、俺もそんなに長くここにいられないから」

「わかりますか。一人で帰れますか」

「だいぶわかってきた。遅くなったらタクシーを呼んでもらう。あ、それからね、ホテルへ帰ったら俺の部屋をノックしてくれないか、心配だから。俺のほうも帰ったら、きみの部屋をノックする」

「はい。そうします。しっかり研究しておいてください」

石渡が出ていった。

「先生。今日は儲かったでしょう」

安本が私の前に坐った。

「どうして？　やられたよ」

「だって、土屋が勝ったじゃん。ごヒイキでしょう」

「ああ、あれは取れなかった。土屋は上手になったね」

私は浦和競馬所属の女性騎手である土屋薫をヒイキにしていた。安本と浦和で酒を飲んだときに、その話をした。

「あれは、うまく乗った」

「女のジョッキーは逃馬だけは時に上手に乗ることがあるね」

「あのう、さっきの話だけんど」

「……」

「ニコニコ食堂ってのは、ここですよ」

「聞いていたのか」

「聞こえちまうよ。ニコニコ食堂っつうのはこの店ですよ。旦那を呼んでみようか」

安本には神奈川訛《なま》りがあった。彼は、調理場に向って叫んだ。

「おうい、おやじさん、出てきてくんないか」

藤田さんが出てきて、隣の席の椅子を寄せてきた。

「なあ、ニコニコ食堂っつうのは、おめんところだよな。この先生、ニコニコ食堂を調べてたんだって」

「ええ、父親の代ですが。でも、ニコニコ食堂じゃありません。マルマル食堂です」

「マルマル食堂?」

「ええ、マルマルも、輪をふたつ書いた○○《マルマル》食堂です」

「変な名前だな」

「○○って言い方が流行《はや》ったんですよ。昭和十年ごろでしょうか。中支○○方面に進攻中とか。アベックで歩いているやつに、どこへ行くのって訊くと教えてくれない。ああそうか、○○方面だなって。……ずいぶんそんな言い方をしたもんですよ」

「店の前にラムネを冷やしてなかった?」

「夏場はそうでしたね」

「あ、思いだした。突然思いだした。そうだ、やっぱり○○食堂だ。ニコニコ食堂ってのは、麻布へ引越してからの話だ。麻布の山元町にあったんだ。ニコニコ饅頭っていうやつを売っていた。そうかあ、ここは○○食堂だったね。……いや、どうも有難う」

私は、藤田さんと安本の顔を交互に見て頭をさげた。

「それで、この店の前に川が流れていなかった?」

「はい。ここではないんです。戦前は、この店は、この通りを中幸町の四辻まで行って左に曲りますね。それで、幸町通りをまっすぐ行きますと、河原町団地に突き当ります。その手前にあったんです」

「川は？」

「いま、暗渠《あんきょ》になっています」

「速い流れの川だった」

「ええ、用水ですから」

「大きな川ではないけれど、水量は豊富だった」

「多摩川用水ですもの」

私は、常に携行していた川崎市の地図を見せた。藤田さんは、用水の流れを指でなぞった。

私は、赤の螢光スポットライターで印をつけた。競馬をやっていると、いつでもサインペンや螢光ライターを胸のポケットにさしていることになる。

「その向うに朝鮮池があった」

「ええ、食用蛙がうるさくてね」

「牛が泣いているみたいでした」

「……やあ、ありがとう。胸の閊《つか》えがおりた。すうっとしたね。本当に、嬉しいんだ」

「………」

「○○食堂の前で用水が直角に近く急カーブする」

「そうです。よく子供が落っこちましてね。危険な場所でした」

「ああ、そうか。よかった。五十年ちかい謎が解けた」

あれは夢ではなかった。

「そんなこと調べてどうするんです」

「むかしね、昭和五年から十年まで、この近くに住んでいたんです。柳町ですが」

「……」

「山口っていう家を知りませんでしたか」

「さあ。父が生きていましたら、どうかわかりませんが」

客が入ってきて、藤田さんは奥へひっこんだ。

「先生、石渡さんとつきあっているんかね」

「うん。友達だ。まあ競馬友達か」

「長いの」

「いや、今年の初めからだ。府中で声をかけられてね。それ以来……」

「気をつけたほうがいいよ」

「なぜ？」

「……」

「なんか悪いことでもあるのかね」

「先生。石渡さんが馬券を買っているところを見たことあっかね」

「ない。それが不思議なんだ。……だけどね、馬券は持っているよ。見せてくれることがあるんだ」

「それはね、タテマエよ」

タテマエという言葉がおかしくて、私は吹きだした。

「なんつうか。恰好つけてんのよね。そんなもんじゃないの」

「やられてるなんてもんじゃない。有名ですよ」

「やられてるのかい」

「どのくらい?」

「それはまあ、言わないけんど」

「でもね、昨日は大当りでね。五百やそこらは取ったんじゃないか。嘘じゃないよ。第四レースで、イソノペガサスが勝って、ゾロ目で五千いくらってのがあったろう」

「⑥⑥で、五千五百七十円」

「あれを五万円持ってたよ。それはもはっきり見たからね。それだけで二百七十万円か」

「そんなの金にならないのよ。取ったって右から左ですよ。みんな待ってますからね。あとをつけて……」

「それは、高利貸から借りた金の利息かなんか」

「まあ、そうみたいね」

私は、石渡があれほど儲けているのに、今日は、あまり資金を持っていなかったことを思いだした。

「金は持っていなくたっていいのよ。口張りだから」

「ドリンク？」

「それ専門ですよ。だけど、たまあに、自分で馬券を買いたくなるのね。だけど、当ったって、みんな持ってかれちまうんだ。川崎でも府中でも、誰かが石渡さんにくっついて廻っていますからね」

「馬券だけかね。競馬だけで、そんなにやられるってこと、あるのかね」

「借金ですよ。組関係の金ってのはきついからね。雪ダルマころがすようになっちまう」

「………」

「石渡さんの話はやめましょう。それより、先生、気をつけてくださいよ」

「なにを？」

「あれですよ」

「………」

「あれ……」

私に、だいたいの見当がついた。雑誌に公営競馬場めぐりという紀行文を連載しているのであるが、毎回、ノミ屋の横行を攻撃していた。ノミ屋よりも、特別観覧席（通称トッカン）の指定席券の問題を追及していた。特に船橋競馬場のときは、私も腹が立って、きびしい書き方になっていた。指定席券が千円。それを暴力団が買い占めて一万円で売る。一枚で九千円の利益。五百席として一日四百五十万円が懐に入る。また、指定席の客はヤミ切符を買って入ったのだから、金を持っていると見て、そこへノミ屋が集中攻撃をかける。そのことを指摘し続けていた。だから、一番みやすい指定席を廃止して、そこが廃墟のようになっている競馬場がある。たとえば姫路がそうだ。また、園田競馬場のように、指定席に冷暖房を通して、指定席券を高価（三千円）にしてヤミ切符の入りこむ余地のないようにしているところもある。さらに、指定席の椅子そのものを打ち壊してしまって、コンクリートの雛壇《ひなだん》のようにしてしまっているところもある。紀三井寺がそれであり、川崎もそうだ。

その川崎に巨大な新スタンドの建設が進んでいる。ここが暴力団の大きな資金源になり、彼等の巣窟《そうくつ》になってしまうのが目に見えている。

そうして、私の文章は、自分では普通に書いていると思っていても、活字になると、当りが強くなりすぎるという傾向がある。

「船橋のことか」

「船橋だけじゃないですよ」

「やばいか」

「匂うね」

このごろ、私は、どこの競馬場へ行っても、見知らぬ男から声をかけられるようになっている。〝どっかで見かけた顔だと思ったら、せんせでっか〟。彼等の科白《せりふ》は決まっていた。いずれも組関係の男である。私の顔を知るわけがない。情報もしくは指令が流れていると見なければならない。益田でも高知でも声をかけられた。〝お手やわらかに〟という意味だろう。

「流浪《さすらい》のギャンブラーなんて気取っている場合じゃないか」

「当り前ですよ」

「しかし、船橋は違うんじゃないか、川崎とは」

「冗談じゃない。シマは同じですよ。おれたちだって、大井、川崎、浦和、船橋は共通だからね。南関四場と言ってね」

「そう言えば、大井でも浦和でも会ったね」

「呑気《のんき》なことを言っていちゃいけませんよ。同じ馬が走ってんだから、予想屋も同じですよ」

「寝川組か」

「……」

「ありがとう。まあ、気をつけるよ。しかし、腹が立つな。俺は草競馬が好きなんだ。小芝居を見ているようで。だから……」

「青いことを言っていちゃいけませんよ」

「川崎のスタンドはどうなるんだろう」

「まあ、出来たら見にきてくださいよ」

「おい、明日のいいところを教えてくれよ……」

出て行きかかった安本が振りむいて言った。

「あ、それからね」

「ナンキンリュウエンは来ないよ」

「それも聞いていたのか」

「安田記念は別の馬ですよ」

「どうして?」

「格が違いますよ、格が」


遠慮がちなノックが聞かれたときは十二時を過ぎていた。石渡が戻ってきた。彼が藤田食堂を出ていったのは六時半である。一時間ばかり出てくるといったにしては帰りが遅すぎる。

「酔っているのか」

「いいえ。飲んでいません」

「赤い顔をしているぜ」

「……」

「ああ、ニコニコ食堂、わかったぜ。ついにわかった」

「どこなんですか」

「あのね、なんと藤田食堂がニコニコ食堂だったんだ」

「……」

「いや、ごめん。そうじゃなかった。ニコニコ食堂じゃなくて○○食堂だったんだ」

「……あ、○○食堂なら知ってますよ。丸をふたつ書くやつでしょう」

「あ、そうだったのか。迂闊《うかつ》だったな」

「前を通っただけですがね。変な名前だったんで覚えています」

「ただしね、場所はあそこじゃないんだ。河原町団地の前の角のところだ。ああ、胸がすっとしたな」

「よかったですね」

「だからね、速い流れの川もわかったんだ。やっぱり○○食堂の前を流れていたそうだ。いまは暗渠になっているんだって……。わからなかったわけだ」

「……」

「多摩川用水なんだな」

「河原町っていうんですから、多摩川の下流の湿地帯だったんでしょうね」

「ここだ。ここなんだよ。ここから、こう流れて……」

私は地図でもって流れの位置を示した。

「ちょっと待ってください」

石渡は、いったん自分の部屋に戻って、部厚い書物を持ってきた。

「さっき、このへんの大地主だった人の家へ行ってきたんです。そうしたら応接室の書棚にこれがありましたんで借りてきたんです」

昭和四十三年版の『川崎市史』だった。

「これは有難い。探していたんだよ。神田の古書店に頼んでいるんだけれど、なかなか返事がこなくてね」

「これじゃないでしょうか」

石渡が〝二ケ領用水の開鑿《かいさく》〟という項目を指でおさえた。そこには、こう書かれている。

多摩川にはほぼ平行し、右岸の市域の平坦部を流れるのは、稲毛・川崎二ケ領用水である。この用水は慶長二年（一五九七）二月、小泉次大夫（吉次）によって川崎領、翌三年には稲毛領でおのおの測量が行なわれ、同四年四月には、川崎領から工事が始められたのである。用水工事の特色は、多摩川左岸の六郷用水（東京都世田谷区、大田区）と、ほぼ同時に交互に開鑿を進めていったことである。伝承によれば、このとき次大夫は工事人足の徴発による農業生産力の低下を避けるため、男子のみならず女子へも労役を課し、また上層農民のなかより宰領役二名を選び支配杖（竹鞭）を与え指揮をさせたという（『新修世田谷区史』上巻）。この工事は、大部分は土砂の堆積した高所を掘割っていくため、技術的にもかなりの困難が伴ったものと推測される。こうして二ケ領用水は多年の歳月を費し、慶長一四年（一六〇九）七月には幹線の部分が竣《しゆん》成《せい》、同一六年三月には用水堀通りの浚《さら》上《あ》げ普請が終わり、ここに一切の工事が完了したのである。このように二ケ領用水工事は、対岸の六郷用水の工事とともに、小泉次大夫により行なわれたのであるが、中野島取入口から多摩川を引水し、灌漑《かんがい》された水田面積は、初期においては、一八七六町歩に及んだといわれている。元和二年（一六一六）には稲毛・川崎二ケ領用水組合ができ、水害を復旧する費用や人足の割合を決めて水利の公平を図り、さらに、寛永六年（一六二九）には、関東郡代伊奈半十郎（忠治）の手代筧《かけひ》助兵衛が用水を見立て、宿河原取入口を新設し灌漑地域の増加を図っている（『安楽寺文書』）。また元禄三年（一六九〇）には、菅《すげ》村野戸呂島から多摩川の水を引き入れる工事を行ない、そのため享保二年（一七一七）六月の「二ケ領用水組合村高反別改帳」によると、灌漑面積は二ケ領六〇ヵ村、水田反別二〇〇七町四反九畝四歩に及んでいる（山田茂太郎『稲毛川崎二ケ領用水事績』）。二ケ領用水の領別灌漑面積と支配別石高についてみると第四表（省略。筆者）のようになる。これによって、用水が天領の諸村を中心に潤していることが明らかであり、結局、天領の生産力を高めるのに重要な役割を果したといえるのである。しかし、その一反歩の収穫量は一石二斗四升ぐらいで、他の関東諸地域に比べて必ずしも高くはなかった。

「いま行ってきた家、小泉っていう家なんですけれどね」

石渡が笑った。私は、瞬間的に、金策に行ったのだと理解した。

「神奈川県に多い姓だね。石渡も多いけれど……。小泉次大夫っていうのは代官だね。こういう偉い代官もいたわけだ」

「……」

「しかし、きみ、支配杖っていう竹の鞭を使っていたと書いてあるぜ。女子へも労役を課し、とあるから、それで撲《なぐ》ったんじゃないだろうか、女も」

「すぐ、そうなふうに話を作っちゃうんだから」

「その用水には、細長い緑色の藻がゆらゆらと揺れていてね。女の髪の毛のようだった。あれは女の恨みじゃないのかね」

なぜか、母の顔が浮かんだ。

私は、ひとつのことが解決して上気していた。

「御歯黒蜻蛉《とんぼ》がいっぱいいてね。オハグロっていうのも無気味な感じがしたな」

「……」

「その小泉さんていう人、むかしの地主仲間かね」

「仲間っていうんじゃないけれど、このへんでは古い家です」

午前二時になった。

「やあ、見てごらん。そこのトルコ・エデンね。灯りがいっぱいついている」

「……」

「十時頃まで真暗だったのに。いま時分が書入れなんだね」

「どれどれ。双眼鏡を借りますよ」

「……」

「駄目だ。客が来るとカーテンをしめてしまう」

「そりゃそうだろう。見えたら大変だ。……やあ、疲れたなあ。競馬ってやつは、遊んでいるようにみえても疲れる」

「疲れますよ。階段の昇り降りだけでも」

「それに細かい活字を読むからね。今日は大収穫があったな。石渡のおかげだよ。ありがとう。……さあ、寝ようか」

34

六月十一日、金曜日。第七回川崎競馬、第三日。馬場状態（良）。

第一レースから第五レースまで、取られっぱなしだった。なんだか気が乗らず、レースも固く収って、穴買いの私には取れない。そこまで二十二万二千円のマイナス。第六レースの固いところを取ったが幾らにもならない。

第七レース。土屋薫騎乗の逃馬モンチッチの単勝で勝負。あとモンチッチから総流し。モンチッチは三着に敗れ、十五万円のマイナス。この日、通算で三十五万円のマイナス。ついに、初日からの累計でもマイナスになった。

第八レース。ジューンハンデ。もう一度、一枠の逃馬グリーンラモナから総流し。土屋のビソウチャイナを厚目に買ったのが成功。これが一、二着して配当千六百九十円。二十五万八千円のプラス。

「よく、こんな馬券が取れますね」

石渡は元気がなく顔色も悪い。

「単純に公営では逃馬買うべしと思っているだけだ」

「六、七番人気でしょう。①②の組合せは」

「七番人気だった。六頭立ての千六百九十円は悪くない」

「とても買えないな、ぼくには」

「逃馬からヒイキの土屋へって、単純なんだ。だけど土屋薫はデビューしたころのほうが可愛かったな」

「このごろ、お化粧なんかしている」

「ちょっと仇《あだ》っぽくはなったな。パドックで声がかかるとニヤッと笑ったりする」

私は、土屋薫が出走するときだけは、パドックを見にゆく。

第九レース。あざみ特別。ふたたび人気薄の逃馬スズバーバーから入って失敗。能力的に劣っていたようだ。マイナス六万円。

第十レース。あおい特別。この中穴が適中して、この日は通算で二万四千円のマイナスで済んだ。まずまずというところだと思った。

「おい、弱ったぞ」

私たちは石渡の部屋にいた。

「このスポーツ紙も、ナンキンリュウエンを穴にしている」

「配当が下っちまいますね」

「それよりも、これは典型的な穴人気買うべからず、だ。来ないような気がしてきたな」

「持時計、調子、上り馬、ハンデと条件がそろいすぎていますね。こういうのは、かえって危険ですね」

「それより配当だよ。厭になってきたな。楽しみがなくなってきた」

「それでも、ブロケード、イースタンジョイの一、二番人気は動かないでしょう。単勝で五、六百円はつくでしょう」

ブロケードは最強の牝馬《ひんば》であるし、イースタンジョイは、前走、ダートであるがレコード勝ちしている。

「それじゃ厭なんだ。五百円とか六百円じゃ」

「………」

「それで頼めるのかね」

「………」

「日曜日の馬券だよ」

「ええ、だいじょうぶですよ」

石渡は、ちょっとうんざりしたような顔をした。

「必ず府中へ行く男がいますからね。ぼくも一緒に頼むつもりです」

「………」

「ああ、もし心配なら安本さんに頼むといいですよ」

「あいつ、ドリンクか」

「あの人は連絡係りですよ」

「連絡係り?」

「ええ。安本さんに馬券を頼むでしょう。口張りで申しこめばいいんです。彼が集計所へ連絡します。それで、安本さんは、当った人がいると集計所へ行って金を受け取ってくるんです。翌朝、彼は当った人のところへ金を持って行くんです。そのときに注文を受けるんです。競馬でも競輪でも……。だから、朝のマラソンだかジョギングだかを欠かさないって聞いたときは笑っちまいましたよ」

「趣味と実益か」

「そうです」

「なんか、もっとヤクザっぽいネーミングはないのかね、連絡係りなんて」

「新しい商売ですからね。まだ特別な言い方はないようです。これが儲かるんですね。いま、ノミ屋は不景気なんです。世の中と同じでね。百万単位でいれる客がいなくなったんですね。ですから、旦那探しっていうのは重要な役割なんです。歩合をもらってね」

「ピンはねか。だけど、ノミ屋は一割引って決まっているんじゃないか」

「それがね、不景気で、一割五分引くところもあるんですよ。そのうちの二分ぐらいを連絡係りがポッポにいれる」

「意外に安本が豪邸に住んでいたりしてね」

「それはないでしょう。全体に不景気ですから。それに、集計所に投資しているスポンサーが潰されることがあるんです。そうすると連絡係りがかぶることになる」

「……」

「あの連中、案外固いですからね」

「そうすると、やっぱりノミ屋じゃないか」

「それはそうです」

「ノミ屋はごめんだな」

「山口さん、それおかしいですよ。いつか言おうと思っていたんですが……。だってねえ、競馬新聞っていうのはほとんど暴力団が関係しているんですよ。競馬新聞を買っていてノミ屋はいけないってお書きになるのは矛盾していませんか」

それは鋭い指摘だった。そのことは、後でゆっくりと考えようと思った。

「さっき、バス・ルームを借りたときに見たんだけれど、きみ、お洒落だな」

「……」

「あのシェービング・ブラシね、あれ狸《たぬき》じゃなくて貂《てん》だろう。三、四万するんじゃないか。お洒落の人はいるけれどね、シェービング・ブラシまでは手が廻らない。あれは柔かそうだ」

「こまかいところまで見るんですね。あれは、実は、オヤジの遺品なんです」

「じゃ、お父さんがお洒落だったんだ」

「昔の男ってね、髭剃《ひげそ》りを大事にしたもんですね」

「剃刀は必ずゾーリンゲンだった」

「そうそう。安全剃刀《かみそり》なんか使わないでね。長いやつ、床屋の使うような」

「それで、皮で研いでね」

「同じですねえ」

「それから、部分的に拡大される鏡があってね」

「まったく同じでしたね。朝、髭を剃るっていうのは大事な儀式だったようですね。そういえば、昔の男って、いつでも剃跡が青々していた」

「うちのオヤジなんか、チョビ髭を生やしていたからね。叮嚀《ていねい》に鋏《はさみ》で切りそろえて」

「ローションだとかクリームだとかチックだとか」

「そうか。考えてみると昔の男のほうがお洒落だったね。いつでも化粧料の匂いがしていた。特に朝なんか」

「だからね、戦中派ってのがいけないんですよ。われわれみたいな」

35

昭和三十四年十二月三十一日に母が死んだ。

その頃の父は、また一味変ってきたという感じだった。母は、実業家としての父をまったく見離してしまっていた。大正デモクラシーの洗礼を受けているはずの父と母にとって、戦後民主主義は暮しやすいのではないかとも思われたが、時代の急速な変化に対応できなかったし、年齢も中途半端になっていた。

その頃、また父の周辺に怪しげな男が集りだしていた。それは公営競馬の厩舎関係の男たちで、いわゆる〝悪質なコーチ屋〟と呼ばれる連中だった。それはわかっているのだけれど、時計屋や宝石店で寸借詐欺のようなことをやっている父が、どうして私の忠告などを聞きいれることがあろうか。それに、私は、サントリーに就職したばかりで、自分のことで精一杯だった。

〝悪質なコーチ屋〟というのは、情報を仕入れてきて、この馬は足が曲っているから駄目ですとか、この馬は絶対です、ヤリですとかと言って、金をあずかっていって、当れば半分、ときによっては全額を捲《ま》きあげてしまうという男たちのことである。厩舎関係者というふれこみも怪しいものだった。

父は、彼等の持ってきたハズレ馬券を、部屋中に撒《ま》きちらすのである。狂っているとしか言いようがない。弁舌が立つから、新しい旋盤の機械を仕入れて再出発する、もう少しの辛抱だと言って、弟と二人で花屋をやっている母から金を引きだす。

また、赤羽橋の済生会中央病院に入院中に、その病院の敷地を野球場にするというプランを練っていたことがある。たしかに、済生会中央病院は、手狭になり、木造の病棟も古くなってきていて、どこか郊外に敷地を求めているという話はあった。また、永田雅一時代のロッテ・オリオンズが新球場を造るという噂があり、上野の不忍池が候補にあがるということもあった。結局、ロッテ・オリオンズは千住に新球場を造り、これは大失敗に終った。父は、このふたつの話を結びつけようとしたのである。

後楽園球場の設計図を手にいれてくれとか、誰某に会ってくれとか、父は私に命令する。お前の知っている銀座の酒場で接待してくれ、その金はお前が立替えろと言う。

それでも、銀座の焼けビルや野球場の話や停電灯でさえも、悪質なコーチ屋にくらべれば、まだマシだった。それは大法螺《おおぼら》吹きであっても、まだしもどこかに救いがある。

母の死後、父は入院退院を繰りかえすようになる。済生会中央病院は、院長の堀内博士が糖尿病の世界的な権威である関係で、糖尿病の優秀な医者がそろっていた。相撲の鏡山親方（柏戸）もここに入院した。王貞治が、シーズンが終ると必ずこの病院で健康診断を受けることはよく知られている。父がこの病院を選ぶのは一流好みのあらわれであるが、正しい判断だったと言っていいだろう。

父を相手にする人が誰もいなくなった。父は、長男である兄のところへ行かず、財産を管理している弟のところへも行かず、退院すると、私の家に来てしまう。そのころ、私は、川崎市郊外の（最寄りの駅は東横線元住吉）サントリーの社宅に住んでいた。

三十八年一月に、私は大衆文学では最も権威のある文学賞を受賞した。私自身、小説を書いたつもりはなかった。父の借金を返すために、アルバイトで雑文を書かねばならなかったのである。文学賞の賞金は、貰った翌日、父の借金の返済に使った。むろん、それで足りるわけがなかった。そのほか、ラジオやテレビの台本も書いた。農村向けの朝の番組など、三十分のディスク・ジョッキーの謝礼は一回分が五百円だった。それでも、一週間ぶんをまとめて貰うと、生活費の足しにはなった。

小説が書物になると、見たこともない金が入ってくる。芸能関係の人が訪ねてくる。その小説は、初めラジオドラマになり、映画化され、TVドラマにもなった。父は、病院の人たちには、ラジオドラマの原作料でさえ五百万円だと言い触らしていた。

父は、私が受賞して、TVニュースで報道され、新聞に顔写真が出たとき、

「おい、お前は、とうとうホームランを打ったね」

と言った。私は返辞をしなかった。世界の違う父に何がわかるかと思っていた。

弟は、

「ちくしょう！　兄さんに先を越された。おれのやりたいことをやられちゃった」

と言った。

「でも、山口家の男は運がいいんだ。兄さんも運がいいけれど、オヤジも運がいい。こんなことがなければ、オヤジはとっくに死んでいたぜ。ツキがあるんだよ」

たしかに運がよかったのだけれど、ツキがあるというようなヤクザっぽい言い方には反撥《はんぱつ》しないわけにはいかない。私は、前に書いたように、自分のなかにあるヤクザっ気と宿命論から逃れようとして戦っていたのである。この世は積み重ねでしかない、正直貧乏で行こうと思い定めたのは近年のことになるけれど。

父の入院費には、毎月四十万円を要した。弟の言うように、私がそんなことにならなければ、父はもっと早く死んでいたかもしれない。少くとも生活の張りを失ってしまっていただろう。

父の資産について書こう。父の資産は何もなくて借金だらけだったのであるけれど、麻布のあのボロ家の敷地の値が高騰したのである。それは道路拡張のために、東京都に買いあげられることになった。借金取りの攻勢に耐え、弟がそれを守った。私はそういうことが苦手で、放棄した形になっていた。その土地が残ったのは弟の手柄だった。

しかし、弟は、父に金を廻さず、入院費用も払おうとしなかった。弟の言いぶんは、あの父に金を渡すのは危険だということだった。毎月二万円という約束の父の小遣いさえも、めったには送ってこなかった。なぜ私はそのことを追及しなかったかというと、私は自分の名前が惜しくなってきたからである。

金銭に執着することにおいて、やや異常とも病的とも思われる弟は、たぶん相続税もごまかしていたのではないかと思われる。兄や妹のために弟を告訴することは可能だった。しかし、抗争が表面に出ると、私の名に傷がつくかもしれない。私は卑劣な男になり、だんだんに臆《おく》病《びょう》になっていった。

そのころ、弟の細君の父親が私に言った。

「ありがとうございます。これで娘も安心です。……お兄さんねえ、あなた御不満のようですけれど、子供が親の面倒をみるのは当り前のことなんでねえ。……とくに、あなた、有名人なんですから」

これには女房が腹を立てた。弟夫婦と下の妹は、病院の近くに住んでいるのに見舞に行くこともなかった。そんなもんじゃないだろう、下着の洗濯ぐらいは……と、私も思った。

上の妹は、ときどき川崎の社宅にあらわれて、父に小遣いを渡していた。この妹は、今年の八月十九日に死んだ。昔の川崎時代のことを知っているのは、この妹だけである。兄さんと一緒に柳町のあたりを歩いてみたいと言い言いしていた。私も妹を頼りにしていたが、詮《せん》ないことになってしまった。

父は、まったくの孤独になった。社宅の一階の四畳半の部屋に寝起きしていて、テレビばかり見ている。まだ白黒のテレビだった。

「このテレビ、寿命がきたようだね」

と言って白黒のコントラストをいっぱいに強くする。目が衰えてきたようだ。いつも硼酸《ほうさん》で目を洗っていた。

私は父とは口をきかない。何か言われても返辞もしない。私は、まことに子供っぽいのだけれど、母を苦しめた父を許すことができないと思いつめていた。また、一口に人生観と言ってしまうと、父と私とは正反対であり、父は他人を蹴落としても這《は》いあがろうとするところがあった。父は、あきらかに田中角栄型、横井英樹型の人間だった。一族の繁栄と一家団欒《だんらん》を願うという意味においても……。文藝春秋社の社長だった池島信平さんに、よく、

「きみ、少しはお父さんを見習いたまえ。もっと欲を出さなくちゃ」

と言われたものである。池島さんに、時代小説を書けと言われた。時代モノを書けば、テーマに困らず、どんどん書けるというのである。

「清水次郎長を一回書けば、きみ、あそこは二十六人衆だから、森の石松だって大政小政だって、あと二十六回は書けるよ」

私は池島さんの言葉が理解できなかった。好意はわかるが志が違うと思っていた。

「きみ、少しは友人の梶山季之を見習えよ。梶山は薪《まき》ざっぽうを持って戦っているじゃないか。きみは、なんだ」

本気で叱ってくれることもあった。

父にとっての唯一の楽しみは病院通いだった。父は、若いときから、薬とか注射を少しも苦にしなくて、むしろそれを楽しみのようにしていた。そのうちに、父は、食事のときなど、

「看護婦の竹沢ね」

とか、

「彼女《あれ》がね……」

と頻繁に女の名を持ちだすようになった。

「昨日はおデートしてきた。看護婦の竹沢と」

父は、私の行きつけの小料理屋を利用していた。その程度のことは、いっこうにかまわないが、全体に父は女っぽくなっていった。ベレー帽をかぶり、上等の背広を着て出かけてゆく。新型の携帯用ラジオなどが発売されると、すぐにほしがる。私はサントリーの宣伝部に勤めていたので、横の関係で割安で手に入れることができた。父は、それを看護婦にプレゼントしてしまうのである。十八歳とか十九歳という女だった。

あるとき、父は頭に繃帯《ほうたい》を巻いて帰ってきた。その看護婦に恋人がいて、呼びだされて殴られたということが後でわかった。

女房が風呂に入っていると、父は、間違えたふりをして裸になって入ってきてしまう。一階は、四畳半と台所と風呂場だけであり、私は帰りが遅く、息子が二階にあがってしまえば女房と二人で暮しているようなものであり、間違えるわけなどあるはずがなかった。裸になってし

まったのだから仕方がない。女房も平気なふりで背中を流したりする。

病院の眼科の主任は女医だった。目を診察するときは、医者と患者の顔が接するくらいに近くなる。

「そのとき、お医者さんとキッスをするような気持でいるんですって」

女房は気味わるそうに報告する。

糖尿病は化膿《かのう》しやすく、また、化膿すると治りにくい。父は頭部や睾丸《こうがん》のあたりに始終腫物《はれもの》ができていた。睾丸のあたりのガーゼの取りかえも女房にやらせる。頭部はともかくとして、睾丸のあたりなら自分で見えるし、自分の手が届くはずである。

「ねえ、治子さんや……」

父は猫撫《な》で声を出す。女房に治療をさせるとき、父は眼科の女医に対するときと同じことを思っていたに違いない。

父を叱ったり注意したりすると、えへへえへへえへへと笑いだす。あるいは、泣く。

私は父とまともに口をきくことはなくなった。あの無類の淋しがり屋の父が孤独になった。

父は、よく、

「夜が怖い」

と言っていた。意外に神経質なところのある父は、不眠症にもなっていた。暗がりで父は何を考えていたのだろうか。

父の処世訓のひとつは「誰かに愛されていると思っているあいだは、俺は強い」だった。日記の第一頁にそれを書くこともあった。

その父が誰からも愛されなくなった。嫌われ者になり、病院でも爪《つま》はじきされるようになった。

36

六月十二日、土曜日。第七回川崎競馬、第四日。馬場状態(良)。

この日は快晴だった。暑い。南関東の公営競馬では、土曜日はもっとも入りが悪いと言われている。

第一レース。失敗。マイナス三万円。

第二レース。適中したが配分を間違えて損得なし。

第三レース。適中したがマイナス一万九千円。

第四レース。失敗。マイナス三万円。

第五レース。失敗。マイナス六万円。

第六レース。適中したがマイナス一万五千円。

第七レース。失敗。マイナス八万円。
第八レース。失敗。マイナス八万円。
第九レース。失敗。マイナス十二万円。
第十レース。失敗。マイナス十万円。

惨敗に終った。初日のツキはどこかへ行ってしまったようだ。
初日からの成績は次のようになる。
第一日、プラス七十九万五千円。
第二日、マイナス五十四万八千円。
第三日、マイナス二万四千円。
第四日、マイナス五十三万四千円。
(合計)マイナス三十一万一千円。

私は次第に焦ってきた。それは、三十一万円ばかりやられたためではなかった。むしろ、そのくらいは覚悟していたのであるし、まだ二日間残っているのだから、充分に取りかえせる金額だった。
自分の博奕《ばくち》に飽き飽きしてきた。百五十万円を用意してきたのである。その金は失ってもいい金だった。いかに義理があったとはいえ、ＴＶＣＦなんていう馬鹿なものに出演した自分を懲しめる意味においてもスッテンテンになったほうが気持がスッキリするはずである。

それなのに、私は、いつもの博奕を打ってきた。万馬券を一万円買って百万円にするのと、配当五百円の馬券を二十万円買って百万円にするのとは同じことなのであり、後者のほうが適中させるのは楽なのである。しかし、私は、少額投資で穴馬券ばかり狙っていた。第四日目のように固い馬券が続くと私の戦法はまったく通用しない。そのうえ、前夜の研究で消した馬が一着に飛びこんで大穴になったレースもあった。

「負けたよ」

と、石渡に言った。

「どうして？　まだ二日あるじゃないですか」

「そうじゃない。きみに負けたよ。俺はね、きみのように絞りこんでドカンとゆくことができない」

「変ですね。ぼくはね、あんたに報告できないくらいやられてますよ」

「そうじゃないんだ。負けるなら負けるでいい。いざとなると臆病になる。本命党は攻撃型、穴党は消極型って言うだろう。どうしても攻撃型になれない。それが情ない」

「変なことをおっしゃいますね」

「石渡。教えてくれよ。どうしたら、きみのように百万も二百万も買えるようになるのかね」

「これはね、中毒ですよ。薬の量をふやしていかないと効かなくなる。ぼくは中毒患者ですよ」

「そうかなあ。それだけかな」

「だって、一万円買っても十万円買っても昂奮するのは同じでしょう。いや、千円だって百円だって同じです。ぼくの場合は、中毒が進んでいるだけです」

「そうかなあ。なんだか人間として駄目なんじゃないかって気がしてくるなあ。いや、人間としてなんて大袈裟《げさ》だな。ギャンブラーとして失格じゃないかって……」

「あんたはギャンブラーじゃないですもの」

「そうなんだな。なんか半端なんだ」

「……」

「女房に言われたんだよ。霊感があったとき、どうしてドカンと突っこまないのかって」

「それは間違っていますよ。あんたがね、じゃ言わせてください……あんたがね、現在、平和な家庭のなかにいるっていうのは、それをやらないできたからじゃないですか」

「それはそうなんだろうけれど、なんだかイライラしてくる」

「贅沢なんですよ、それは」

「そうかな。まあ、見ていてくれ。明日から戦法をかえる。絞りこんで、ドカンと行くよ」

「まあ、やってみてください」

ホテルへ帰る途中で中央競馬の競馬新聞を買った。私は『ダービーニュース』である。石渡は『馬』を買った。

おたがいにシャワーを浴びてから、私の部屋に集まることになった。翌日、六月十三日に府中で行われる、第三十二回安田記念レースの『ダービーニュース』の予想は次のようになっている。

1	①	イースタンジョイ	牡5	56.5	田村	◎	◎	◎	▲	▲	○
2	②	ハセシノブ	牝6	56	大崎	○		△			
3	③	ナンキンリュウエン	牡6	55	三浦繁	△		△	○	△	▲
4	④	コンパニオン	牝6	54	嶋田功						
	⑤	コダマエデン	牝5	50	仁平	△					
5	⑥	ニッポーハヤテ	牡5	53	増沢		▲	▲	△	◎	△
	⑦	リーガルファミリー	牝5	49	杉浦				△		△
6	⑧	サクラパルダ	牝7	52	小島太				△	△	△
	⑨	シュンシゲ	牝5	53	中野渡		△			△	
7	⑩	タケショウローズ	牝6	49	国兼						

⑪　スイートネイティブ　牝6 54 岡部　△

8
⑫　ブロケード　牝5 57 柴田人　▲○○◎○◎
⑬　サクラクール　牝6 52 木藤

「本誌予想（最下段）では単穴にしていますね、ナンキンリュウエンは」

「そうなんだ。誰の考えることも同じなんだね」

「どうします？」

「やめた」

「どうしてですか」

「穴人気になる。前走は58キロを背負って圧勝した。二連勝。上り馬。ハンデ有利。こんなに条件がそろっちゃ人気になる。石渡は何を買う？」

「ぼくは決まっているんですよ。イースタンジョイからブロケード、①⑧一点です。かなり自信がありますよ」

「そうだろう。それが自然だよ」

「もう少し考えてみましょうよ」

私は単勝の馬券を買うつもりにしていた。安本の言った格が違うという言葉がひっかかっていた。

「ちょっと電話をかけてきます」

「なんだ。この電話を使えばいいじゃないか」

「ええ……。ちょっと……」

石渡は部屋を出ていった。十五分ばかり経って戻ってきた。

「なんだ、その恰好」

彼は背広を着てネクタイをしめていた。

「レオナールだな」

「えっ?」

「そのネクタイだよ」

「貰いものです。……ごめんなさい。困ったことになっちまった。明日行かれないんです」

「用事ができたの?」

「ええ、まあ……」

「……」

「とても楽しみにしていたんですけれど」

「気にしないでくれよ。もともと六日間あけてもらうのが無理だったんだ。幼稚園の園長さんにね……」

「そんなことはないんです。うちのほうはいいんですけれど。すみません。……なんか厭だな、裏切るような感じで……」

「そんなことないよ。明日は一人で行ってくる」

私は坐っている石渡の背後に廻って肩に手を置いた。

「気をつけてください」

「パドックも、一人でちゃんと見るよ」

「でも、馬券は買います。安田記念の……。ノミ屋じゃありませんよ。ちゃんと府中へ行く男に頼みますから」

「かわりに、何か明日のこっちの馬券を頼まれようか」

「いいですよ。ぼくはパドックを見る主義ですから」

「そうだったね」

石渡は、自分の目で曳き馬を見なければ馬券を買わない。それは非常に好感のもてることだった。

「きまりましたか。安田記念」

「ああ、決まった。スイートネイティブだ。スイートネイティブの単勝を、そうだな、三十万円」

私の手もとに百二十万円あった。九十万円を残すことになった。

「その根拠は？」

「それを訊かれると恥ずかしい。単勝で十倍以上つく馬を探したんだよ。邪道もいいところだ。ただし、格上は格上だ。前にホウヨウボーイを負かしたことがある」

「三カ月休養ですね」

「野平祐二を信用することにした」

「……」

「呑んでもいいよ」

石渡に三十万円を渡した。

「そんなことしません。ちゃんと馬券で持ってきます」

「おい、金のことなら言ってくれよ。あと九十万円しかないけれど」

「お金じゃありません」

「明後日《あさって》は来る？　月曜日」

「ええ、もちろん」

37

父が倒れた。昭和三十九年、オリムピックの年である。オリムピックが終り、相撲の九州場所が始っていた。

私は、夜おそく、午前二時ごろ、家に帰った。そのときは、川崎の社宅を出て、北多摩郡の国立市に引越していた。私は、くどくどと女房に弁解した。実際、その頃はよく酒を飲んだ。文学賞受賞後の狂乱怒濤《どとう》がまだ続いていた。

「それどころじゃないのよ。大変なのよ」

父が便所で倒れて意識を失ったという。糖尿病、腎臓、老人性肺結核、脳卒中という順序通りに悪くなって、これは末期的症状だった。

近くの医者と相談して少し様子をみることにした。言語が不自由になっていた。三日目に、やはり、赤羽橋の済生会中央病院にいれることになった。

自動車を呼び、女房と二人で担ぎあげた。父を中央に坐らせて、女房と私とが両脇に坐った。そのとき、すでに、あたりに糞臭《ふんしゅう》が漂っていた。女房が外出用の背広に着かえさせたのに、おそらくは玄関のあたりで失禁したのだろう。

父が何かを言った。私には何を言っているのかわからない。

「俺は、つい先日、このあたりまで一人で散歩した。それなのに、いまは、だらしがない。

……そうおっしゃっているのよ」

女房には父の言葉が理解できた。

国立の家は、山梨県出身の会社員の家であって、その人が関西に転勤することになり、急に借りる話がまとまったのである。いかにも地方都市出身者の建てた家らしく、玄関が広くて、上って左側の八畳の客室もゆったりしていた。その客間を父が占領した。そのことは少しも差し支えがない。ボロ家ではあったが、茶の間があり、子供部屋があり、二階に夫婦の寝室があったのだから……。父の入院中に引越しをすませてあったので、父は病院から国立の家へ帰ってきた。父は上機嫌だった。

「やっと俺の部屋ができた」

と言った。その部屋に、いつのまにか、三人の父の客が訪ねてくるようになった。床屋で知りあったと言っていた。感じのいい客ではなくて、動作に落ちつきがなかった。

家の近くに東芝の府中工場がある。それが事業と言えるならば、その工場に弁当をいれる会社をこしらえるというのが、父の最後の事業になった。むろん、それは実現しなかった。停電灯や野球場に較《くら》べれば、弁当屋をつくるという仕事は可愛らしいくらいのものだった。第一に堅実である。私は黙認することにしたし、東芝にツテがあるとも思われないので、実現することはあるまいとも思っていた。私は、その三人が訪ねてきたときに、一級酒を一升、部屋に持っていってやるという程度の被害しか受けなかった。

弁当屋というのは、まったくの専門外であるし、父は不本意であったろう。しかし、私は、父がそんな体になってもあきらめることのない事業欲に驚くのである。父は私とは異質の人間だった。

「こ、こ、こ、このへんでオシッコした」

自動車が、赤坂あたりを通りかかるときに父が言った。頭上に、オリムピック道路と言われた首都高速道路が通っていた。

「この高速道路を造るときに汚職があったって言っているのよ。でも、おじいちゃま、少し黙っていなさいよ。目をとじて……。眠っていたほうがいいわよ」

父は、昂奮していた。そんなに饒舌家《じようぜつ》ではないのに喋《しやべ》り通しにしていた。

小型のテレビを積みこんでいた。それは、ソニーがオリムピックの報道関係者用に開発したものである。病室に入ると、父は、すぐに、そのテレビを見易いようにセットした。相撲中継が行われていた。私は、それを有難いことに思った。病人がもっとも退屈する時間に相撲中継があると思った。

それより前、『バス通り裏』というNHKの連続ドラマが病院では人気があったという話を聞いたことがある。主役のゴロちゃんが結婚するまでに退院したいと患者同士で話しあうことがあったそうだ。

担当医が入ってきて、いきなり、テレビのスウィッチを切り、看護婦に、ベッドの下へでも片づけるように言った。

「しばらく我慢してもらいましょうね」

そのときは父が可哀相な気がした。

とびこむようにして婦長が入ってきた。

「まあまあ、おじいちゃん、どうしたの。えっ？　なに？　舌が廻らないの。困ったわねえ。元気だしなさいよ。それじゃ色男がだいなしじゃないの。だいじょうぶ。私にまかせてよ。すぐに元気になるわよ」

婦長は父におおいかぶさるようにしてベッドをなおし、父の体の形に沿って、毛布を叩いた。父は嬉しそうにしていた。私は父の病院生活を見たように思った。父は、病院では嫌われ者になっていたが、一種の有名人になっていて、弁舌が巧みであるので、婦長のような年齢の女性には好感を持たれるような一面があったようだ。

個室には上中下の三種があった。私は中を申しいれた。上は南側であって、少し広い。中は北側である。下は狭い。

その日はそれで帰ったが、一週間後に行ってみると、父の病室は南側に変っていた。また、毎月四十万円の入院費（ツキソイの人の看護料も入れて）という生活が始ったのである。はじめ、北側の病室にいれたのは、こんどは長期の入院を覚悟しなければならなかったからである。

南側の病室は、これから冬に向うというときに、たしかに、洗濯物を乾すときなどに格段の差がある。それに明るい。父はそこに応接セットを置き、茶簞笥をいれ、茶道具を綺麗にならべていた。父は、いつのまにか外国製のガウンを買い、ブルジョワの当主のように振舞っていた。

面と向って部屋を変ってくれとは言いだしにくい。女房はそれを言ったことがあるが、父は泣きだしてしまったという。

私は担当医に電話で何度も北側の部屋に移してくれるように申しいれたが、父は頑として動かないという。

「俺は自殺しようと思ったことがあるんだ。屋上へあがって飛び降りようとしたんだが、どうしても金網を乗り越えられなかった。……もっともねえ、売店で羊羹を買ってきて一本喰っちまえば死ねるんだけれど」

そんなことを言っていたが、話半分ぐらいにしか聞かれなかった。

父は病院で暴れたことがあった。それは、ツキソイの人の謝礼が一日だけ遅れたためだった。一日二千円。一カ月で六万円という金が私に調達できなかった。

「うちの息子って、そういう奴です。薄情な男です。俺に恥をかかせやがった」

そう言って、荒れて、椅子を投げたりしたという話を聞いた。父の財布には常に十万円程度は入れておいたのである。それで立替えるということをしなかった。

その頃の私の中間雑誌の原稿料は一枚が千五百円だった。百枚書いて十五万円である。

川崎市木月大町のサントリーの社宅にいた頃、父は病院通いを唯一の楽しみにしていたと書いた。父が病院へ行く日は、私は会社を遅刻することになった。日給月給であって、三度遅刻すると一日分が差しひかれる。それはいいのだけれど、遅刻常習犯というのは、あまり良い気持のものではない。

私は、父とはまったく口をきかない。父と一緒に家を出る。父の足は弱っている。たちまち、父と私との間に距離が生ずる。社宅から乗車駅である東横線元住吉の駅まで一キロ半ぐらいはあるだろうか。

私は、五十メートルも先きに歩いてしまうと、立ちどまって父を待つことになる。父は、ベレー帽をかぶり、精一杯のお洒落をして、口を固く結び、うつむき加減で、おぼつかない足取りで懸命に歩いてくる。父は竹沢という看護婦に夢中になっていた。甘えていた。

私には父の気持がよくわかるのである。

余命いくばくもないというときに、若い女の膝枕《ひざまくら》で昼寝をしたいと思ったとしても、男の誰がそれを咎めることができるだろうか。甘ったれになってしまった父の考えていたのは、その程度のことだったと思われる。

誰がそれを咎めることができるだろうか。たとえ、それが世間の常識を逸脱した行為であったとしても——。私はそう思う。男の私がそう思う。特に父は人生の敗残者なのである。父の波瀾万丈《はらんばんじょう》の生涯が終ろうとしていた。

それはわかっている。それはよくわかっている。わかっているから余計に鬱陶しい。私は、そんな気持で、洟水《はなみず》をすすりあげながら近づいてくる父を待っていたものだ。

38

六月十三日、日曜日。第七回川崎競馬、第五日。

前夜は初めて熟睡した。私は気落ちしていた。石渡がいなくなって、気分的に楽になったのかもしれない。しかし、自分のギャンブルに対して、やや絶望的になっていたのだ。石渡の言うように、私はギャンブラーにはなれないのだろう。彼の言い方で言うならば、私は命から七番目か八番目の金でもって博奕をやっていることになる。石渡は、

「だけど、博奕では損をする人と損をしない人との二種類がいて、儲ける人はいない、というのは名言ですよ。山口さんは損をしない人です」

とも言っていた。

高曇りで暑い日だった。私は、いつものように稲毛神社に参拝して、境内を通り抜けて競馬場に向った。

川崎競馬場は、他の公営競馬場と較べて、敷地面積は広くない。そこに一周千百メートルと距離を長く取ったので、特に第三コーナーが急カーブになっていて、そこは魔のコーナーと呼ばれている。私は、どんな馬場でも先行有利という考えを捨てきれないでいるが、この川崎競馬場では逃げ逃げでもってスンナリと決まることが少い。逃馬が第三コーナーで外からかぶせ

られると潰れてしまう。

「そこがいいんです。その刻薄な感じがたまらない。実にシビヤーだ」

と言う友人もいる。

第一レース。適中。二万九千円プラス。

第二レース。失敗。マイナス二万円。

第三レース。失敗。マイナス五万円。

第四レース。失敗。マイナス六万円。

第五レース。失敗。マイナス七万円。

第六レース。配当三千七十円の穴馬券が適中。プラス五十二万四千円。逃馬を買い続けたのが、やっと実を結んだ。

第七レース。失敗。マイナス六万円。

第八レース。おさえ馬券が適中。十万円投資したので、マイナス二万六千円。

第九レース。同じくおさえ馬券のみ適中。十二万円の投資であったので、マイナス二万七千円。

第十レース。失敗。マイナス十万円。

合計では十四万円のプラスになった。

徒労感が、いっそう濃くなった。ずいぶん研究をしたし、前夜は熟睡もしたのに、結果は十四万円のプラスにしか過ぎない。やっぱり、私は、ギャンブラーにはなれなかった。第六レースで三十五万円ばかりのプラスになったのに、その後も同じような穴買いを続けていた。

「損をしない人、か」

私は、石渡に、こんな話をしたことがある。

あれは昭和二十五年のことだったと思う。中山競馬場でアラブの重賞競走が行われた。ハンデキャップ・レースである。私の狙っていた馬が出走した。馬の名は忘れてしまったが、一番枠で野平好男が騎乗した。いま調教師になっているが、私の好きなジョッキーだった。逃馬であり、ハンデは四十九キロだった。

私は五百円持って家を出て、銀座の場外馬券売場へ行った。単勝を五百円買うつもりだったのである。

ところが、電車のなかで競馬新聞を読み、場外馬券売場に着いたときには気が変っていた。私は、関西から来たカツフジという馬の単複を買ってしまった。カツフジは六十二キロを背負っていて、上から下まで◎がならんでいた。それでも、一着にくれば千五百円にはなるはずである。私は、その千五百円でもって、女房と二人で久しぶりでスキヤキでも喰おうと思ったのである。

翌日、新聞を見て仰天した。野平の乗った馬が逃げきって、単勝の配当は、七千円である。

五百円で三万五千円。そのころ、三万五千円というのは、目のくらむ大金だった。

「ショックだったなあ。……だけど、だんだん日が経つにつれて、これでよかったと思うようになったんだ。そう思わなければやりきれないんだよねえ。俺はギャンブラーじゃない。その頃ねえ、鉄火場はもとより麻雀もやめていたからねえ。それで、しばらく、競馬もやめてしまった。俺は馬券を買う資格がない男だと思いこむようになった」

「……」

「だけどね。俺の今日あるのは、まあそんなに偉くなったわけじゃないけれど、まあまあ恙《つつが》なくやっていられるのは、あのとき、野平の馬を買わなかったお蔭だって思っているんだ。どういうわけだろうねえ。なんだか、そんな気がしているんだ」

「そうですよ、正解ですよ、それ」

「そうかね、ちょっと訊くけどねえ、石渡は競馬でどのくらい儲けたことがあるの、一日で」

「京都の淀の競馬場でパーフェクトをやったことがあるんです。自分でも気持が悪くなりました」

「どのくらい儲かった？」

「二千万円」

「そうすると、百万単位で買ったわけ？」

「メインレースはね。あとはそんなに買いません」

「俺ね、白状すると、こんどの初日にね、五十万円ばかり儲けたろう。あれが最高の儲けなんだ。実を言えば……。だってね、ふだんは一日で五万円ぐらいしか買わないもの。公営の一日の一人当りの売上げは三万五千円から四万五千円だっていうからね。平均的な競馬ファンなんだ。ダービーや有馬記念ではもっと買うけれどね。それでも十万円買うかどうかってところだな」

「それが普通ですよ。普通より少し多いくらいです」

「単・複を百円とか二百円買っている老人がいるじゃないか。ああいうのを見ると、当ってくれって祈るような気持になるね」

「……」

「それでいて俺は欲が深いんだ。その五万円を百万円にしようと思っているんだから……。だから駄目なんだ。オッズを見て穴ばかり探すから」

「本当に、三千円から四、五千円という馬券をよく取りますね」

「一日に一回ね。荒れない日は、まるで駄目だ」

「……」

「でもね、モンテプリンスとかカツラノハイセイコとか、本当に強い馬なら、単勝二百円でも買うよ。もっとも、せいぜい二、三万円だけどね」

「……」

「それでね、こんど、そんな自分が厭になってね。百五十万円捨てる気で来たんだ。それなのに、どうしてもドカッと買えない」

「……」

「どうしても、その馬が必ず勝つって信じられないんだよ。これもオヤジの遺言なんだけれどね、どの馬にも勝つ条件と要素がある、厩舎が出してくる以上は勝つ気で出してくるんだって……そう言ったんだ。だからね、パドックで馬を見ると、どの馬も勝てるように見えてしまう。だから配当のいい穴馬を買う。従って少額投資になる。故に大儲けできない……と、こうなるんだ」

「それでいいんですよ。競馬なんて」

私は、石渡との会話を思いだしながら、一人でトルコ街を歩いていた。

「何が来ました？　最終レース」

トルコ風呂の客引きが私の前を歩いている男に訊いた。

「④⑧で八百三十円。……ああ、きみ、安田記念、知ってるかい。何がきた？」

「⑦⑧だよ」

配当を訊かなかったところをみると、私の前を歩いていた男は⑦⑧の馬券を買っていないようだ。

「えっ？　⑦⑧？」

私は安田記念の馬券を石渡に頼んだことを忘れていた。スイートネイティブは連勝式の七番枠である。八番枠は二頭いるがブロケードのほうだろう。競《せ》ったらスイートネイティブが負けるわけがない。なぜか、そう思った。

急に胸のなかが明るくなったように思った。配当は十倍以下ではないだろう。三十万円の投資だから三百万円！　私は家を出るとき百五十万円を用意したのである。三百万円のうち、百万円を石渡にやろうと思った。受け取るかどうかわからないが、受け取らなければ何か方法を考えよう。石渡に百万円を進呈しても残り二百万円。明日スッテンテンになっても五十万円の儲けになる。

石渡の喜ぶ顔が目に浮かんだ。石渡は、小さなボストンバッグを持って私の部屋をノックするだろう。

「山口さん、あんたに負けたよ」

彼はそう言うに違いない。

ホテルで入浴してから少し眠った。なんとも良い気分で、よく眠れた。夜中に目がさめた。十二時三十分。私はテレビをつけて8チャンネルにあわせた。中央競馬ダイジェストを放映中で画面に馬が走っていた。スイートネイティブの単勝配当は千百九十円だった。

39

昭和四十二年八月二十一日、父が死んだ。七十歳である。若年の頃から重症の糖尿病をかかえていたのだから、それにしては長寿だったと言えるかもしれない。そこに父の頑張りを見るような気がする。

危篤の知らせを受けて、済生会中央病院の父の病室に入り、荒い息を吐きながら眠っている父の顔に覆いかぶさるように顔を寄せていったとき、父は目を開いて私の名を呼んだのである。

「……、か」

すでに意識はないはずだった。私は言葉がなかった。

控室は、別の臨終をむかえた患者の家族でいっぱいになっていた。栃木とか群馬とか、近県から出てきたようで、何時の汽車に乗ったらどうだったとか、何時の汽車で帰る予定だとか、上野駅はこんなふうで、地下鉄に乗ったら迷ってしまったとか、そんな話ばかりしている。テーブルにも椅子にも、弁当や蜜柑やアイスクリームやらが散乱している。久闊《きゅうかつ》を叙する言葉が飛びかう。そのなかで、一睡もしていない気丈そうな付添婦がたのもしいものに見えた。人の死というのは、いつでもこんなふうなものだろう。病人のことを考える人は一人もいないのだ。私のほうの親類も次々に集ってくる。いったい、父の死顔を見てどうしようというのだろうか。ほとんどが私の同胞《きようだい》をふくめて、一度も見舞に来なかった連中ばかりである。私は息苦しくなって外へ出て、患者用の喫煙室へ行った。

そこから中庭を見おろしていると、捕虫網を持った二人の少年があらわれた。一人はパジャマ姿である。それが患者で、もう一人の少年は見舞にきたのだろう。都心の病院の中庭に蟬《せみ》やトンボがいるとは思われなかった。

「しかし、飛蝗《ばった》ぐらいはいるかもしれない」

私は川崎時代の自分を思いだしていた。小学三年生の秋まで川崎にいた。患者が私で、見舞にきた少年が栗田常光か石渡広志のどちらかであるような気がしていた。あっというまに歳月が過ぎ、父は、いま死にかけている。

父は、どういう思いで私の名を呼んだのだろうか。私に対する感謝の気持をあらわしたかったのだろうか。我儘を詫びたつもりだったのだろうか。志を得なかった無念の最後の一声だったのだろうか。

それに対して、私は励ましの言葉をかけることをしなかった。いつものように無言でいた。

夕暮ちかく、担当医が頭をさげ、腕時計を見た。父の一生が終った。

それからが忙しかった。まず諸支払いをすませなければならない。医者にもナース・ルームにも挨拶をしなければならない。葬儀社との打合せがある。遺体を運ぶのは、港区の自動車か、それとも多摩地区の自動車が迎えにきてくれるのか。

廊下を飛び廻っているときに、一階の遺体解剖室の前を通りかかることになった。父は長年にわたる恩に報いるために遺体を病院に寄附することを申しいれていた。そういう点は、父はサッパリとした性格であったといえよう。

遺体解剖室から電気鋸《のこぎり》の音がした。このときぐらい、痛切な痛みを体に感じたことはなかった。たしかに私は精一杯のことをやってきたが、父の病室について文句を言ったりしなければよかったと思った。それは、できない相談であったのだけれど……。父に優しい言葉をかけるというようなことは一度もなかった。無類の淋しがり屋であり子煩悩《ぼんのう》であり家族愛の権化のような男であり、私を頼りにしていたことを承知していたくせに……。たったいまも、父が私の名を呼んだとき、オヤジガンバレぐらいは言ってやってもよさそうなものであったのに。私は言葉が出かかっていて出なかった。……その父の頭が、いま、電気鋸で割られている。

担当医が追いかけてきて、遺体を提供した礼を言った。

「ありがとうございました。心筋梗塞《こうそく》のあとがありました。それと脳血栓のあとも二カ所ばかり」

やはり、あの電気鋸の音は、父の遺体解剖のためだとわかった。あの製材所で聞かれるようなブーンという音は、私を、親不孝者め！　と叱りつけているもののように思われた。

40

六月十四日、月曜日。第七回川崎競馬、第六日目（最終日）。馬場状態（稍重《ややおも》→重）

音を立てて雨が降っている。この日、関東地方に梅雨入り宣言が行われた。

私の手もとに百四万円ばかりが残っていた。ホテルの支払い分だけ残して、あとの百万円は捨ててやれと思っていた。とにかく激しくいこう。

早く起きて、十時半には競馬場に着いてしまった。人影は疎《まば》らである。

メインスタンドの三階に立っていた。

ダンボールの箱を潰したものを持ってくる男たちがいて、そのあたりに五、六人が集っていた。一目でナミの堅気の男たちではないことがわかる。

「おい、ダルマが死んだぜ」

「……」

「昨日がお通夜でねえ。なにしろ狭いだろう。まいっちゃった」

「今日が葬式か」

「そうだけれど、通夜に顔出しゃそれでいいだろう。お前《め》、行くか。いまからならまにあうぜ。鶴見のよう、総持寺のそばで汚ねえ家だけれど、行きゃわかるよ。一時っからだ」

「ダルマはごめんだ」

「そんな言い方はねえだろう」

「あいつには貸しがあってね。借金取りたてにいくみてえで厭だな。明日でも香奠《こうでん》をとどけておくよ」

チンケなヤクザが死んだのだろう。ダルマという渾名から察するに、たいした男ではあるまい。

第一レース。失敗。はじめから飛ばすつもりで固いところへ十万円投入したが、六千十円の大穴になった。

第二レースは買わなかった。

石渡はホテルへ戻ってこなかった。競馬場へもあらわれない。食堂でカレーライスを食べているときに、川崎トキコの昼のサイレンが鳴った。石渡がいれば、〝やあ、勤労大衆諸君！〟と叫んだことだろう。

第三レース。失敗。マイナス八万円。

第四レース。適中。プラス八万一千円。

第五レース。失敗。マイナス七万円。

第六レース。失敗。マイナス七万円。

南関東のエース本間茂の好騎乗が目立つ。

ゴンドラ席の受付の女性が呼びにきた。弁護士の多嶋清太郎からの電話だった。

「お仕事中、呼びだしてすいません」

「仕事じゃない。遊びだよ」

「今日で終りだって？　今晩はそっちへ泊るの？　それとも家へ帰るの？」

「どうしようか考えているところだ。成績次第ってところもある。しかし、よくわかったね、こんなところ」

「商売柄でね」

多嶋は親の代からの弁護士で、このごろは素行調査の仕事も多いらしい。

「なに？　用事？」

「例の件だよ」

「わかった？」

「まあね。さっき奥さんに電話したんだけれど、ホテルだって？」

「市役所の隣の新しいホテルだ」

「ああ、サンルートね」

「そうだ」

「おたくへ行くよりそっちのほうがいいや。ホテルへ行くよ」

どうやら、悪い予感が当っていたらしい。

「わるいな」

「何時？」

「そっちの都合にしてくれよ」

「じゃ、八時でどうだ」

「ＯＫ……」

第七レース。失敗。マイナス十万円。

第八レース。狙いのシルバーイーグルが逃げきって適中。十四万六千円のプラス。

第九レース。夏至特別。三番枠のガイセンロードが狙いである。これは追込馬である。追わせて腕のある橘真樹の騎乗。

1	ハーバーピューマ	牝5	53	一ノ瀬亨	△	△	△	▲	△	△
2	ヨネミカサ	牝5	53	野口				△		
3	ガイセンロード	牡4	55	橘	△	○	◎	△	▲	○
4	ラッキーコマンド	牡7	55	牛島						
5	パーセント	牝5	53	川島	◎	▲	△	◎	○	▲
6	インタープラッキー	牡5	55	久保	▲	△	▲		△	△
7	ウイロマスター	牡5	55	山崎	○	◎	○	○	◎	◎

ガイセンロードの単勝一点。二十万円を投入した。印からすると三番人気になる。ウイロマスターにかぶりそうなので、七百円程度の配当が予想される。

パーセントが逃げ、ウイロマスターが追走する。ガイセンロードは最後方。そのまま四コーナーを廻った。私は、あきらめた。馬場は重から不良に近くなっていて、水溜りが光っている。橘真樹はあきらめていなかった。直線大外から追い込んできた。それでも、私の目の前、ゴール前五十メートルのところでは三番手だった。パーセントをウイロマスターがとらえた。

「タチバナッ！」

と叫んだ。ガイセンロードが外で、ウイロマスターと同時にゴールインしたかに見えた。

「おめでとうございます」

背後で声がした。それは石渡ではなくて安本だった。

「えっ？　勝ってますか」

「勝ってますよ。だいじょうぶ。間違いありません。ここで三十年見てるんだから」

写真判定だが、電光掲示板に3７と点滅して、まもなく配当のアナウンスがあった。連複七百四十円。単勝六百十円。プラス百二万円。

「馬券かえてこようか」

「ああ、そうかい。頼むよ」

私は疲れきっていた。単複の払戻し場は一階にあり、四階のゴンドラ席までの階段の往復が面倒になってきていた。

「その前に伝言を言っておくよ。石渡さんからです。グリル松阪で待っているそうです。ちょっと遅いけれど、夜の十時。おれがホテルへ迎えに行くよ」

「グリル松阪なら知ってるよ。一人で行く」

「安田記念、取ったんだって？　金を持ってゆくって、そう言ってましたよ」

「安本さんのお蔭だよ」

「俺、なんか言ったたっけね」

「ナンキンリュウエンは格が違うって。そう言ったじゃないか。それでスイートネイティブに変えたんだ」

「そうだったっけね。ブロケードって言ったつもりだったんだけんど」

「まあ、いいや。じゃ頼むよ」

「やっぱり迎えに行くよ。石渡さんね、先生は方向音痴だって言ってたよ」

「じゃ、それも頼む。十時だな」

「九時半ごろ行きます」

このとき、私は、なぜ石渡がホテルへ来ないで、グリル松阪で待つと言ったのか、その意味を考えなければならなかったところである。単純にシャムパンでも祝ってくれるのかと思い、私も彼と乾盃したいと咄嗟《とっさ》にそう思っていた。

「だけど、安本さん、商売のほうはいいの？」

「あんまり客がつかないもんで、今日はもうあがっちまうつもりなんだ。全レースの予想は売っちゃってあるし……」

第十レース。大観山特別。いよいよ最終日の最終レースだ。有銭《ありがね》をはたくつもりになっていた。持ってきた金と今日の儲けをあわせると、ざっと三百万円になる。

狙いは二番枠の逃馬ヒガシハマナスである。前走、千六百メートルの時計がいい。末が甘いが、好調で枠順もいいからハナを切れると思った。

1	①	タカイリュウ	牝6	52	小林			○		△	
2	②	ヒガシハマナス	牝5	53	久保	△	△		○		△
3	③	エスエム	牝7	53	安池	◎	▲	△	△	○	▲
4	④	トップフジ	牝5	52	渡部	▲					
5	⑤	ニシノモナーク	牝5	53	内田						
6	⑥	ビッグバン	牡5	55	本間茂	△	○	▲	◎	▲	○
7	⑦	カワイチトップ	牡6	55	木村佳	○	◎	◎	▲	◎	◎
	⑧	カネショウキング	牡6	54	佐々仁						

❽ ⑨ ワールドジュニア 牝5 53 森下 △△△△△
⑩ リュウヤマト 牡5 55 篠原

安本があがってきて、私に百二十二万円を渡した。私はそれを内ポケットにいれた。

「よく、あんな馬の単勝を買えたね」

「ガイセンロードか？」

「あんな馬をねえ。とっても買えないな」

ガイセンロードの前五走の成績は、五着、五着、十三着、十三着、九着である。

「お稽古がいいんだ。あがり三十六秒五だぜ」

「……」

「それに唯一頭の四歳馬だろう。上り目があるとすればこの馬だと思った。馬を見たら体もいい。充実感がある」

「へええ。そんな買い方をするんですか」

安本は、あきれたような顔をした。あるときの石渡と同じ表情だった。

「オヤジの遺言でね。情報信ずべし信ずべからず。根拠のない馬券を買ってはいけない。草競馬でも何でも、まず根拠を考える」

「へええ。真面目なんだね」

「八百長はないと信じている。そうでなければ馬券は買えない」

場立ちの予想屋は、ほとんど厩舎情報を売るのが商売である。

「それじゃ、ここは？　第十レースは？」

「ヒガシハマナスだ。二番の単と、連勝は、トップフジと本間茂のビッグバンへ、②④、②⑥本線。安池のエスエムとカワイチトップは嫌った」

「……」

「ヒガシハマナスは、いま見たら、馬体もいい。ふっくらしている」

「立派すぎやしませんか。前走は二十五キロ増。今日も八キロ増ですよ」

「三カ月の休養があるだろう。成長分と見たな」

「それがちょっと心配なんだ」

安本はニヤッと笑って、自分の予想紙を見せた。2・2＜46というゴム印が押してある。

「よわったな。予想がぶつかるとろくなことはない」

ヒガシハマナスの単勝を四十万円、②④、②⑥を五十万円ずつ。私は百五十万円ばかりを残すことになった。有銭をはたくことはできなかった。これが俺の博奕だと思い定めた。百五十万円というのは私が家から持ってきた金である。損をしない人でいこう。いや、そうじゃない。石渡が三百万円持ってきてくれる。それで充分だ。ヒガシハマナスは意外にも人気薄で、単勝式の直前の予想配当は二十五倍を示していた。②④で八十倍、②⑥で二十倍見当ではなかろうか。ヒガシハマナスが勝てば一千万円。もし、ヒガシハマナスが勝ちトップフジが二着にくれば、五千万円になる。ビッグバンが二着でも二千万円。これは、石渡が淀の競馬場で儲けた金額を抜くことになる。

思っていたように、ヒガシハマナスが逃げた。楽に逃げた。久保騎手は手綱を持ったっきりである。魔の第三コーナーも楽にかわした。

「おめでとうございます」

と安本が言った。トップフジが追走する。本間茂のビッグバンが内から迫ってくる。

「あ、あ……」

安本が叫んだ。トップフジがバテた。水溜りを嫌うように外によれた。ビッグバンが、これをかわした。そうなっても久保は鞭をいれない。五千万円の夢は去った。しかし、二千万円は固い。よしんば、ビッグバンがヒガシハマナスをかわしていたとしても一千万円になる。そのまま、三頭がならんでゴールインした。長い写真判定になった。

安本が怖い顔をしている。

電光掲示板が点滅して、私は茫然とならざるをえなかった。バテたと思ったトップフジがヒガシハマナスを差しかえしていた。6・4・2と点滅する。信じられない出来事だった。単勝式で買ったヒガシハマナスが三着。連複は②④、②⑥と買ったが結果は④⑥。

「これが競馬ってもんだよ」

「だけど、久保は、どうして追わなかったんだ。一発鞭をいれていれば楽勝だった。すくなくとも二着はあった」

「……」

「だいたい、連複っていう制度がいけないんだ。二着になればいいっていう……。だから、二着狙いをするからバテた馬にも抜かれちまうんだ」

「そうじゃないよ。ヒガシハマナスは一杯になっていたんだ」

「……」

「そういう馬なんだよ」

「……」

「先生、怒るなよ。競馬って、こういうもんなんだよ。結局、本間茂にやられたんだ。だてにリーディング・ジョッキーになっているんじゃないってことだな。予想が当って馬券で負けるってね。三十年やってりゃ、こんなこと初中終《しょっちゅう》あるよ」

「だけどね……」

ホテルに向って安本と二人で歩いていると、だんだんに腹が立ってきた。私は、ポケットのなかの馬券がハズレ馬券であると自分に納得させることが、なかなかできなかった。

「まだ言ってるよ」

「そりゃ、言うさ、なにしろ五千万円だぜ。最悪でも一千万円だったはずだよ」

「じゃ、十時だよ」

「ああ、八時に客が来るから、十時ジャストでいい。石渡は、少しぐらい待たせたっていいだろう」

41

「面白かったかね」

多嶋清太郎は部屋へ入ってくるなり、そう言った。

「面白かった。面白すぎたくらいだった」

「儲かるものかね、競馬なんて」

「最終レースでね、あやうく五千万円になるところだった」

「五千万円？　五十万円の間違いじゃないのかね」

「五千万円だ」

「で、結果はどうだったんだ」

「結果はモトだ。百五十万円持ってきて、百五十万円と少し持って帰ることになった」

多嶋はギャンブルはやらない。私は窓のカーテンを開いた。

「あそこが競馬場だ。いまスタンドの工事中で灯が見えるだろう。十月に完成する。あの前の真暗なところを馬が走るんだ。あそこに五千万円落っこっていた」

私は気落ちしていたが、最後に大きな勝負を打ったことには満足していた。

「それを拾いそこなったんだな」

「そういうわけだ。ああ、いや、まてよ、そうじゃない。川崎ではモトだった。だけどね、府中のほうで三百万円儲かっている。それを、あとでね、取りに行くんだ」

「どういう意味？」

「府中でね、中央競馬って、本当のって言うのはおかしいけれど、国営の競馬をやっているんだ。こっちは地方自治体の経営する公営競馬なんだ。友達に馬券を頼んでね、府中のほうで三百万円儲かったんだ。あとで、その男が金を持ってくる。それを十時に取りに行くんだ」

「だいじょうぶなのか、その男」

「ほかのことは知らないが、ギャンブルの金では固い男なんだ。信用している」

「なんのことかわからないが、まあ、よかったんだね」

「ちょっと待ってくれ。氷を貰ってくる」

そのホテルには、廊下に製氷機が置いてあった。石渡の持ってきたバレンタインの十七年ものが私の部屋に置いてあった。

「酒はやめたんじゃないのか」

「少しぐらいなら飲むんだ」

「ああ、ちょっと飲んだほうがいいかもしれない」

私は二人分の水割を作った。

「これなんだけれどね……」

多嶋が、低い声で言って、茶封筒をテーブルに置いた。

「ああ、すまない。めんどうだったんだろう」

「本当はね、直属の、つまり、お父さんの子供のきみが行かなければ手に入らないものなんだ」

「お手数をかけたね。それに、こんな遠くまで来てくれて、すまない。ありがとう」

私は茶封筒を開き、そのなかのコピーされたものを読んだ。裁判所の判決文である。

父は、前科一犯、実刑一年の詐欺師だった。

「わかったよ」

私は水割を勢いよく飲みほした。

「なにが?」

「オヤジはね、生年月日を隠していたんだ。いや、必要があって教えてくれたことはあるんだけれど、本当はそれは違うんだって言っていたんだ、いつでも……。本当は戌年《いぬどし》じゃないって、本当は明治三十年の酉年《とりどし》だって。だから、オヤジは知ってたんだね。生年月日と本籍がわかれば裁判記録が手に入るってことを」

「……」

多嶋は無言で飲み、私のための水割を作ってくれた。

「これ、どうなんだ。海軍省を手玉に取るような詐欺だね。あとのほうは寸借詐欺だろうけれど」

「……」

「初犯で懲役一年っていうのは、かなり重いんじゃないか」

「……」

「これ見るとね、留置場に九十日もいるよね。オヤジは口を割らなかったんだろう。どうなんだ、踏ん縛られて木刀で殴られるなんてことがあったんじゃないか」

私は涙声になりそうなのを堪《こら》えていた。縛られている父の夢を思いだした。

「そんなことはないよ」

「だけど、戦前だぜ。相手は軍人あがりだよ。面子《メンツ》があるだろう」

「そんなことを考えるのはよせよ」

電話が鳴った。安本からだった。十時に近くなっている。

「おう。早かったじゃないか」

「それがね、まずいことになって……」

「なんだ。いま、どこ?」

「まだ家にいるんです」

「そうか」

「石渡さんから連絡がありましてね、十時っていうのを十二時半にしてくれって言うんです」

「……」

「遅すぎますか? 困りますか」

「いや、ちっともかまわない。泊ることにきめたんだ。何時でもいい」

「お金は必ず持っていきますって」

「やっぱり、グリル松阪か」

「そうです」

「そんなに遅くまでやっているのか」

「ええ、朝の六時までやっています。十二時を過ぎると、女の子でいっぱいになります」

「女の子って、トルコ嬢だろう」

「そうですけんど。面白いよ」

「わかった。十二時半に迎えにきてくれ」

「俺は偉い奴だって思わないか」

電話を切るなり、多嶋をふりむいて言った。

「おい、多嶋。そう思わないか」

「それより、なんか物騒な電話だったな」

「なんでもないよ。そういう連中なんだ。おい、とぼけるなよ」

「とぼけてなんかいませんよ」

「俺は偉い奴だって思わないか」

「………」

「俺のオフクロは横須賀の女郎屋にいたんだ。女郎屋の娘だ。そのうちにオヤジとややこしいことになってね……。オヤジのほうには妻子がいたんだ。それで二人で駈落《かけお》ちして俺が生まれたんだ。そのオヤジは詐欺師だった。俺はそうやって生まれて、そうやって育ったんだ。……おい、聞いてるか。そうやって育って、まがりなりにも、いま、小説家なんて一種のヤクザ稼業だけれど、まあ、平穏に暮している。生まれも環境も最悪だ。これ以上に酷い家庭はないだろう。そのなかで、俺は懸命に戦ってきた。一所懸命に生きてきた。オヤジのめんどうも見た。どうだ、偉い奴だと思わないか」

「そんなことはない」

「………」

「馬鹿なことを言うなよ。おれはそうは思わないよ。お前、少しどうかしているんじゃないか。五千万円で気が狂ったのか」

「……」

「偉いのは、お前のお父さんとお母さんだよ」

「……」

「そうじゃないか、おい、山口。お前なあ、お母さんがそういうところで育ったって知らなかったんだろう」

「つい最近までね、三年前まではね」

「お父さんのことも知らなかったんだろう」

「二時間前まではね」

「だから、偉いのは、お父さんとお母さんだよ。そのことを、お前にわからないようにしていたんだから……。これは、なみたいていのことではないよ」

「……」

「よく考えてみなよ。誰かに出来るなんてことじゃないぜ。ずっと耐えてきたんだよ、お父さんもお母さんも……。有難いと思えよ」

多嶋のほうが涙声になっていた。そのことを有難いことに思った。

「偉いっていうより、凄いお父さんだよ。また凄いお母さんだよ。明治の人間だな。明治の人間は凄いと思うよ。おい、お前、もう少し飲んだほうがいいんじゃないか」

「……」

「目が血走ってるぜ」

「ありがとう」

「……」

「多嶋、ほんとうに、ありがとう」

多嶋は窓のほうへ歩いて行って、カーテンをいっぱいに開いてトルコ風呂街を見おろした。

「それからな、おい。お前が五千万円儲けたって誰もよろこばないぜ」

「……」

「奥さんだってよろこばないよ」

「わかってる」

「突っ立っていないで、坐って飲めよ。十二時半に人が迎えにくるんだって。おれ、それまでここにいてやるよ」

「電車がなくなるよ」

「自動車で帰る。川崎大師から首都高速にあがれば、三十分もかからないで帰れるだろう」

「ありがとう」

私は、坐って、もう一度、裁判記録を読みかえした。

42

昭和八年六月十二日宣告　裁判所書記　小森時雄

判決

本籍　神奈川縣横須賀市若松町八十番地

住居　同　縣川崎市南河原町二百八十五番地

青寫眞□（一字判読不能）製造業

山口正雄

當三十六年

右ノ者ニ對スル公文書僞造行使詐欺被告事件ニ付昭和七年六月十三日東京地方裁判所ノ言渡シタル有罪判決ニ對シ被告人ヨリ適法ナル控訴ノ申立アリタルヲ以テ當院ハ檢事石鄕岡岩男關與ノ上更ニ審理ヲ遂ケ判決スルコト左ノ如シ

主文

被告人ヲ懲役壹年ニ處ス

原審ニ於ケル未決勾留日數中九拾日ヲ右本件ニ算入ス

理由

被告人ハ早稲田大學理工科卒業後機械製作若クハ販賣ニ從事シ昭和二年春頃ヨリガソリンスタンド製作販賣業富永製作所東京支店長ノ地位ニ在リタルモノナルカ其ノ後昭和四年一月中右職ヲ辭シ舊東京府荏原郡荏原町戸越五百七十四番地ニ於テ自ラ山口工業商會ヲ設立シ獨立シテガソリンスタンドノ修繕移轉等ノ請負工事ヲ營ミ居リタルトコロ

〈第一〉昭和五年六月頃ヨリ該事業ヲ擴張シ更ニガソリンスタンドノ製作販賣ヲモ爲サント企圖シタルモ自己ニ其ノ資力ナカリシヨリ小坂剛敏ヲ介シ東京市赤坂區青山南町五丁目二十七番地加藤拓ニ對シ大ニ右事實ノ有望ナルコトヲ告ケ屢々之カ出資方ヲ懇請シタルモ同人カ右事□ノ成功ニ危惧ノ念ヲ懷キ容易ニ之ニ應スル模樣ナキ爲被告人ハ到底尋常手段ヲ以テシテハ右出資ヲ得ルコト能ハサルヲ察知シ茲ニ擅ニ海軍省經理局長名義ノ注文契約書ヲ僞造行使シ前記山口工業商會カ何等同省ヨリ注文ヲ受ケ居ラサルニ拘ラス巨額ノ注文ヲ受ケ居ルモノノ如ク裝ヒ出資金名義ノ下ニ金員ノ交付ヲ受ケテ之ヲ騙取セムコトヲ企テ同年九月四、五日頃前記戸越ナル當時ノ被告人居宅ニ於テ行使ノ目的ヲ以テ豫テ所藏ノ海軍省經理局契約用紙ニ印刷シアル同局々長ノ文字ノ下部ニ加藤亮一ナル文字ヲ冒書シ且右名下ニ他ヨリ購入シタル加藤ト刻セル印顆ヲ押捺シ其ノ他右用紙ノ各要部ニ炭酸紙ヲ使用シ相當ノ記入ヲ爲シ且之ニ有合印ヲ用ヒテ夫々檢印ヲ施シ以テ海軍省ヨリ山口工業商會代表者山口正雄ニ對シガソリンスタンド十臺及之ニ附屬スル貯藏タンク其ノ他一式代金一萬五百圓ノ注文ヲ爲シタル旨ノ同局長ノ作成スヘキ其ノ名義ノ注文契約書一通ノ僞造ヲ完成シタル上同月上旬頃前記拓方居宅ニ於テ同人ニ對シ右僞造契約書ヲ提示シテ行使シ恰モ山口工業商會カ既ニ海軍省ヨリ右契約書記載ノ如キ巨額ノ注文ヲ受ケ居ルカ如ク裝ヒ不法ニ同事業ノ確實有利ナルコトヲ誇張シテ其ノ旨同人ヲ誤信セシメ因テ同年十月中旬頃迄ノ間數回ニ亙リ同人ヨリ山口式ガソリンスタンド製作事業出資金名義ノ下ニ其ノ所有金合計①千八百十二圓五十錢位ヲ交付セシメテ之ヲ騙取シ

〈第二〉同年九月下旬頃被告人ハ同市芝區芝浦三丁目一番地ニ工場ヲ借入レ山口式ガソリンスタンドノ製作事業ヲ開始シタルカ幾何モナクシテ右拓トノ間ニ不和ヲ生シタル結果同年十月中旬以後同人ヨリノ出資杜絶スルヤ更ニ知人宮下祐次郎ヲ介シテ同市赤坂區青山南町六丁目七十二番地芥川正己ニ對シ前同樣海軍省ヨリガソリンスタンド製作方ノ注文ヲ受ケ居ル旨虛構ノ言辭ヲ弄シ該契約書ヲ擔保トシ且之カ代金受領方ヲモ委任スヘキニ依リ右製作資金ヲ貸與セラレ度旨申向ケ次テ同年十一月二十一日頃前記被告人方工場ニ於テ正己祐次郎兩名ニ對シ再ヒ前記僞造契約書ヲ交付行使シ因テ右兩名ヲ欺罔シ同月二十五日頃ヨリ昭和六年二月六日頃迄ノ間數回ニ亙リ右工場ニ於テ兩名ヨリ合計②金七千五百圓ヲ貸借名義ノ下ニ交付セシメテ之ヲ騙取シ

〈第三〉其ノ後被告人ハ正己等ヨリ前記海軍省ヨリノ注文カ虛僞ナルコトヲ感知セラレ之カ解決方ヲ迫ラレタルノミナラス金融全ク梗塞シ職工ノ賃金スラ支拂ヲ爲スコト能ハサルニ至リタル結果賣買ニ藉口シテ他ヨリ物品ヲ受取リ之ヲ處分シテ現金ニ換ヘ次テ一時ヲ糊塗センコトヲ企テ代金支拂ノ意思並其ノ資力ナキニ拘ラス恰モ之アルモノノ如ク裝ヒ孰レモ賣買名義ヲ以テ

㈠昭和六年二月二十七日頃ヨリ同年三月二十二日頃迄ノ間三回ニ亙リ東京市京橋區銀座二丁目

一番地時計商石井廣之輔方ニ於テ同人ヨリ其ノ所有白金ダイヤ入指環一箇外指環時計等合計五點代金合計③九百六十八圓相當ノモノヲ受取リ
(二)長田智男ト共謀ノ上
(イ)同年三月二十五日頃同市本所區松井町二丁目一番地日米礦油株式會社東京支店ヨリ其ノ所有揮發油五十八箇代金④二百三十圓相當ノモノヲ前記被告人方工場ニ於テ受取リ
(ロ)同日頃同市深川區佃町一番地丸善礦油合名會社東京販賣所ヨリ其ノ所有マシン油百罐代金⑤百六十圓相當ノモノヲ右工場ニ於テ受取リ
(ハ)同年四月八日頃同市芝區三田四國町二番地三號濱野市太郎ヨリ其ノ所有⑥空氣壓縮機一臺ヲ自己ノ債權者タル前記日米礦油株式會社東京支店ニ送付セシメ次テ翌日頃更ニ同人ヨリ其ノ所有⑦空氣壓縮機一臺ヲ前記被告人方工場ニ於テ受取リ
(ニ)同月十日頃同市京橋區銀座西八丁目合資會社新田帶革製作所東京支店ヨリ其ノ所有金色地球印帶革四點代金⑧四百二十四圓六十錢相當ノモノヲ右被告人方工場ニ於テ受取リ
(ホ)同月十四日頃同市神田區東松下町六丁目三谷伸銅株式會社東京支店ヨリ其ノ所有軟銅線硬銅線等取混セ百九十九貫二百匁代金⑨五百五圓五十八錢相當ノモノヲ右被告人方工場ニ於テ受取リ
騙取シ
タルモノニシテ右各僞造公文書行使並各詐欺ノ所爲ハ夫々犯意繼續ニ係ルモノトス
證據ヲ按スルニ右ノ事實中犯意繼續ノ點ヲ除キ

判示第一、第二ノ事實ハ

一、被告人ノ當公廷ニ於ケル判示同趣旨ノ供述ニ據リ之ヲ認メ

判示第三ノ事實ハ

一、被告人ノ當公廷ニ於ケル判示代金支拂ノ意思並其ノ資力ナカリシトノ點ヲ除ク其ノ餘ノ判示事實ト同趣旨ノ供述及判示石井廣之輔ヨリ受取リシ品物ハクローム時計ノ外ハ全部新宿ノ池田喜兵衛ニ入質シ三百圓位ノ金カ出來タリ次キニ判示日米礦油株式會社東京支店ヨリ受取リシ揮發油ハ他ヘ賣却シタリ次キニ判示丸善礦油合名會社東京販賣所ヨリ受取リシ油ハ買値ノ五分引ニテ賣拂ヒ其ノ金ヲ職工ノ給料ニ支拂ヒタリ次キニ判示濱野市太郎ヨリ受取リタル空氣壓縮機ハ二臺テ合計五百六十圓位ナルカ最初ノ一臺ハ日米礦油株式會社東京支店ニ送付シ其ノ代金ハ自分ノ借分ト相殺シ後ノ一臺ハ同業ノ龍野右忠ニ擔保ニ入レ金百圓ヲ借用シタリ次キニ判示合資會社新田帶革製作所東京支店ヨリ受取リシ帶革ハ自分ノ工場ニ出入シテ居リシ湯川宗一ナル者ニ四百五、六十圓乃至五百圓ノ借リカアリシ故其ノ代リトシテ渡シタルカ之ハ最初ヨリ湯川ニ渡ス考ヘテ取リシモノナリ次キニ判示三谷伸銅株式會社東京支店ヨリ受取リシ銅線ハ其ノ送付ヲ受ケシ後湯川ノ店ノ裏ニ置キアリシカ該銅線ハ湯川ニ對スル借金ノ方ヘ廻ス豫定ナリシ旨ヲ長田智男ヨ

リ聞ケリ尚以上各店ヨリ受取リシ各物品ノ購入代金ハ未支拂ナリシトノ旨ノ供述

一、被告人ニ對スル豫審第四回訊問調書中同人ノ供述トシテ自分カ昭和六年三月分四月分ノ職人ノ給料ヲ支拂ヘナク爲リタルハ事實上ノ豫算カクルヒ來リ芥川等ヨリ金カ出ナクナリタル許リテナク其ノ時迄同人等カラ出テ居ル金ヲ返セト云ハレ尚自分ハガソリンスタンド十臺ト移動式十臺トヲ仕上ケテ賣リ何トカ切拔ケ様ト思ヒタルモ其ノ間ノ融通カ出來ナイ爲支拂フコトカ出來ナクナリシナリ其レ故自分ハ友人長田智男ニ對シ海軍省ノ契約書ヲ僞造シ芥川等ヨリ金ヲ借リ夫レカ發覺シタル事情ヲ打明ケ切拔策ヲ相談シタル處長田ハ自分ヲ支拂人ニスレハ何トカ奔走シテ見様ト申シ其ノ後二、三金主ヲ見附ケテ自分ニ會ハセタルモ工場ノ機械類ハ全部芥川ニ擔保ニ入レアル故擔保カ無クテハ金ヲ貸シテ呉レル者モナキ爲其ノ時長田ハ斯ウ云フ際ノ金融ニ平素取付ケノ店カラ六十日位ノ手形テ品物ヲ取リ夫レヲ金ニ替ヘテ切拔ケルヨリ外ハナイト申シタル故自分モ贊成シタル次第ナリ其ノ様ニシテ長田カ奔走シ荷物ヲ送ッテ貰ッタ處ハ自分ノ平素品物ヲ買ヒ居タル處テ無ク長田カ三井物產ニ居タ當時ノ關係カラ品物ヲ送リ貰ヒ直ク賣拂ッテ現金ニ替ヘタ處モアリ概シテ自分ノ工場テ使ッタモノヨリ賣拂ッテ仕舞ッタモノノ方カ多キ故自分ハ最初御調ヘノ時取込詐欺ヲ遣ル積リニハ非ラサリシ旨申シタルモ實際ニハ長田カ主トシテ其ノ様ニ致シタル事ナルカ自分モ贊成シテ其ノ金モ幾分自分ノ工場ニ入ッテ居ル次第故取リモ直ホサス自分カ其ノ様ニ致シタ結果ニ爲リタル旨ノ記載

一、被告人ノ當公廷ニ於ケル自分ハ昭和六年二月下旬長田智男ヨリ六十日位先拂ノ手形ヲ出シテ商店カラ品物ヲ買ヒ受取ツタ品物ハ賣ツタリ入質シタリシテ金ニ替ヘ様ト云ハレタル故夫レニ賛成シタル次第ナルカ自分ノ知ラヌ間ニ長田カ店カラ品物ヲ取ツテ居ルノハ結局右ノ相談ニ基キ爲シタルモノナリトノ旨ノ供述

一、證人長田智男ニ對スル豫審訊問調書中同人ノ供述トシテ昭和六年二月中旬頃山口ハ自分ニ對シ無一文テ職工ニ賃金ヲ拂フ事モ出來ナイ故何トカ方法ハナイカト申ス故製品ハ什ウ爲ツテ居ルカト申スト當時作リ掛ケノガソリンスタンドカ六、七臺アリ夫レヲ仕上ケテ賣レハ四千圓位ニハ爲リ擔保ニ入レテモ三千圓位ニハ爲ルカ金カ無イノテ材料ヲ取ル事カ出來ス職工ノ支拂ヒモ出來サル爲仕上ケナイノタト申シタリ夫レ故材料ハ何ンナ風ニ取ルノカト申スト二十日締切リ翌月五日ニ代金ヲ支拂フノタト云ヒタル故自分ハ夫レテハ材料ヲ取ツテ金ニシテ賃金ヲ支拂ヒ一部ノ材料テ仕上ケタラ良カラウト云フ事ニナリテ早速材料ヲ必要以上ニ多ク取リ夫レヲ處分シテ金ニシタルカ金モ不足テアリ仕事モ仕上ラナイ爲其翌四月五日ニナルモ支拂フコトカ出來ス其ノ様ナ狀況故品物ヲ取ツテモ若シ金カ必要丈ケ出來ス仕上ラナイ場合ハ代金ヲ約束通リニ拂ヘナイ事ハ判リ居タルモ其ノ様ナ遣リ繰リ上已ヲ得ス其ノ後モ材料等ヲ取リタル次第ナリ三谷伸銅株式會社東京支店ヨリ買入レタル物品モ矢張リ金ニ替ヘル積リニテ山口ト相談シ銅線ヲ取ラウト云フ事ニ爲リタル旨ノ記載

一、証人石井廣之輔ニ對スル豫審訊問調書中同人ノ供述トシテ自分方ニテハ昭和六年二月二十七日頃ヨリ同年三月二十二日頃迄ノ間三回ニ亙リ山口正雄ニ對シ判示物品ヲ引渡シタルカ同人ハ第一回目ノ時ハ妻ト弟ニ買ツテ遣ルモノテアルト云ヒ第二回目ノ時ハ早大ノ山内博士カ急ニ洋行スルニ付贈ルモノテアルト云ヒ第三回目ノ時ハ日本橋ノ某所ニガソリンスタンドヲ拵ヘルニ付係リノ者ニ持ツテ行クノテアルト云ヒタルカ自分方ニテハ山口ノ言ヲ信ジ代金ノ支拂ヲ受ケ得ルモノト思ヒ賣渡シタル次第ナリ然ルニ其ノ後右代金ノ支拂ナク賣渡シタル物品中クロームノ時計丈ハ返還ヲ受ケタルカ其ノ他ノダイヤ入指環三個抔ハ山口カ自分方ヨリ持ツテ行ツタ歸リニ直ク入質シタルコトヲ後ニナツテ知レリ若シ同人カ其ノ様ニ直ク入質スルコトヲ知リ居レハ渡スヘキモノニアラサリシトノ旨ノ記載

一、証人四十物彌右衛門ニ對スル豫審訊問調書中同人ノ供述トシテ自分ハ日米礦油株式會社東京支店ニ勤務シ居ルノモノナルカ昭和六年三月二十五日同會社ニ於テハ山口正雄ニ對シ同人ノ買入申込ニ依リガソリン五十箱二百二十圓相當ノモノヲ送付セリ其ノ後右代金ノ支拂ヲ受ケサリシカ同人カ小切手ヲふ渡ニシタト云フ事ヲ聞キシ故早ク回收シナケレハナラヌト云フ事ニナリ交渉ノ結果空氣壓縮機一臺ヲ山口ヨリ受取レリ自分方ノ會社ニテハ山口ヨリガソリン代位ノ金ナラハ拂ツテ貰ヘルタラウト思ヒ同人ニ前述ノガソリンヲ引渡シタル次第ナリシトノ旨ノ記載

一、證人萩原武次ニ對スル豫審訊問調書中同人ノ供述トシテ自分ハ丸善礦油合名會社東京販賣店ノ主任ナルカ昭和六年三月二十五日山口正雄ニ對シ同人ノ買入申込ニ依リマシン油百罐ヲ送付シタルカ其ノ後右代金ノ支拂ナク本件カ起リタル後山口ハ自分ノ方カラハ代金一罐一圓六十錢ニテ買ヒ乍ラ其ノ日直ク一罐一圓二十錢ニテ淺草ノ油屋ニ賣拂ツテ仕舞ヒタル事ヲ知レリ自分ノ方ニテハ最初間違ナカラウト思ヒ送付シタル次第ナリシトノ旨ノ記載

一、證人濱野市太郎ニ對スル豫審訊問調書中同人ノ供述トシテ自分方ニテハ山口正雄方カラノ電話ニ依リ空氣壓縮機一臺（代金三百二十五圓ノ約束）ヲ判示日米礦油株式會社東京支店ニ送付シタル事アリタリ然ルニ其ノ翌々日頃山口方カラ實ハ田舍ノ客カ欲シカツテ待ツテ居ルカラ空氣壓縮機一臺（代金二百八十五圓ノ約束）持ツテ來テ呉レトノ電話アリタル故店員ニ持參セシメタリ其ノ後自分方ニテ日米礦油ハ電話テ問合セタルニ同會社ニテハ山口カラ同人ヘ賣渡シタル品代金ノ内ニ取ツタモノタトノ返事カアリ又山口カ直接自分ノ店ヨリ取リシ一臺ハ同人カ龍野右忠ヨリ百圓借リシ擔保ニ同人ヘ渡シタル事判明セリ若シ左様ナ事カ判ツテ居レハ渡スヘキモノニアラサリシトノ旨ノ記載

一、證人簗瀬秀鎌ニ對スル豫審訊問調書中同人ノ供述トシテ自分ハ合資會社新田帶革製造所東京支店ノ店員ナルカ自分ノ店ニ於テハ昭和六年四月十日頃芝區芝浦三丁目一番地東京山口製作所ノ注文ニ依リ現金取引ノ約束ニテ帶革四種類（代金合計四百二十四圓六十

錢）ヲ同製作所ニ賣渡シタリ然ルニ右代金ハ幾何程催促シテモ拂ツテ呉レス結局三田警察署ニ屆出ツルニ至リタリトノ旨ノ記載

一、證人小菅重次郎ニ對スル豫審訊問調書中同人ノ供述トシテ自分ハ三谷伸銅所東京支店長ナルカ昭和六年四月十三日山口製作所ヨリ銅線ニ付テノ問合セノ電話アリ其ノ翌朝更ニ電話ニテ注文カアツタノテ軟銅線硬銅線等取混セ百九十九貫二百匁（代金五百五圓五拾八錢）ヲ自分ノ方テハ現金賣リノ積リニテ店員ヲシテ山口製作所ニ送付セシメタリ然ルニ右代金ハ主人留守ニ付午後來テ呉レト申シ支拂ハサリシ由ニテ同日午後更ニ店員カ參リタルニ主人カ歸ラナイカラ明日來テ呉レト申シ支拂ハサリシ由ナルカ其ノ時既ニ現品ハ他ニ持チ行キシ事判明シタル故自分方ニテハ之ヲ取込詐欺ニカカツタモノト思ヒ三田警察署ニ屆出テタル次第ナリトノ旨ノ記載

ヲ綜合シテ之ヲ認メ

判示犯意繼續ノ點ハ被告人カ判示短期間ニ同種ノ犯行ヲ夫々反覆累行シタル事跡ニ徵シ之ヲ認定ス仍テ判示事實ハ總テ其ノ證明十分ナリ

法律ニ照スニ被告人ノ判示第一ノ所爲中公文書僞造ノ點ハ刑法第百五十五條第一項ニ判示第一第二ノ所爲中僞造公文書行使ノ點ハ同法第百五十八條第一項第百五十五條第一項第五十五條ニ判示第一第二及第三ノ（一）ノ各詐欺ノ所爲ハ各同法第二百四十六條第一項ニ第三ノ（二）ノ各詐欺ノ所爲ハ各同法第六十條第二百四十六條第一項ニ各該當スルトコロ右詐欺ノ各所爲ハ連

續犯ナルヲ以テ同法第五十五條ヲ適用シ當右公文書僞造同行使並詐欺ノ所爲ノ間ニハ順次手段結果ノ關係アルヲ以テ同法第五十四條第一項後段第十條ニ依リ最モ重キ僞造公文書行使罪ノ刑ニ從ヒ其ノ所定刑期範圍内ニ於テ被告人ヲ懲役壹年ニ處シ同法第二十一條ニ則リ原審ニ於ケル未決勾留日數中九拾日ヲ右本刑ニ算入スヘキモノトス

仍テ主文ノ如ク判決ス

昭和八年六月十二日

東京控訴院第五刑事部

裁判長判事　小林四郎

判事　工藤愼吉

判事　石田壽

右謄本也

昭和八年六月二十六日

東京控訴院

裁判所書記　小森時雄

43

昭和五年だか六年だかに、父が一年間家にいなかったことを私は臭いと睨んでいた。しかし、それは私が四歳のときのことである。記憶はまったく薄れてしまっている。父と母はもとより、周囲の誰もが、そのことを話すことはなかった。

何かのことで、父が家にいなかったことを私は知ったのだろう。母は、そのとき父は外国へ行っていたと言った。四歳の子供に何がわかろうか。わかるわけがない。ただ、それでも、うっすらと、どうも父のいなかった時があったようだという気がしているだけである。子供であるけれど、本能的に肌で把《とら》えるという感じが残っているだけだ。

それと、小学三年生のときに麻布に移り、父が仕事に成功して、そうやって腹違いの兄が戻ってきたときに、おそらくは何かで淋しくなったか腹を立てたかした兄が、私に、一度だけ、父には前科があると囁いたことを結びつけただけだ。兄はそのことを忘れているだろう。兄がそう言ったということさえ、記憶はおぼろげになってしまっている。

だから、これは、本能的なるものとしか言いようがない。どうもあやしい。一年間、父が家にいなかったとすれば、刑務所暮しをしていたと考えるのが、一番わかりやすい。それに、父が派手な倒産をして、暴力団に追いかけられたという話は聞いているのである。その間に裁判沙汰《ざた》があったとしても、あまり不思議なことではない。考えを押しつめてゆくと、そういうことになる。しかし、私としては、考えたくない事柄だった。そんなことがわかったとしても、それが何になるのだろうか。現在の私とは関係のないことである。

私は『血族』という小説を書いた。そうして、そこから押しだされるようにして父のことを考えずにはいられない立場に追いこまれるようになった。自分でそうなっていった。『血族』の書評のなかに、なぜ母のことばかり書いて父のことを書かないのかという趣旨のものがあった。辛いことを言ってくれるなあと思った。

あるとき、私は、父が前科者であるに違いないという確信を抱いた。また、あるときは、そんな馬鹿なことがあるはずがないと思った。あの、何事にも一所懸命で、ユーモアを解し、家族愛に燃えていたような父が罪をおかすはずがないと思った。

私は、ずっと半信半疑でいた。

私が、父が前科者であるらしいという疑いを抱くということと、実際に、裁判記録でもってそれを見せつけられるということとは、同じようなことのようであっても、私にとっては、まったく別のことになる。私は衝撃を受けた。胃が痛くなり、胸が悪くなった。

また、父の犯罪は、工員に給料を支払うためという止むを得ざる事情があったと考えられないこともないが、後半の寸借詐欺には常習犯的な傾向が見られる。父は生まれながらの詐欺師だった。少くとも、そういう性情と資質の男であったと、父の子としての私はそう思う。また、初犯で実刑一年という判決も、そのことを物語っているように思われる。

私に、また少し見えてくるものがあった。私は、子供のとき、母の兄である丑太郎や、母の妹の君子には憎まれていた。冷たくされていた。たえず変な目で見られているという感じがあった。

私は、泣虫であったけれど、おとなしい子供だった。どうしてそんな目にあうのかということがわからなかった。

しかし、いまでは、伯父や叔母の心持を理解できる。妻子ある父が、母と駈落ちして私が生まれた。私という存在は、原因であるのではなく結果であるにすぎない。そうではあるけれど、私というものは親類の者にとっては目ざわりになる。こういう子供がつくられるようなことがなければ、犯罪者を身内に持たずにすんだ。そう考えたとして、それは少しも不思議ではない。また、こういうこともある。ある時期、丑太郎は海軍省に勤めていた。父が丑太郎を利用したということは大いに考えられる。丑太郎が、終生、父を憎み続けたのは、このことのためではないか。しかし、私は、いま、そのことを正確に調べたり追及しようとする気持を失っている。

私には母を恨み父を恨むという気持は、ない。ただただ、哀れだという思いのほか何もない。

母の一生も父の一生も、その大半は秘すことにあったと思われる。私には、むしろ、この母とこの父を愛《いと》しむという思いのほかに、いまは、何もない。

「たいへんだったんだろうね」

多嶋清太郎に言った。

「なにが……」

「これを手にいれるっていうのは……」

私は裁判記録を茶封筒にいれた。

「わけなかったと言いたいところだけれどね、ちょっと大変だった」

「すまないな」

「とにかく、検察庁には無かった」

「どこにあったんだ」

「刑務所だ」

「刑務所？」

「そうなんだ。俺も勉強になった。刑務所には受刑者の記録が残っているんだね」

「どこの刑務所だ」

「それは言わないことにする。なにしろね、全国に、刑務所ってのはいっぱいあるんでね」

「すまない。本当にすまない。悪いことをした」

「こっちもね、わからないほうがよかったと思っているんだ。何か悪いことをしたみたいで……」

私たちは、すぐに出られるようにして、ロビーで安本を待った。約束通り、安本は十二時半にあらわれた。野球帽をかぶった汗臭い小柄な男があらわれたので、多嶋は驚いたような顔をした。

44

安本と二人で南町へ向って歩いていった。

ピンクキャバレーとトルコ街は、その時刻のほうが賑《にぎ》わっていた。

小学校の六年のときと中学校の二年のときと、私は、二度、昏倒《こんとう》を経験している。小学校のときは、野球のバットの素振りの練習で後頭部を強打されたのである。中学校のときは、砂場で遊んでいて、立ちあがったときに、鉄棒の大車輪の練習をしていた上級生が落ちてきて、同じように後頭部を強打された。二度とも、五、六歩あるいて昏倒した。

私は、その五、六歩あるいているときと同じような感覚でもって川崎の歓楽街を歩いていた。

そうして、道端にしゃがみこんでしまった。

「どうしたんですか。気分が悪いんですか」

「ちょっと吐き気がする」

私は口の中に指を突っこんだが、ニコチン臭い胃液が出るだけだった。

「だいじょうぶですか」

私は無言で立ちあがって歩きだした。私は自分を失っていた。頭がカッとなっていた。


グリル松阪には、この前と同じような四人の客がいるだけだった。いずれ、トルコ風呂の客引かヒモといったところだろう。

「こっちです」

石渡と二人でこの店に来たときに、奥の化粧室の隣に扉があるのに気づいていた。その扉の前の観葉植物が脇によせられていた。

扉を開くと、煙草の煙が充満している。その扉はすぐにロックされ、扉を背にして背広を着た俊敏そうな青年が立った。

「そういうわけか」

そこにもカウンターがあり、赤いバー・コートを着た男が中に入っている。カウンターの前のスツールに三十がらみの男が坐っている。小型のルーレットが置いてある。椅子が四脚。その奥は六畳程度の日本座敷になっていて、裏には抜け道があるようだ。これは博奕場だった。

床材もカウンターもホワイト・オークである。

座敷で老人が将棋を指している。一人は、府中や川崎で見かけたことのあるビキューナーの老人である。彼は一目で上布とわかる高価な着物を着ていた。

「これだけど……」

スツールに坐った男が封筒を差しだした。表に正直貧乏殿と書いてあり、裏は豚野郎になっている。私は封筒をジャムパーの内ポケットに収めた。テーブルがわりにもなっているルーレットの横の椅子に腰をおろした。誰もが、ずっと無言だった。五、六分が過ぎた。

「わたしの弟が結婚することになりましてね」

と、スツールに坐った男が言った。

「この六月十七日にね。十七日が大安なもんですから。柴田社長が仲人です」

静かでおだやかな声だった。笑っている。

「それでねえ、腕時計を欲しがっているんですよ。先生の、そういう、薄型がいいっていうんです」

「……」

「それ、セイコー・クオーツでしょう」

彼は、そこから、私の左手頸をのぞきこむようにした。私の時計は、せいぜいが五万円程度のものだった。

「何かお飲みになりますか」

　バーテンダーが言った。

「酒はやめているんだ。ジュースがいい。なんでもいい。あ、それでいいや」

　私は、プラッシーの瓶を指さした。バーテンダーがロング・ドリンクス用のグラスにプラッシーを注ぎ、その空瓶をスツールに坐った男の前に置いた。

　それを飲む前に、私は腕時計をはずして、カウンターに置いた。

「それからね、そのジャムパーもいいと思っているんです」

「……」

「ジャムパーでなく、いま、ブルゾンって言うようですね」

　それは行きつけの銀座の洋品店で押しつけられたイタリー製の麻のジャムパーだった。夏、冷房のきいた部屋にいるときは、調法なものだとわかった。この男、妙に目が高いなと思った。高いものを知ってるね、と言おうとしたが口がひらかない。

「いいジャムパーだ。お洒落ですね、先生は」

「金ならあるよ」

　私は内ポケットの封筒を投げた。それはカウンターの上に乗った。

「三百五十七万円入っているはずだ」

　私は頭のなかで計算した。千百九十円の配当を三十万円。それは三百万円ではなくて三百五十七万円だった。

「お金が欲しいって言っているんじゃないんですよ」

「……」

「いいジャムパーだって言ったんです」

「厭だ」

身ぐるみ剥《は》がれてもいいと思っていたのに、私は自分でも思いがけない言葉を発していた。

私はジーパンの尻のポケットから財布を取りだして投げた。それはカウンターの内側に落ちた。

「金は、まだある」

「百五十万円は入っているはずだ。両方で五百万円。これでいいだろう」

「ですからね、お金をくれなんて言ってやしないんです。……いいジャムパーだって言ってるんです。それ、外国製でしょう」

「厭だ。……厭だよ」

男は、プラッシーの空瓶を逆手に持って近づいてきた。その瓶が私の脳天に振りおろされた。

そのときだけ、ちらっと、ビキューナーの老人がこちらを見たのがわかった。

痛みはまったく感ぜられなかった。瓶が割れて、床で音を立てた。

私は自分の受けた傷が、それほど深いものであるとは気づかなかった。しかし、私を瓶で殴った男の表情で、それがわかった。彼は、あきらかに、シマッタという表情をした。左の目から顎《あご》にかけて、深く切れているようだ。殴った男は、もとの席に戻った。彼等に殺意がないことがわかった。突如として私に凶暴な思いが湧いてきた。

「おい、箕浦。……箕浦康夫」

私は涙声になっていた。こんなときに泣いてやがると思った。目が霞んできた。目を拭《ぬぐ》った。それは涙ではなかった。おびただしい血が、左の手の甲に附着していた。その血は、顔面から滴り落ちて、ジャムパーの下に着ている白のスポーツシャツを濡らしていた。

「おい箕浦。ヤス！　サマ師のヤス！　……サマヤス！」

私はビキューナーの老人に向って叫んだ。歳月というものを、こんなに明白な形で感じたことはなかった。あのとき箕浦康夫が三十五歳であったとすると、いま、七十二、三歳になっていることになる。老人は動かない。

「おい、箕浦。お前《め》、まだこんなことをやってるのか」

コカイン中毒者は異常な集中力を発揮することがあるという。折口信夫先生はコカイン中毒であるという噂があった。それを国学院大学在学中に聞いた。あの猛烈な記憶力はコカイン中毒者のものであるという。折口先生は、雨戸をしめて暗いところで勉強されていたが、電気を消しても夜具布団の模様が見えたという。私は、殴られたことによって、自分が急にコカイン中毒者になったような気がしていた。

箕浦は、鎌倉では寝川組の中堅クラスのヤクザだった。寝川組は神奈川県を根城にしている。あれから三十七年たち、箕浦が名前をかえて、寝川組系柴田会の会長になっていたとしても少しも不思議はない。

「おい、サマ師のヤス！　お前、詰んでるものは詰まさなきゃ駄目だよ。そうだ、その将棋だよ。詰んでるじゃないか」

ビキューナーの老人は金縁の眼鏡を掛けていた。その鼻梁の眼鏡のかかるところが極端に狭い。実に刻薄な感じがする。そうだ。間違いない。リチャード・ウイドマークに似た外人臭い長身の男だと思っていたが、目の前の老人は、そんな大男ではない。そこのところだけが記憶と違っている。

「おい、俺だよ。山口だよ。中学生だよ。……山口正雄の倅《せがれ》だよ。オヤジは死んだぜ。お前のせいじゃない。誰がお前みたいな豚野郎を相手にするもんか」

私は、そのとき、初めて母を許す気になった。母は私を生んだ女であるけれど、私を殺そうとした女でもあった。それがどんなに大きなショックであったか、母にもわからなかったろう。しかし、駈落ちした相手の男が詐欺罪をおかす。懲役一年。金は一銭もなくて川崎の柳町に逼《ひっ》塞《そく》する。胃痙攣《けいれん》の持病があって、どんどん痩せてくる。駈落ちしたのだから、頼るところも戻るところもない。そうなったとき、二十六歳の女が、いわば不義の子である私を道づれに、無理心中を企てたとしても、これを咎めることはできない。少しも不思議はない。

「おうい、詰んでるよ。焦《じ》れったいなあ、早く指せよ。王の頭に銀を打つんだ。銀を捨てるんだ。8三銀だよ。同王の一手だろう。尻《けつ》から7二銀だ。どこへ逃げても金打ちまで。……詰んでるじゃないか」

ビキューナーの老人は、駒台の銀を持ったが、それをもとにもどした。

「それから、アンポン……」

安本は、扉を背にした青年の脇に立っていた。黒い顔が一層黒くなり頰が痙攣している。

「お前、まだ寝小便の癖は治らねえか……。いや、怒っちゃいないよ。お前よう、○○食堂の前の用水の脇に住んでたじゃないか。違うか」

私の頰も引攣《ひきつ》ってきて、喋り辛くなっていた。出血はとまらず、胸の前が大きく赤くなっている。

「おい、ヤッコ！　そこのヤッコ！　百十九番は困るんだな」

スツールに坐った男が電話機に手をかけていた。

「俺も少しは名前を知られているからな。救急病院じゃ、すぐに警察に連絡するからよ。警察には新聞記者がいるんだ。お前らみたいな半端なヤクザに殴られて怪我したってことになると、こっちの商売に差しつかえちまうからよう。どこか、お前らの知ってる喧嘩《でいり》のときに使うチンケな病院に連れてってくれよ」

私は、そのあたりで意識を失ったようだ。

45

私が病院で意識をとりもどして、最初に目にしたのは大きな花籠だった。柴田久雄という木札が打ちつけてある。

「よせやい、これじゃ祭壇じゃないか」

そう言おうとしたが口が動かなかった。縫ったのは十九針だったという。

六月の半ばから七月いっぱい入院した。それほどの怪我ではなかったが、それを口実に惰《な》け《ま》ていたのである。

八月の初めに退院して、留守中の新聞を読んだ。六月十六日付で、次の記事があった。

十五日午後七時ごろ、川崎市幸区河原町「河原町団地」の敷地内で、初老の男が全身を強く打って死亡しているのが見つかった。

幸警察署の調べでは、向いの棟の住民が、現場の×号棟の屋上から座るような恰好で、この男が飛び降りるのを目撃しているところから、自殺とみている。また、飛び降りの三十分前ごろ、この男の人が×号棟の入り口から入って階段をあがってゆくのを管理人が目撃している。

同署の調べだと、男の人は、年齢五十～五十五歳ぐらいで、身長一メートル六四、小太りで丸顔。背広には「石渡」と縫い取りがあった。河原町団地は「川崎市の高島平」といわれる自殺の名所で、自殺者はこれで三十人に達した。なお、河原町団地の入居者に「石渡」という人はいない。同署は、死亡した男性の身元の確認を急いでいる。

46

十一月十日、水曜日。朝早く起きて、南武線に乗って川崎へ向った。

あれから約五カ月、頭の痛みも頬の引攣れもなくなった。私は整形医学の進歩に感謝しなければならない。左の頬にわずかに痕跡がある。そこにカバーマークを塗った。これはドーランに似たものであって、本来の用途は痣《あざ》かくしである。青痣でも塗ればわからなくなる。日活ビルのアメリカン・ファーマシーで買ってきた。

川崎駅から相乗りタクシーで競馬場へ向った。私は新装スタンドが見たかった。完成したら、ぜひ見にきてくださいと競馬場の職員にも言われていた。なにか、心持としては、犯人が現場に戻るというのと似ていた。

十時半。家を出るときに小雨だったのが本降りになってきた。

私の予測は外れた。私は、必ずや、入場口の前で、暴力団組員ふうの男に腕をとらえられ、指定席券を売りつけられると思っていたのである。そうしたらヤミの切符を買ってやろうと思っていた。なんだか拍子抜けの感じがした。探してみたが指定席券の売場もないのである。組員ふうの男たちもいなくて、いつものように、出目研究の書物を売る男が大声を張りあげているだけだった。

入場券を買って、なかへ入った。

新装スタンドは、まさに白亜の殿堂と言ってもいいような立派な建物だった。地上五階地下一階。延床面積一万八千百十四平方メートル。総収容人員一万六百九十一人（立見もいれて）。一、二階八千八百三十人。三階千七十五人。四階特別観覧席七百八十六人。エレベーター、エスカレーター完備。

問題は、この特別観覧席（通称、トッカン）である。総ガラス張り、冷暖房。なんとしても、そこにもぐりこむつもりだった。

トッカンの指定席券は、場内、旧スタンドの奥が売場になっていた。二千円。私は、そこで、もう一度拍子抜けすることになる。指定席の空席を示す赤ランプが点いていて、まだ二、三十枚しか売れていない。おびただしい数の警備員が人垣をつくっていた。警備員の数は、二百人にも三百人にも見えた。

私は警備員の間を縫うようにして進んでいった。

「はい。まだ、お席がございます。御一人様一枚だけです。はい、御一人様ですね」

売場の前の警備員が私の顔をのぞきこむようにした。カバーマークを塗ってきてよかったと思った。そうでないと、私が暴力団員と間違えられる。

彼は切符売りの女性に、こう言った。

「見やすい席を差しあげてください。ゴールの正面の……」

私は、やや呆気《あつけ》にとられるという感じになっていた。……信じられないことが現実に起っていた。私が、文字通りに体を張って主張してきたことが、そのまますんなりと実現していたのである。

私の座席は、「お」のグループで、ゴールを少し過ぎたところであるが、とても見易い席である。座席は布張りで、スプリングが利いて、ゆったりとしている。その座席は、府中の競馬場よりも、野球の西武球場よりも上等だった。

私は、草競馬（公営競馬に無限の愛をこめて、そう呼ぶのであるが）が好きなのだ。それは、芝居好きの男が小芝居を好むのと似ている。昔の築地小劇場では、役者の呼吸が感ぜられ、女優の胸の動きが見えたものである。なによりも至近距離で馬が見えるのがいい。返し馬が目の前で見られるのである。騎手の顔が見える。土屋薫の口紅が見える。そのインティメイトな感じがたまらない。

特別観覧席の座席は二席ずつに別れていて、右側の席は右側から、左側の席は左側から、自由に出入りできる。座席の背後は、一列ずつ通路になっている。競馬のように出たり入ったりの回数の多い観客席は、こうでなくてはならない。それは私の理想とするものであった。川崎競馬場以外に、こういう観客席はない。

コーヒー、紅茶、コーラは無料サービスである。食堂のなかに、寿司屋の出店がある。複合馬券の機械が備って、馬券が買いやすい。私が願っていたように、単複の売り場も三階にできた。(それまで、単複の売場は一階の遠い所にあった)

私は、この日、五万円持って家を出た。三万円ばかり遊ぶつもりになっていた。

十一月十日、水曜日。第十三回川崎競馬、第四日。馬場状態(重→不良)

第一レース。人気のヒタチワカクサが太く見えた。これを嫌ったが、人気通りに逃げきって圧勝。失敗。マイナス二千円。

第二レース。失敗。マイナス三千円。

水曜日というのは競輪が行われない(以前は競馬もなかった)ので、ギャンブル・ホリディと呼ばれているが、そのために、水曜日に開催すると商売人ふうの客が多くなる。玄人っぽい客が多いのが好きだ。

このとき、特別観覧席の切符が売りきれたという場内アナウンスがあった。

「こんなことが、いつまでも続くわけがない」

それは私の声であり、同時に石渡広志の声でもあった。

「特別観覧席の座席数七百八十六人。これを買い占めて、一枚二千円のを一万円で売ると……」

私は競馬新聞の余白で計算した。

「六百二十八万八千円の儲けになる。こんなこと、暴力団が見逃すはずがないじゃないか。……まあ、見ててごらんなさいよ、いつまで続くか」

雨はいよいよ激しくなり、水溜りが光ってきた。それはいいけれど、薄暗くなってきてレースが見にくくなるのが困る。

「船橋がいい例じゃありませんか。こんなものを見逃していたら、柴田社長は飛ばされますよ」

私は病室に届けられた大きな花籠を思いだした。箕浦は詫びをいれてきたのである。そうでなかったら、私は川崎へ来られなかったと思う。

「警備員が大勢いるって？ そんなもの何になりますか。大阪のゲーム機賭博の警察官の汚職を見てごらんなさい。警察だって駄目なんですよ。警察大学の校長が自殺したでしょう。根が深いんですよ。いまのヤクザは頭がいいですからね。……競馬会の職員だって怪しいもんだ。いつ買収されるか、わかったもんじゃないですよ」

第三レース。人気薄のマツウラクイン、ノースレッドで決まった。適中。

ゴール前、叫んでしまったので、隣の男が笑った。

「よく、そんな馬券が買えるね」

「研究してこなかったんで、馬の良さだけで買ったんだよ。特にノースレッドの気合が良かった」

「研究なんかするの?」

「一応はね。でも、今日はやらなかった。家が遠いんで競馬新聞を買えないんだ。だからね、それが良かった、このレースでは」

パドックだけで買っている石渡（彼はそう言っていた）なら、この②③の馬券は逃さなかったろう。

「アレッレデーで絶対だって馬主が言っていたんだけれど」

隣の男が馬券を破って捨てた。髪を短く刈ってチリチリにしている体格のいい男で、とてもナミの職業の男には見えない。

「悪いことをしたなあ、叫んじまって……。競馬は健康法だと思っているんで、なるべく叫ぶようにしているんだ」

「いいですよ」

その男に気落ちしたふうは見られなかった。

「七、八千ついてくれないかなあ。シルシだと、そのくらいついても不思議はないんだけれど……」

配当は四千百六十円だった。三万八千六十円のプラス。それでも、これで今日一日、損をしないで遊べると思った。

第四レース。人気通りにきまって、連複配当二百九十円。

隣の男が私に馬券を見せた。その③⑧が三万円。男の手がふるえている。そんな思いをして馬券を買わなくてもいいのに、と思った。

「おめでとうございます。よかったね」

第五レース。適中したが、五百円しかプラスにならない。

「あんたねえ、競馬でどのぐらい儲けたことがある？」

「いやあ、儲からないよ。損ばっかり」

ここで五千万円儲けそこなったことがあると言おうとしてやめた。あれは遠い過去の出来事である。

「公営じゃ情報を仕入れないと取れないよ」

「そうらしいね」

第六レース。⑧⑧のゾロ目馬券が適中。七千二百円のプラス。ゾロ目大好き。

第七レース、第八レース。ともに失敗。六千円のマイナス。一レースからの差引で三万二千三百円のプラス。

第八レース。アラブチャンピオン。

本間茂騎乗のキタノカズスミを買うつもりだったが、重下手と書いてあるので嫌った。そこで、四歳の上り馬ミヤオーショウから、実力断然で背負い頭（負担重量六十一キロ）のミマツホマレと四歳ナンバーワンのケイワホマレへ四千円ずつ。あと、念のため、キタノカズスミも千円だけおさえた。

「極端に馬場悪化ならミヤが有力だし稍重ぐらいならキタノのマイペースもある」という『ダービーニュース』紙のコメントに乗っかった買い方になった。

私は、右後方に殺気を感じた。おいでなさったかな、と思った。はたして、肩を叩かれた。ふりむくと、通路に警備員が立っていた。

「やっぱりそうだ。先生だ。どうもそうじゃないかと思っていたんだ。おひさしぶりです」

それは村瀬さんの長男の良彦さんだった。競輪場と競馬場の警備員をやっていると聞いていたが、競馬場で会ったのは初めてだった。

村瀬さんの家に父のことを調べに寄ったとき、良彦さんも挨拶に出てきたことがある。

「安心しましたよ。（暴力団に）やられているんじゃないかと思って……。とても有難い。こんな綺麗な席で競馬が見られるなんて、思ってもみなかった」

「さあ、どうなりますか」

良彦さんは暗い顔つきで笑った。

「今日、あとでお食事でもどうですか」

「今日？　今日はまずいんです」

「先約ありですか」

「そうなんです」

「じゃ、この次にしよう。次開催にも必ず来ますから」

「先生、儲かっていますか」

「うん。三万円ばかり」

アラブチャンピオンの表彰式の警備の仕事があると言って、良彦さんは去っていった。

第九レース。思っていたように、重巧者のミヤオーショウがケイワホマレをとらえ、実力馬のミマツホマレが抜けだした。逃馬のキタノカズスミが追う展開で三着。

また叫んでしまった。連複配当七百八十円。二万一千二百円のプラス。合計で五万三千五百円のプラス。

最終の第十レース。①⑧一点で勝負。その一枠のダイシンオージャがまったく動かない。またしても⑧⑧のゾロ目だった。私は⑧⑧にも大いに気があったのであるが、この日、ゾロ目が二度出ているので、もう無いと思ったのである。裏っ張りの傾向は、まだ残っているようだ。一万三千円投入したので、結果は四万円と少しのプラス。

四時だというのに、すっかり暗くなってしまっている。雨は降りやまない。六月のあのときは、ホテルに帰っても、まだ明るかったのに……。

下りのエスカレーターで一階まで降りた。

「困ったな」

それが声に出た。傘は持っていない。少し様子を見ようと思った。

「へっへっへっ……」

私の脇に立った男が札束を取りだした。

「今朝、かあちゃんに十五万円貰ってよう。それが、これだけになった」
四、五十万円というところだろうか。私は、その男を祝福したい気持になった。男は酒が入っているようだ。
「これ、本革だから」

男は革のジャムパーを着ていた。

「本革だから濡れると困るんだ」

「……」

「あんた、儲かったかね」

「ほんの少し、ね……」

「少しだって儲かりゃ上等だ」

「……」

「どっかで奢ろうか。南町に良いステーキ・ハウスがあるんだ」

「……」

「これ、なにしろ、本革なんだ」

「……」

「レザーじゃないよ」

私は男の形《なり》を見た。茶色のジャムパーの下に白のワイシャツ。赤いストライプのネクタイをしめている。きまってる、と思った。ウーステッドのズボン。しかし、私は彼の足もとを見たとき、声をあげそうになった。彼はサンダル履きだった。〝川崎だなあ〟

「じゃ、失敬」

私は、そう言って、激しく降る雨のなかを、裏口の水溜りに向って歩きだした。

P+D BOOKS ラインアップ

居酒屋兆治　山口 瞳　●高倉健主演作原作、居酒屋に集う人間愛憎劇

血族　山口 瞳　●亡き母が隠し続けた秘密を探る私

家族　山口 瞳　●父の実像を凝視する『血族』の続編的長編

江戸散歩（上）　三遊亭圓生　●落語家の〝心のふるさと〟東京を圓生が語る

浮世に言い忘れたこと　三遊亭圓生　●昭和の名人が語る、落語版「花伝書」

噺のまくら　三遊亭圓生　●「まくら（短い話）」の名手圓生が送る65篇

P+D BOOKS ラインアップ

山中鹿之助 松本清張 ●松本清張、幻の作品が初単行本化！

白と黒の革命 松本清張 ●ホメイニ革命直後　緊迫のテヘランを描く

詩城の旅びと 松本清張 ●南仏を舞台に愛と復讐の交錯を描く

風の息（上） 松本清張 ●日航機「もく星号」墜落の謎を追う問題作

風の息（中） 松本清張 ●〝特ダネ〟カメラマンが語る墜落事故の惨状

風の息（下） 松本清張 ●「もく星」号事故解明のキーマンに迫る！

（お断り）

本書は１９８６年に文藝春秋より発刊された文庫を底本としております。
あきらかに間違いと思われるものについては訂正いたしましたが、
基本的には底本にしたがっております。
また、底本にある人種・身分・職業・身体等に関する表現で、現在からみれば、
不当、不適切と思われる箇所がありますが、著者に差別的意図のないこと、
時代背景と作品価値とを鑑み、著者が故人でもあるため、原文のままにしております。

山口 瞳（やまぐち ひとみ）
1926年（大正15年）11月３日―1995年（平成７年）８月30日、享年68。東京都出身。1963年『江分利満氏の優雅な生活』で第48回直木賞受賞。代表作に『血族』『男性自身』シリーズなど。

P+D BOOKS

ピー プラス ディー ブックス

P+Dとはペーパーバックとデジタルの略称です。
後世に受け継がれるべき名作でありながら、現在入手困難となっている作品を、
B6判ペーパーバック書籍と電子書籍で、同時かつ同価格にて発売・配信する、
小学館のまったく新しいスタイルのブックレーベルです。

家族（ファミリー）

2016年6月12日　初版第1刷発行

著者　山口　瞳
発行人　田中敏隆
発行所　株式会社　小学館
〒101-8001
東京都千代田区一ツ橋2-3-1
電話　編集　03-3230-9355
販売　03-5281-3555
印刷所　中央精版印刷株式会社
製本所　中央精版印刷株式会社
装丁　おおうちおさむ（ナノナノグラフィックス）

ISBN978-4-09-352271-7

P+D BOOKS